KB146809

2024 제69회

現代文學賞 수상소설집

안규철, 「두 개의 빈 의자」, 드로잉

| 현대문학상 기념조각 |

안규철

책은 양면적인 요소들이 중첩되어 있는 물건이다.
책에는 왼쪽과 오른쪽 페이지가 있고, 보이는 앞면과 보이지 않는 뒷면이 있다.
안과 밖이 있고, 시작과 끝이 있다. 흰 종이와 검은 잉크가 있고,
드러난 것과 숨겨진 것이 있으며, 저자와 독자가 있다.
서로 상반되면서 동시에 상호 의존적인 이런 요소들은 책이 닫혀 있을 때는 드러나지 않는다.
책은 상자와 같아서, 책장이 펼쳐지기 전에 그것은 무뚝뚝한 한 덩이 종이 뭉치에 불과하다.
책을 열면 이렇게 하나였던 것이 둘이 된다. 왼쪽과 오른쪽이, 안과 밖이, 저자와 독자가 거기서 생겨난다.
그리고 그 둘 사이에서, 낯선 한 세계의 지평선이 떠오른다.
마술사의 손바닥에서 피어나는 꽃처럼, 작은 책갈피 속에서 세계 하나가 온전한 윤곽을 드러낸다.
문학작품 앞에서 늘 그것이 경이롭다.

제69회 現代文學賞 수상소설집

정영수

미래의 조각 외

현대문학

| 차례 |

수상작

수상작가 자선작

수상후보작

심사평

수상소감

수상작

미래의 조각

정영수

수상작가 자선작

일몰을 걷는 일

정영수

미래의 조각

ⓒ정멜멜

1983년 서울 출생.
2014년 『창작과비평』 등단.
소설집 『애호가들』 『내일의 연인들』.
〈젊은작가상〉 수상.

미래의 조각

누군가를 낙관주의자라고 부르려면 그에 대해 무엇을 알아야 할까? 어쩌면 당신은 적어도 그가 스스로 손목을 긋거나 옥상에서 뛰어내리거나 안정제를 마흔 알쯤 먹고 누구도 들어오지 못하도록 문을 잠근 다음 아무 고통 없이 영원한 잠에 빠져들기를 기다려본 적은 없는지 먼저 확인하려 들지 모르겠다. 하지만 누군가가 실제로 그런 일을 저질렀다 한들 그가 낙관주의자가 아니거나, 심지어 비관주의자라는 증거가 되지 않는다는 게 내가 삶을 통해 배운 것이다. 누구든 이 세상을 살다보면 언젠가는 배우게 되는 단순한 진실이 하나 있는데, 그것은 삶이 (그리고 인간이) 그리 단순하지 않다는 사실이다. 내 말이 믿기지 않는다면, 글쎄, 조금 더 살아보라고 말할 수밖에. 나도 그리 오래 산 건 아니지만 그래도 꽤 적지 않은 사람을 만나보았는데 그중 제일의 낙관주의자는 바로 나의 어머니였다. 이제부터 그녀에 대한 이야기를 조금 해볼 생각인데, 아주 눈치가 없는 편이 아니라면 이쯤에서 내가 무슨 일에 대해 말하려 하는지 짐작할 수 있을 것이다.

*

이런 시작은 그리 좋아하지 않지만 아무래도 형에게서 전화가 걸려온 일부터 이야기해야 할 듯하다. 세상의 수많은 소설이나 영화가 누군가에게 전화가 걸려오면서 시작되는데, 그건 실제로 일이 대개 그렇게 시작되기 때문이다.

형에게 전화가 왔을 때 나는 오늘은 기필코 뭐라도 써보리라 굳은 마음을 먹고 오후 반차까지 내서는 카페에 앉아 위키백과에서 나와 아무 관계도 없는 고생대 수중 생물들의 진화 과정을 독파해나가던 참이었다. 진동과 함께 휴대전화 화면에 적어도 몇 달 동안은 표시된 적 없었던 이름이 떠올랐을 때, 나는 통화 버튼을 누르기 전 한참 동안 (그래봐야 몇 초였겠지만) 그것을 우두커니 바라보았다. 디지털 신호에 불과한 전화에서 어떤 기운을 느낄 수 있다는 것은 신기한 일이다. 예감이라는 것은 경험에 대한 무의식의 해석이라는 이야기를 읽은 적이 있는데, 그 말이 맞는다면 그리 신기한 일도 아니겠지만 말이다. 내가 전화를 받자 형은 간단히 안부 비슷한 것을 물은 뒤 내게 말했다.

"혹시 최근에 엄마한테 전화 안 왔어?"

나는 그렇다고 대답했다. 어머니와 마지막으로 통화를 한 것은 지난 계절의 일이었다.

"오늘도?"

형은 마치 최근의 범위에 오늘은 포함되지 않는다는 것처럼 다시

한 번 물었다. 하지만 나는 굳이 지적하지 않고 응, 안 왔어, 라고만 대답했다. 그리고 형은 잠시 말이 없었다. 나도 안다. 커먼 센스를 지닌 사람으로서 그런 질문을 받았다면 거기서 대답을 끝내지 않고 왜, 라고 반문했어야 한다는 걸. 하지만 나는 그러지 않았다. 수화기 너머에서 형은 한참 동안(그래봐야 이번에도 몇 초 정도였겠지만) 침묵을 이어갔다. 그 시간 동안 나는 무언가 팽팽한 줄다리기를 하고 있는 기분이었다. 그건 내가 좋아하지 않는 종류의 줄다리기였지만, 그래도 먼저 손을 놓지는 않았다. 결국 형이 말했다.

"그래, 알았어."

그리고 통화는 종료됐다.

형에게 다시 전화가 온 것은 그날 밤 잠에 들기 위해 침대에 누웠을 때였다. 열한시가 조금 넘었을 무렵 울린 전화에서는 기운이라는 걸 느낄 필요도 없었다. 늦은 시간, 그리고 두 번째 전화. 그것은 불길한 무언가의 징조가 아니라 사건 그 자체였다. 형은 내게 자고 있었느냐고 물은 뒤 그 시간에 전화해서 묻기에는 쓸데없고 사소한 질문을 몇 개 했다. 저녁은 먹었느냐, 글은 잘 쓰고 있느냐, 새 책은 언제 나오느냐 하는 식이었다. 나는 저녁은 먹었고 글은 잘 안되고 있고 새 책은 요원하다고 대답하고는 다시 말이 없어진 형에게 결국 이렇게 물을 수밖에 없었다.

"왜, 무슨 일 있어?"

형은 또 말이 없었다. 그런데 이번의 침묵은 달랐다. 낮의 침묵은 무언가를 망설이는 침묵이었다면 이번의 침묵은 내가 한 번 더 묻기를 기다리는 침묵이었다. 세상에는 두 번 물어야 들을 수 있는 대답이 있는 법이다. 내가 방금 전에 한 말을 거의 그대로 반복하며 다시 한 번 묻자 형은 대답했다.

"……엄마 지금 중환자실에 있어."

그 말을 듣자마자 나는 그게 무슨 뜻인지 알았다. 그 순간 내 머릿속에 한 가지 외에 다른 경우의 수는 떠오르지 않았다. 교통사고가 났다거나 급성 심근경색이 온 것이라면 두 번의 질문은 필요하지 않았을 테니까.

"아까 낮부터?"

내가 다른 무엇보다 왜 이것을 가장 먼저 물었는지에 대해서는 깊이 생각하고 싶지 않다. 형은 내 질문에는 대답하지 않고 이렇게 말했다.

"이번엔 진짜야."

형은 속삭이듯 외쳤다. 외치듯 속삭였다고 해야 할까. 당신이 그런 목소리를 알지 모르겠다.

"진짜 마음먹었다고."

*

이것이 영화였다면 점프 컷으로 내가 불 꺼진 중환자실 앞 복도를 서성거리는 장면으로 연결되었겠지만……

형의 말에 의하면 어머니는 발견 직후 곧바로 병원으로 옮겨 응급처치를 했으나 의식이 돌아오지 않고 있다고 했다. 기도 삽관을 통해 호흡을 유지하고 있긴 하지만 아무것도 장담할 수 없는 상황이라고. 들어보니 그것들 모두 내게 첫 번째 전화를 걸기도 전에 이루어진 일이었다. 내게 괜한 걱정을 끼치고 싶지 않았다는 것이었는데…… 아무리 그래도 이 정도 일이라면 내게 말했어야 하는 게 아닌가? 나는 따지고 싶었지만 그렇게 하지는 않았다.

전화가 끊어지고 나는 다시 안락한 어둠 속에 혼자 남겨졌다. 그러자 어머니는 지금 사경을 헤매고 있는데 나는 그냥 이대로—원래의 예정과 아무 다를 바 없이—잠을 청해야 한다는 사실이 기이하게 느껴졌다. 할 수 있는 처치를 끝낸 어머니는 지금 면회가 제한되는 중환자실에 있었고, 형은 이미 혼란스럽고 두려운 하루를 마친 뒤에 병원에서 십 분 거리에 있는 자신의 집으로 돌아간 상황이었다. 나는 이불 속에 누워 의식을 잃은 어머니가 있을 중환자실의 풍경을 떠올리려 해보았지만 잘 그려지지 않았다. 먼 곳에서 일어난 일을 실감하는 데에는 손에 잡히는 증거가 필요했는데 나에게는 그것이 없었기 때문이다. 나에게는 그럴 기회가 없었다. 형은 왜 하필 이 시간이 되어서야 내게 그 말을 전했을까? (답: 나의 걱정을 줄이기 위해 어머니가 의식을 되찾으면 연락하려 했으나 어머니는 늦은 밤까지 의식을 되찾지 못했고, 다음날 알리는 것은 너무 늦을 거라고 생각해서) 나는 왜 첫번째 전화에서 형에게 '한 번 더' 묻지 않았을까? (답: 이런 일일 줄 내가 알았나?)

나는 나중에 시간이 흐르고 나서 형에게 그 이야기를 들은 즉시 대충 옷가지를 챙겨들고 어머니를 볼 수 있든 없든 병원으로 향하지 않았다는 사실에 죄책감을 느낄 거라는 걸 알았다. 내가 그런 사람이 되지 못한다는 사실에 자괴감을 느낄 거라는 것도. 그것은 결국 나라는 사람의 문제였지만 나는 왜 '그들'과 얽히면 매번 내가 그런 사람이라는 것을 확인하게 되는지, 왜 형은—의도가 무엇이었든—어설픈 배려로 나를 이러한 시험에 빠뜨리는지 화가 났다. 나는 유리컵을 떨어뜨린 누군가가 전혀 다치지 않은 것을 눈으로 뻔히 보고도 다친 데는 없느냐고 다정하게 묻는 사람도, 어머니를 볼 수 없을 것이 분명함에도 허겁지겁 차를 몰고 병원으로 가 복도의 불편한 의자에 앉아 밤을 지새우는 사람도 되지 못했다. 도리어 나는 고된 하루가 될 내일에 대비해 충분한 수면을 취하기 위해 스멀스멀 피어오르는 불안한 생각들을 떨쳐가며 애써 잠을 청하는 사람이었다. 나는 혹시라도 다음날 눈을 떴을 때 이 일을 까맣게 잊어버린 채 평소 루틴대로 출근해버릴지 모른다는 생각에 오전 여섯시에 미리 알림을 설정하고 '어머니에게 갈 것'이라고 메모해두는 사람이었다—그리고 나는 정말로 그렇게 했다.

*

그나마 다행인 것은 잠에서 깬 내가 미리 알림을 보기 전에 그 일을 떠올렸다는 사실이다. 나는 회사에 가는 대신 어머니가 있는 병원으로 향했다. 회사에는 어머니가 쓰러졌다고 이야기해두었다. 거짓말은 아니었다. 그것이 능동적인 행위의 결과라고만 말하지 않았을 뿐.

내가 도착했을 때 형은 이런저런 사무 처리를 위해 병원 어딘가를 돌아다니고 있었다. 나는 로비 한편에서 팔짱을 긴 채 눈을 감고 앉아 있는 아버지를 발견했다. 일흔이 넘은 나이에도 풍성한 머리숱에 햇볕을 받아 짙게 그을린 얼굴, 단단한 체격에 내 손보다 두 배는 두꺼운 손. 나는 집이 아닌 곳에서 아버지를 볼 때면 이 사람이 내 아버지라는 사실이 새삼 낯설게 느껴지곤 했다. 내가 다가가자 아버지는 눈을 뜨고 내게 인사를 건넸다. 나는 한 칸 빈자리를 두고 옆에 앉으며 아버지에게 가벼운 안부를 물었다. 아침은 드셨느냐, 요즘 건강은 괜찮으시냐, 더운데 일하기 힘들지 않으시냐, 같은 것들. 아버지는 대답은 건너뛰고 나한테 거의 같은 질문들을 했다. 너는 지낼 만하냐, 회사는 다닐 만하냐, 집에서 에어컨은 틀고 지내냐, 같은…… 평소라면 그것으로 대화는 끝이었을 것이다. 사실 아버지와 나는 적어도 10년간 그보다 더 긴 대화를 나눠본 적이 없었다. 우리는 그런 피상적인 대화 외에 정말로 대화라는 것을 나누는 일에 익숙하지 않았는데, 그래서인지 아버지와 내가 마치 어설픈 역할극을 하고 있는 듯한 느낌이었다. 아내가 위중한 상황에서 아들을 대하는 역할, 어머니가 위중한 상황에서 아버지를 대하는 역할. 그것이 거짓이어서가 아니라, 오히려 거짓이 아니어서 더 그러했을 것이다. 타인에게 마음을 그대로 드러내는 것이 누구에게나 쉬운 일은 아니니까. 이어 나는 마치 잊어버리고 있던 것이 떠올랐다는 듯 아버지에게 물었다.

"그나저나…… 어떻게 된 거예요?"

"네 엄마가 죽겠다고 약을 먹었어."

"네, 들었어요."

누가 이 장면을 극본으로 썼다면 '사이'라고 적어야 할 정도의 정적이 흐르고, 아버지가 다시 입을 열었다.

"기분이 묘하더라고. 그래서 혹시나 해서 가봤더니……"

아버지는 이후에 본 것을 더 말하지 않고 여기서 말을 줄였다.

"잘하셨어요. 형이 그때 아버지가 집에 안 가셨으면 큰일날 뻔했다고 하더라고요."

그건 사실이었다. 원래대로라면 집에 갈 만한 날이 아니었는데 아버지는 그날 왠지 '묘한' 기분이 들었고, 혹시나 해서 들른 집에서 그런 광경(이불도 없이 부자연스러운 자세로 바닥에 누워 있는 어머니, 바닥에 놓인 소주병과 대접)을 목격한 것이었다.

"형 말로는 엄마가 뭔가를 남겼다고 하던데요."

형은 어머니가 유서를 남겼다고 했다. 내가 뭐라고 적혀 있었는지 묻자 내용은 보지 않았다고 했다. 형은 조금 화난 목소리로 이렇게 말했다. '그걸 내가 왜 봐. 엄마가 죽은 것도 아닌데.' 형은 그것을 보는 게 어머니의 죽음에 동의하는 행위라고 여겼던 것 같다. 나로서는 좀처럼 생각하기 어려운 사고의 전개였지만, 아버지에게는 그렇지 않았던 것 같다.

"있긴 있는데."

"지금 가지고 계세요?"

아버지는 셔츠 주머니의 휴대폰에 잠시 손을 가져갔다가 거두고는 이렇게 말했다.

"뭐하러 봐."

나는 인내심을 발휘해야 했다. 내가 어머니에 대해 아주 잘 안다고 말할 수는 없지만 어머니가 자신이 남긴 메시지를 아버지가 혼자 고이 간직하고는 아들들에게 보여주지 않는 이 상황을 목격한다면 '이 답답한 인간아!'라고 소리를 질렀으리라는 것은 확신할 수 있었다. 내가 몇 번 더 요청하고 나서야 아버지는 마지못해 휴대폰으로 찍어둔 것을 내게 보여주었다. 낱장을 뜯어낸 노트에 가로로 적힌 그것은 유서라기보다는 짤막한 메모였는데, 실제 말투와는 다르게 늘 어딘지 낭만성과 비장미가 느껴지는 어머니 특유의 문체로 적혀 있었다.

—나는 나의 지난 삶에 죄를 지었다.

딱 한 줄이었다. 그리고 작성한 시각과 함께 서명이 되어 있었다.

*

중환자실의 면회는 하루에 한 번, 그것도 단 한 명에게만 허가되었다. 첫날의 면회는 형이 하기로 했고, 아버지와 나는 로비에서 형이 나오기를 기다렸다. 허용된 면회 시간은 단 십 분뿐이어서 형은 들어간 지 얼마 되지 않아 다시 로비로 나왔다. 그사이에 얼마나 울었는지 눈이 심하게 충혈되어 있었고, 얼굴은 상기되어 있었다. 그때 나는 생각했다. 나도 사람들 앞에서 저렇게 울 수 있을까?

*

이번엔 진짜야. 형이 말했듯, 어머니가 이런 일을 벌인 것은 이번이 처음이 아니었다.

우리 가족이 모두 한집에 살 때, 그러니까 지금으로부터 15년 전쯤, 모두가 집을 비운 사이 어머니는 방문을 걸어 잠그고 그동안 모아두었던 신경안정제를 한입에 삼켰다. 우리 셋은 집에 돌아오고 나서도 한참 동안 잠긴 방문을 대수롭게 여기지 않았다. 나는 어머니가 우리 중 누군가에게 크게 화가 나 있는 모양이라고 생각했고, 나머지 두 사람도 마찬가지였던 것 같다. 그러다 문득 누군가(그게 누구였는지는 기억나지 않는다) 낌새가 이상하다는 걸 느꼈고, 억지로 방문을 열어 어머니를 흔들어 깨웠다. 어머니는 의식을 찾긴 했지만 마치 심하게 술에 취한 사람처럼 제대로 말을 하지 못했고 우리가 누군지도 알아보지 못하는 듯했다. 우리는 머리맡에 놓인 약병을 보고 나서야 무슨 일이 벌어졌는지 알 수 있었다. 우리는 어머니를 화장실로 끌고 가 목구멍에 손가락을 넣어 삼킨 것을 토하도록 했다. 몇 번 속을 게워내고 나서야 반쯤 정신을 차린 어머니는 울면서 우리에게 설움과 울분을 토해냈고, 얼마 지나지 않아 다시 잠이 들었다. 그러고 나서 아버지가 우리에게 식탁에 앉아보라고 한 뒤 소주를 한 잔씩 따라주며 앞으로 어머니에게 신경을 좀더 쓰자고 말하는 것으로 상황은 종료되었다.

어머니는 깨어나서도 한동안 취한 사람처럼 말했고, 낮이고 밤이고 동네를 헤매고 다니며 버려진 가구들을 주워 왔다. 집안에는 어머니가 가져오는 부서진 의자며, 고장난 밥솥이며 하는 것들이 쌓여갔다(혼자 어떻게 옮겼는지도 알 수 없는 커다란 화장대도 있었다). 어머니는 이후 거의 한 달간의 일을 기억하지 못했다. 그리고 어느 날 어머니는 이렇게 말했다.

"니네 아빠는 도대체 왜 이런 쓰레기들을 자꾸 주워다놓는 거야?"

그래서, 라고 해야 할까. 나는 내심 이 모든 일이 지나갈 일이라고 생각했던 것 같다. 결코 가벼운 일은 아니지만 언젠가는 지나갈 일. 어떤 일이 일어나고, 모두가 놀라고, 당황하고, 겁에 질리고, 혼란을 겪고, 자책을 하지만 결국에는 시간이 지난 뒤 예전의 삶을 되찾게 된다는 의미에서 이 일은 한때의 '해프닝'으로 기억되리라고 여겼던 것이다. 지금은 중환자실에 있지만 딱 한 달 뒤로 시간을 돌리면 마치 아무일도 없었던 것처럼 어머니는 다시 집으로 돌아와 있을 것이고, 우리에게는 어머니의 남은 삶이 불행하지 않도록 노력하는 과제가 남겨져 있을 것이라고 말이다.

그러나 나는 형이 전달하는 말을 통해 의사가 '정확히' 어떻게 말했는지 유추하는 일에 지친 나머지 중환자실로 들어가는 간호사에게 부탁해 어머니를 담당하는 의사를 만나 어머니가 먹은 것이 무엇인지 듣고 나서야 이것이 그런 종류의 일이 아니라는 사실을 알게 되었다. 형이 말한 '이번엔 진짜야'가 정말로 무슨 의미였는지도. 그날 의사에게서 어머니가 먹은 것이 15년 전에도 먹었고 최근에도 잠이 오지 않을 때마다 한두 알씩 먹곤 했던 신경안정제가 아니라 일반적인 삶을 산 사람이라면 평생 동안 입에 델 생각도 하지 않을, 단 1밀리리터라도 삼킬 일이 없는, 우리가 흔히 농약이라고 부르는 고농축 살충제라는 말을 들었을 때 나는 말 그대로 주저앉을 뻔했다. 그건 어머니가 그 일에 성공하지 못했다 해도 결코 예전의 건강한 몸으로 돌아올 수 없다는 뜻이었다. 만약 살아난다 해도 그것이 타고 들어간 길을 따라 식도부터 위장, 폐까지 돌이킬 수 없는 손상을 입은 채로, 그러한 선택을 했던 자신을 탓하며 남은 생을 살아가야 한다는 뜻이었다.

아버지와 형은 내게 언제 그 사실을 말하려 했던 걸까? 어머니가 정신을 되찾으면? 아니면 죽고 나서? 물론 '약'을 먹었다는 두 사람의 말은 거짓말은 아니었다. 그것이 무슨 약인지 이야기하지 않았을 뿐.

*

늦은 오후가 되어서 우리는 각자 집으로 돌아갔다. 형은 형의 집으로, 아버지는 아버지의 집으로. 내가 사는 곳은 차로 한 시간이 넘게 걸렸기 때문에 나는 일단 어머니 집에 머물기로 했다.

어머니의 집은 폴리스 라인만 없다 뿐이지 마치 일부러 사건 현장을 보존하기라도 한 듯 모든 것이 그대로였다. 어질러진 신발들, 무언가를 닦고 거실 한편으로 치워진 걸레들, 비뚤어진 식탁…… 그리고 싱크대 앞에 놓인 문제의 병. '특공대'라는 라벨이 붙어 있는 반투명한 플라스틱 통에는 초록색 액체가 반쯤 남아 있었다. 저 빈 공간에 있던 나머지 절반의 액체가 마치 그 이름처럼 지금 이 순간에도 어머니의 장기들을 맹렬히 공격하고 있을 것이었다.

어머니는 아버지가 따로 집을 구해 나간 뒤로 점점 화분을 늘리기 시작했는데, 얼마 지나지 않아 이 오래된 신도시의 복도식 아파트의 발코니는 몇 개인지 헤아리기도 어려울 정도의 많은 화분들로 가득 찼다. 언젠가 뿌리파리가 퍼져서 살충제가 필요해졌을까? 그것을 구입한 시기가 언제인지는 알 수 없지만, 나는 어머니가 그것을 구입할 때의 얼굴을 떠올리려 해보았다. 아마도 버스로 이십 분 거리에 있는 화훼 단지의 한 매장에서 그것을 구입했을 것이다. 약병을 집어들고 값을 지불할 때만 해도 어머니는 자신이 언젠가 그 안에 든 것을 삼키게 되리라는 사실을 전혀 알지 못했을 것이다. 그래서 어머니는 늘 그렇듯이 그날도 점원과 웃으며 잡담을 나누었을 것이다……

그리고 소파 위에는 전원이 꺼진 휴대전화가 놓여 있었다. 형이 들어왔을 때는 욕조에 물이 채워져 있었고, 물속에 휴대전화가 담겨 있었다고 했다. 나는 어머니가 그렇게 독한 마음을 먹을 수 있는 사람이라는 사실을 믿을 수가 없었다. 그렇지 않은 사람이 농약을 삼킬 수는 없는 일이겠지만.

내가 마지막으로 이 집에 온 것은 늦겨울 무렵이었다. 어머니가 티브이에서 유튜브를 볼 수 있도록 해달라고 해서 스마트폰을 티브이로 송신할 수 있는 와이파이 어댑터를 구해 집으로 왔는데, 무엇이 문제였는지 연결이 잘 되지 않았다. 어머니의 스마트폰이 내가 사용하는 기종과 달라서 기본 설정을 찾는 데에도 버벅거리다가 결국에는 포기했다. 그러다가 우리는 우연히 틀어진 뉴스에서 나오는 소식들을 가지고 대화를 나눴다. 뉴스에서는 자율 주행 전기차와 관련된 주식의 계속되는 폭등이 보도되고 있었는데, 어머니는 그것을 보다가 조금만 있으면 운전면허도 필요 없어질 것 같다고 말했다.

"그때 되면 나 차 한 대 사줘. 차 타고 유럽 가게."

그러니까 어머니의 논리는 자율 주행 자동차가 나오면 면허가 없는 어머니도 혼자 차를 타고 돌아다닐 수 있게 될 것이고, 그때가 되면 통일도 되어 있을 테니 북한을 거쳐 유럽까지 갈 수 있지 않겠냐는 것이었다. 나는 어머니에게 자율 주행이 상용화되는 건 먼일이고(어머니 살아생전에 실현되기 어려울 수 있다는 이야기까지 하지는 않았지만), 통일은 더더욱 요원할 것 같다고 말했다.

"엄마, 유럽은 그냥 비행기 타고 가."

나는 그렇게 대답했다(그리고 나는 내가 '가자'라고 하지 않고 '가'라고 말했다는 사실을 새삼 떠올린다). 육로로 유럽에 가겠다는 이야기는 내가 어린 시절부터 어머니에게 들어왔던 것이었다. 어머니는 그때도 곧 그런 날이 올 거라고 믿었다. 어머니는 늘 미래가 금방이라도 들이닥칠 것처럼 말하곤 했다. 얼마 지나지 않아 로봇이 인간의 궂은 일을 대신해줄 것이고, 얼마 지나지 않아 사람들은 화성으로 이주해 도시를 건설할 것이며, 얼마 지나지 않아 과학기술의 발전으로 환경오

염과 기후 위기도 모두 해결될 것이고…… 실제 세상은 어머니가 상상하던 것과는 다른 방향과 속도로 흘러갔지만, 어머니는 그런 생각들을 바꾸지 않았다. 어머니가 그리는 미래에서 세상은 언제나 지금보다 나은 모습이었다.

미래를 바라보는 그러한 낙관성은 어머니의 가장 주요한 특징이기도 했다. 낙천적인 사람은 모든 것에 대해 '모두 괜찮다'라고 말함으로써 긍정성을 강화하지만, 낙관적인 사람은 '모두 괜찮을 거야'라고 말함으로써 그렇게 한다. 낙천성을 유지하려면 현실을 긍정적인 방식으로 재조합하거나 합리화하는 과정이 필요했지만, 낙관성은 막연한 믿음만으로도 가능했다. 어머니는 신앙이 없었지만 대신 미래를 믿었다. 그러니까 어머니는 언제나 현재의 좋은 것을 손에 잡기보다 미래에 도래할 좋은 것을 기다리는 일을 택하는 사람이었다. 당장 비행기를 타고 유럽에 가는 대신, 인공지능이 운전하는 차를 타고 유럽에 가게 될 날을 기다리는 것처럼.

*

그렇다면 그러한 낙관성을 지닌 사람이 왜 농약을 먹었을까? 그에 대한 힌트가 될 만한 기억 하나. 15년 전 어머니가 동네를 돌아다니며 물건들을 주워 오던 무렵, 내가 진지하게 어머니에게 다시는 그런 짓을 하지 말라고 이야기한 적이 한번 있다. 그때 어머니는 혀가 덜 풀린 발음으로 이렇게 대답했다.

"죽는 건 나쁜 게 아냐, 고마운 거야."

어쩌면 어머니는 죽음 또한 미래에 있는 것이니, 미래에 있는 다른 모든 것들처럼 그것도 좋은 것이리라고 생각했을지 모르겠다. 우주의 탄생 이후 지금까지 탄생한 거의 모든 생명체들, 지구에서 태어나 살았던 거의 모든 인간들은 이미 죽었고, 아직 살아 있는 존재들에게 분명하게 닥칠 단 하나의 미래는 오직 죽음뿐인데 그것이 나쁜 것일 리 없지 않을까, 만약 그렇다면 이 세상은 지나치게 많은 공포로 가득 차 있는 게 아닐까, 하고 말이다.

*

적어도 내가 기억하는 한 어머니와 아버지의 관계가 좋았던 적은 없지만, 내가 집에서 독립한 뒤로 두 사람의 갈등은 더욱 심해졌다. 형이 먼저 집에서 나오고, 그다음에 내가 나오고 나서 두 사람은 함께 살기 시작한 뒤 처음으로 단둘이 되었다. 형을 임신한 것을 계기로 함께 살게 되었고, 나를 임신한 것을 계기로 결혼식을 올리게 되었으니 40년이 넘는 두 사람의 역사 속에 단둘이었던 시간은 거의 존재하지 않았던 것이다. 나는 목격하지 못했으니 실제로 두 사람의 삶이 어땠는지는 알 수 없는 일이었다. 그들의 갈등에 대해서는 주로 어머니에게 후일담 형식으로 들을 수밖에 없었는데, 그 이야기들에서 어머니의 관점을 최대한 배제하고 객관적으로 사건을 재구성한다고 해도 그 정도는 심각했고 도저히 해결의 실마리가 보이지 않았다. 이웃이나 아버지의 신고로 경찰이 출동한 것도 여러 번이었다(가끔 어머니도 인정하긴 했다. "그땐 내가 좀 과하긴 했어. 참을 수가 있어야지."). 어머니는 아버지에게 자신의 삶을 통째로 돌려받고 싶어 했고, 아버지는 당연히 그렇게 해줄 수 없었다. 어머니는 아버지의 강압에 의해 임신을 하고 함께 살게 되었던 십 대 시절처럼 약하지 않았으며, 형과 나를 키워내는 데 기력을 쓸 필요가 없어졌으니 이제 자신이 가진 모든 여력을 끌어모아 해내야 할 유일한 삶의 과제가 아버지와 싸우는 일뿐이라는 듯이 아버지에게 덤벼들었다. 그래서 형과 나는 두 사람을 떼어내는 방법을 택하기로 했다. 우리는 두 사람을 설득해 따로 살도록 방편을 마련했고, 일을 핑계삼아 아버지가 서울에 따로 집을 구하도록 했다. 우리는 그것으로 어느 정도 상황이 일단락되리라 기대했고, 실제로 어느 정도 그러기도 했다. 아버지는 반찬이나 옷가지 등을 챙기러 한두 달에 한 번 집에 들르는 것 외에는 어머니와 교류하지 않았고, 어머니는 더이상 아버지와의 갈등으로 고통받지 않는 것처럼 보였던 것이다.

그랬는데……

*

다음날 일어나보니 형에게 메시지가 와 있었다. 메시지에는 어머니가 의식을 찾았다는 이야기가 적혀 있었다. 나는 집에 있는 것들로 간단히 아침을 먹고, 샤워를 한 뒤 집에서 나왔다.

커다란 공원을 통과하면 어머니가 있는 병원이 나왔다. 신도시마다 하나씩 있는, 중앙공원이라 이름 붙은 공원이었다. 이른 아침이었지만 여름의 공원은 이미 한낮처럼 밝았고, 부지런한 매미들이 이따금씩 쐬아 하고 울어대다 멈추길 반복하고 있었다. 공원에는 꽤 많은 사람들이 운동을 하거나 개를 데리고 빠른 걸음으로 산책을 하고 있었는데, 출근 복장으로 공원을 가로질러가는 몇몇 사람을 제외하면 대부분은 나이 든 사람들이었다. 어머니 또래처럼 보이는 여자들이 선 캡을 쓴 채 햇빛 아래 서서 이따금씩 폭소를 터뜨리며 이야기를 나누고 있는 모습도 보였다. 나는 그 여자들을 보며 생각했다. 왜 엄마는 저기 있지 않고 병원에 있을까? 그것이 스스로의 선택에 의한 결과라면 왜 어머니의 삶은 그런 선택을 하도록 흘러올 수밖에 없었을까? 평범한 풍경이었으니, 어느 날에는 어머니도 지금 내가 보고 있는 것과 완전히 동일한 장면을 본 적이 있을 것이었다. 대단히 아름답지는 않아도, 평화로운 풍경이었다. 어머니는 죽음이라는 것이 이런 풍경을 영원히 포기하는 것이라는 사실을 분명히 알았을까? 이것뿐만이 아니라 어머니가 좋아하던 목련과, 들꽃과, 골목에서 가끔씩 마주치는 고양이들과⋯⋯ 스스로 운행하는 차 안에서 볼 수 있었을 유럽의 산과 들과 성당들, 그것들을 비추는 눈부신 햇살들까지, 그 모든 것들을 포기하는 것이라는 사실을 정말로 알았을까?

*

오후가 되어 나는 중환자실에 들어갔다. 형은 전날 의식이 없는 어머니를 보았고, 아버지는 어머니를 볼 마음의 준비가 되지 않았다고 했다. 나는 병원 직원의 안내를 받아 중환자실로 들어갔다. 직원은 중환자실에 들어오면 안 된다는 규칙이 있는지 내가 그곳에 들어서는 것을 확인한 뒤 그는 사라졌고, 나는 혼자 남아 어머니를 찾아 주변을 두리번거렸다. 입구에서 가장 가까운 병상에 누워 있는 사람이 어머니라는 것을 알아차리는 데에는 조금 시간이 걸렸다. 의식을 찾았다는 어머니가 먼저 나를 발견하고 인사를 건넬 거라는 순진한 기대를 한 건 아니었지만, 적어도 어머니의 모습이 내가 막연하게 상상한 것과는 달랐다는 사실은 인정할 수밖에 없을 듯하다.

기도 삽관은 예상했던 것보다 훨씬 끔찍한 모습이었다. 어머니는 누운 채로 천장을 향해 고개를 젖히고 있었는데, 마치 엄지손가락보다 더 굵은 커다란 쇠 파이프를 삼키려 하는 것처럼 보였다. 발버둥 치지 못하도록 양 손목은 침대에 묶여 있었고, 팔과 몸에는 수액을 공급하고 심박수를 체크하기 위한 선들이 얼기설기 연결되어 있었다. 덮고 있는 이불 밑으로 빠져나온 소변 줄은 침대 끄트머리에 매달린 비닐 팩으로 이어져 있었다. 그 모습을 보고 전날의 염려가 무색하게 나는 곧바로 울기 시작했다. 바로 이틀 전만 해도 스스로 숨 쉬고 아무 장애 없이 편히 누워 쉴 수 있던 어머니가 이런 처참한 모습이 되었다는 사실이, 그것이 불의의 사고나 질병이 아니라 스스로의 행위에 의한 결과라는 사실이 나를 아프게 했다. 어머니는 자신의 의지로 '그 약'(나는 얼마 지나지 않아 형이 왜 내게 어머니가 그저 '약'을 먹었다고 했는지 이해할 수 있었다. 농약, 이라는 말은 좀처럼 입 밖으로 나오지 않았다)을 삼켰지만 이런 모습으로 이와 같은 고통을 겪는 건 그녀의 의지가 아니었을 것이기 때문이다.

어머니는 쇠로 된 관을 목구멍에 꽂은 채로 쉼 없이 기침을 했다. 그때마다 고통스러운 얼굴을 했는데, 잠시 눈이 뜨인 찰나에 내가 시야에 들어온 모양이었다. 어머니는 처음에는 눈앞에 서 있는 사람이 자신의 아들이라는 사실을 알아차리지 못하는 듯했다. 잠시 나를 물끄러미 보던 어머니의 눈이 커졌고, 처음에는 그저 놀란 표정이었다가, 곧 자신이 저지른 일과 내가 보고 있을 자신의 모습을 깨달은 듯 슬픔으로 얼굴이 일그러졌다. 나는 머뭇거리며 병상으로 다가가 양손으로 어머니의 손을 잡고 말했다.

"엄마, 곧 나을 거야. 조금만 참아."

정말 곧 낫는지, 정말 조금만 참으면 되는지, 된다면 무엇이 되는지 알 수 없으면서도 나는 그렇게 말했다. 그러자 어머니는 내 손에다 무언가를 쓰려 했다. 나는 어머니가 글씨를 써 보일 수 있도록 손바닥을 펼쳤다. 어머니는 고개를 가로저으며 내 손바닥 위에 같은 글자를 반복해서 썼다. ×라는 글자였다.

*

어머니는 그 일을 기억하지 못했다. 그때 나는 그것이 자신을 치료하지 말라는 뜻일 거라고 생각했지만, 지금은 다른 뜻이었을지도 모르겠다고 생각한다. 그럴 리가 없지만 그 순간을 떠올리면 어머니의 목소리가 함께 들려오는데, 그 기억 속에서 어머니는 이렇게 말한다. "이게 아니야, 이게 아니야." 어머니는 오래전부터 연명 치료를 두려워했는데, 어쩌면 그런 상태로 평생(그것이 얼마나 긴 시간이 될지는 알 수 없었겠지만)을 살아야 한다고 생각했을지도 모른다.

*

어머니는 의식을 되찾은 후 조금씩 회복해서 일반 병동으로 옮겼고, 며칠이 더 지난 뒤에는 집으로 돌아올 수 있었다. 내가 어머니에게 한 말은 다행히 거짓이 아니게 된 셈이었다. 나는 어머니에게서 그동안의 일에 대해 한 줄 이상의 말을 듣고 싶었으나 그럴 수 없었다. '특공대'가 어머니의 몸 전체를 파괴하지는 못했지만 성대를 파괴하는 데에는 성공했기 때문이었다. 농약에 들어 있는 비소는 신체에 닿으면 섬유화를 일으키는데, 그것은 거의 영구적이며 회복되지 않을 가능성이 높다고 했다. 어쩌면 평생 말을 하지 못하게 될 수도 있다는 뜻이었다. 의사는 기도 삽관에 의한 일시적인 성대 마비를 언급하며 희망을 주려 했다. 그럴 경우 목소리를 '완전히' 잃지는 않을 거라고.

형과 나는 당분간 돌아가며 어머니를 돌보기로 했다. 사실 돌본다기보다는 감시에 가까웠지만. 병원에서 어머니의 심리 상태를 확인하러 온 정신과 의사는 어머니를 폐쇄 병동에 입원시키는 것을 권유하며 자살 기도 환자는 약 칠십 프로의 확률로 한 달 내에 그 일을 다시 시도한다고 우리에게 겁을 줬는데, 그것은 효과가 있었다. 특히 사고 당시 어머니의 모습을 직접 목격한 형은 공포에 사로잡혀 집 앞에 쓰레기를 내놓을 때에도 어머니를 혼자 두지 않으려 했다. 잠깐이라도 밖에 나가려면 다른 사람이 교대하러 올 때까지 기다리거나 아직은 거동이 불편한 어머니를 끌고서라도 함께 나가야 한다는 것이었다. 도대체 언제까지 그게 가능할지 알 수 없었지만 나도 걱정이 되는 것은 사실이었다. 나는 회사에 길게 휴가를 냈는데, 처음에 적당히 둘러대지 않고 어머니가 쓰러졌다고 이야기해둔 게 나름 효과가 있었다. 내가 주로 어머니 집에 머물고 집이 가까운 형은 필요할 때 수시로 들르기로 했다. 어머니가 안정을 되찾을 때까지 우리는 아버지와 어머니를 만나지 못하도록 하기로 했기 때문에 그래서 어머니와 하루의 대부분을 같이 보내는 사람은 내가 되었다.

어머니는 자신이 저지른 일로 형과 내가 고생하는 것을 미안해 했고, 어느 정도는 부끄러움을 느끼는 듯했다. 그런 선택을 했다는 사실이 아니라 결국 성공하지 못했다는 사실에 대해서. 어머니는 차라리 말을 할 수 없게 된 게 다행이라고 여기는 것처럼 우리에게 무언가 표현하려는 시도를 거의 하지 않았다. 어머니는 가끔 손짓이나 입 모양으로 필요한 것을 요청했고, 때때로 아무 예고도 없이 울음을 터뜨렸다. 울음의 이유가 매번 같진 않았을 테지만 전혀 짐작되지 않는 울음도 있었다. 짐작이 되었다 한들 그게 맞는지는 알 수 없었을 테지만. 사실, 내가 뭘 알았겠는가?

어머니는 머리가 울린다고(인상을 찡그리며 손가락으로 머리를 가리키는 것으로 의사 표현을 했다) 티브이도 켜지 않고 그저 누워서 시간을 보냈다. 식도가 손상되어 빨대로 비닐 팩에 든 죽을 조금씩 마시고, 병원에서 챙겨준 시럽 형태의 약들을 서너 시간 간격으로 먹는 것 외에는 사실상 할 수 있는 일도 없었다. 집안은 무거운 침묵으로 가득 차 있었고, 시간은 느리게 흘렀다. 어머니를 지켜보는 일(어머니가 잠들어 있으면 조용히 다가가 숨을 쉬는지 확인하는 것을 포함해서), 때마다 어머니에게 죽이나 약을 챙겨주는 일, 어머니가 혼자가 아니라고 느끼도록 같은 집에 있어주는 일 외에 내가 더 해야 하는 일은 없었기 때문에 나는 부엌 식탁에 노트북을 펼쳐놓고 나의 할 일을 하고자 했다. 그러나 나는 아무것도 쓰지 못했다. 여기가 아닌 다른 곳에 대해서는 아무 말도 할 수가 없어진 것 같았다. 무언가를 쓰려면 어딘가로 가야 했지만 나는 형의 당부 그대로, 어머니가 있는 집에서 단 한 발짝도 벗어나지 못했던 것이다. 그렇게 내가 노트북을 펼쳤다 덮었다 하며 거실과 부엌, 부엌과 작은방을 오가며 시간을 보내는 사이 정작 무언가를 쓴 것은 어머니였다.

*

어머니는 주로 간단한 수신호로 의사를 전달했지만, 보다 구체적으로 내용을 표현하고 싶을 때에는 펜을 사용했다. 처음에는 집에 굴러다니는 영수증이나 아파트 관리비 청구서 뒷장 같은 곳에 적다가, 나중에는 몇 장 안 남은 오래된 수첩에 무언가를 적어 내게 건넸다(주로 '형 오지 말라 그래라' '병원비는 얼마나 나왔니' 하는 내용이었다). 그러다 보니 종이가 부족해져서 나는 형에게 노트를 사다달라고 부탁했고, 형은 '혹시 몰라서'라며 문구점에서 얇은 비닐로 묶인 열 개들이 학생용 공책 세트와 볼펜 다섯 자루를 사 왔는데, 형이 무엇을 의도했든 정말로 그 '혹시 모르는' 일이 실현된 셈이었다. 그러고 얼마 뒤 방문을 열었을 때 나는 어머니가 침대 위에 앉아서 허리를 둥글게 만 불편한 자세로 공책에 무언가 쓰고 있는 모습을 발견했다. 처음 그 모습을 보았을 때 나는 순간적으로 두려움을 느꼈는데, 어머니가 이번에야말로 제대로 된 유서를 쓰고 있는지 모른다고 생각했기 때문이었다.

어머니가 쓴 글을 읽은 것은 며칠이 지나서였다. 나는 내가 어머니가 쓰는 것을 보려 한다거나, 무슨 글을 쓰고 있는지 물어본다면 어머니가 글쓰기를 중단할지 모른다는 생각에 인내심을 가지고 그저 지켜보았다. 어머니는 잠깐씩 눈을 붙일 때 외에는 거의 하루 종일 공책을 붙잡고 있었다. 허리가 아플 만도 한데 침대에서 벗어나지 않고 자세를 이리저리 바꿔가며 계속해서 무언가를 썼다. 어머니는 글을 쓰다 어느 순간 울음을 터뜨리기도 했고, 화가 난 얼굴이 되기도 했지만 내가 느낀 것은 어머니가 그 일을 전반적으로는 즐기고 있다는 것이었다. 어머니는 열정적으로 그 일을 해나갔다. 그리고 며칠이 지나고 나서야 점점 속도가 줄었는데, 종내에는 침울해진 것 같았다. 그러다 결국 글쓰기를 완전히 멈췄고, 나는 어머니가 잠들었을 때 조용히 그것들을 들고 거실로 나왔다.

*

나는 어머니가 무엇을 쓰는지 알고 있다고 생각했다. 죽음을 눈앞에 뒀던 사람이 무엇을 보았겠는가. 병원에서 패배감과 안도감을 느끼며(이건 나의 추측일 뿐이지만) 회복을 기다릴 때 무슨 생각을 할 수 있었겠는가. 그 고통스럽고 긴 시간 동안 자신의 삶을 되돌아보는 것 외에 어머니가 무엇을 할 수 있었겠는가. 나는 어머니가 말하자면 자기 치유의 행위로서 지나온 삶을 하나하나 되짚어보며 일종의 회고록을 쓰고 있을 거라 생각했다. 그래서 나는 어머니가 쓴 글을 읽고 놀라지 않을 수 없었다. 거기에는 그런 것이 적혀 있지 않았다. 어머니가 쓴 글에는 어머니가 살아온 삶이 담겨 있지 않았다.

어머니가 쓴 글은 고향에서 중학교를 졸업한 뒤 서울로 상경하며 시작된다. 어머니는 얼마 뒤 아버지를 만나게 된다. 그리고 아버지의 강압에 의해 관계를 맺게 되고, 본인의 의지와 상관없이 임신하게 된다. 어머니는 아버지에게서 벗어나고 싶어 하지만 그 일은 번번이 실패한다. 둘째를 임신하고 난 다음에야 어머니는 체념하고 자신의 삶에 닥친 일을 받아들인다. 그후로는 나도 아는 삶이 펼쳐진다.

그런데 어머니가 쓴 글 속에서 어머니는 아버지를 만나지 않는다.

서울로 상경한 어머니는 고등학교를 무사히 졸업하고, 그 시기에는 드물게 대학까지 가게 된다. 내가 어머니에게 들은 적이 있던 중학교 동창의 이야기, 서울로 상경해 대학을 나와 지금은 미국에 살고 있다는 친구와 같은 삶이 어머니에게도 펼쳐지고 있다. 어머니는 대학을 졸업하고 무역 회사에 들어가 세계를 돌아다니며 일한다. 아니, 어머니는 생물학자가 되어 아프리카와 남아메리카와 호주를 돌아다니며 동물을 연구한다. 어머니는 결혼해서 로스앤젤레스에 살고 있다. 동쪽에는 사막이 있고, 서쪽에는 바다가 있고, 북쪽에는 울창한 숲이 있는 그곳에서(몇 년 전 로스앤젤레스에서 내가 어머니에게 전화를 걸었을 때 나는 어머니에게 이와 같은 이야기를 한 적이 있다). 어머니는 그곳에서 운전을 해 어디로든 돌아다닌다. 자신이 운전하는 자동차로 사막을 통과한다. 그리고 다시. 어머니는 고등학생 시절로 돌아와 한 남자를 만난다. 그는 아버지와 달리 다정하고 가정적이다. 그와는 두 딸을 낳는다. 자신은 대학을 나오지 않았지만 딸들은 다르다. 두 딸 중 하나는 대학을 졸업하고 무역 회사를 다니며 세상을 돌아다닌다. 또다른 딸은 생물학자가 되어 세계 각지를 떠돌며 동물을 연구한다. 그리고 다시……

어머니의 글은 조금씩 변주되며 여러 권의 공책을 거쳐 계속해서 이어졌다. 그런데 독특한 것은 그 글의 형식이었다. 어머니 특유의 낭만성과 비장미가 느껴지는 문체는 여전했는데, 그 글들에는 시제가 섞여서 사용되고 있었다. 과거 시제와 현재 시제, 미래 시제가 혼재되어 있었다. 할 것이다, 했다, 한다, 될 것이다, 되었다, 된다…… 어머니의 글은 마치 다중 우주를 그리는 미래의 일기 같았는데, 그것은 가능성의 구현이라는 점에서 근본적으로 내가 쓰는(/쓰려는) 글들과 다르지 않았다. 그것이 계속해서 실패하고 있다는 점에서도. 그 글은 어머니의 실패한 유크로니아였다. 낙관의 실패가 아니라, 구성의 실패. 어머니는 가능한 삶을 계속해서 써나갔지만 자유롭게 펼쳐진 자신만의 노트에서도 과거 속의 미래를 온전하게 재구성하는 데 끊임없이 실패하고 있었다.

*

나는 어머니가 쓴 글을 읽고서 이 글을 쓰기 시작했다. 아마도 어머니의 집에서 멀어질 수 없었기에 그곳에 대해 쓰는 수밖에 없었던 듯하다. 앞에서 말했듯 이 글도 어머니가 쓴 글들과 본질적으로 다르지 않다. 이 글은 내가 원하는 방식대로 재구성되었으며, 실제 일어난 일에서 많은 것이 생략되어 있다. 이 글에는 나의 아내가 등장하지 않고, 이모들과 삼촌들이 등장하지 않고, 실제로는 많은 도움을 주었던 어머니의 오랜 친구도 등장하지 않는다. 이 글에는 중환자실에서 일반 병동으로 옮길 때 있었던 크고 작은 트러블들과, 그에 대한 아버지와 형의 대응과, 폐쇄 병동에 대한 진지한 논의와, 진료비와 기타 자잘한 선택 과정에서 일어났던 사소한 언쟁들도 등장하지 않는다. 이 글은 많은 부분 사실을 기록했지만 어떤 면에서는 어머니의 글처럼 역시나 하나의 가능성이다. 모든 일을 온전히 기록하지 않은 이 글을 쓰는 것이 이후에 내가 이 일들을 기억하는 데 어떤 영향을 줄지는 알 수 없는 일이다. 이 글을 쓴 것이 내게 정말로 의미가 있는지도. 어머니가 쓴 글이 어머니에게 기쁨을 주었는지, 어머니를 아프게 했는지 내가 알 수 없는 것처럼. 어쩌면 둘 다겠지만, 그저 둘 다라고 말하는 것은 너무 쉽다.

＊

그리고 이것은 내가 하는 또하나의 '구성'이다.

어머니가 어느 정도 회복되고 나서 우리는 같이 공원을 산책했다. 병원에서 나온 뒤에 어머니는 허리 통증이 전보다 심해져 거의 일 분도 제대로 걸을 수 없는 상태가 되었다. 좋지 않은 자세로 며칠 동안 글을 써내려가서인지, 그전에 병상에 너무 오래 누워 있었던 탓인지, 아니면 '특공대'가 거기까지 손상을 가한 것인지, 혹은 그 모두의 영향인지. 그럼에도 나는 어머니가 창문을 통해 들어오는 작은 조각보다 더 큰 햇볕을 쬘 필요가 있다는 생각으로, 거의 들어올리다시피 어머니를 부축해 공원으로 나왔다. 주말의 공원에는 내가 어머니의 병원으로 가던 날과 크게 다르지 않은 풍경이 펼쳐져 있었다. 출근 복장을 하고 공원을 가로지르는 사람들은 없었지만, 더운 날씨임에도 소풍을 나온 가족들과 개를 데리고 산책로를 걷는 사람들, 그리고 선 캡을 쓴 채 둘러서서 이야기를 나누는 나이 든 여자들이 보였다. 어머니가 그 통에 들어 있던 것의 절반을 남기지 않고 모두 비웠다면 볼 수 없었을 풍경. 나는 대단히 아름답지는 않지만 평화로운 이 풍경을 어머니가 보았으면 했다.

그리고 우리는 집에서 멀지 않지만 공원이 한눈에 보이는 적당한 벤치에 앉아서 말없이 그것들을 바라보았다. 공원의 광장에는 아버지와 아들이 꽤 큰 드론을 띄우는 것이 보였고, 책가방을 멘 여자아이가 세그웨이를 타고 가는 것도 눈에 들어왔다. 어머니의 영향 탓인지 나는 그처럼 미래를 암시하는 물건들을 보면 내심 설레곤 했다. 금방이라도 미래가 도래할 것 같다는 착각을 주곤 하니까. 나는 광장을 통과하는 여자아이를 가리키며 어머니에게 말했다.

"엄마, 저거 봐."

어머니는 고개를 돌려 내가 가리키는 쪽을 보았는데, 여자아이가 우리에게서 빠른 속도로 멀어져가는 바람에 제대로 보았는지는 알 수 없었다. 어머니는 내게 입 모양으로 무언가를 말하려다가 온몸을 휘청이며 한참 동안 기침을 했다.

나는 보지 않아도 어머니가 무슨 말을 하려 했는지 알 수 있었다. 내가 옆에 있는 동안 어머니가 내게 가장 자주 했던 말이었는데, 바로 '엄마 너무 신경쓰지 마'라는 말이었다. 그리고 '엄마는 괜찮을 거야'라는 말.

형은 그 말을 믿지 않았지만 나는 사실 어머니의 말을 믿었다. 어머니가 괜찮을 거라는 말. 어머니에게만큼 나에게도 나만의 믿음이 있었는데, 그것은 어머니가 그리는 괜찮은 미래는 영영 오지 않을 것이라는 사실이었다. 과거가 괜찮은 모습으로 우리에게 다가오지 않는 것처럼, 미래도 우리가 바라는 모습으로 우리에게 오지 않을 것이다. 그러나 그럼에도 낙관이 가능한 이유는 미래는 언제까지고 미래에 머물러 있을 것이기 때문이다. 미래는 어디에나 있다. 심지어 실패한 과거 속에도. 그러니 그 말이 미래 시제로 존재하는 한, 나는 그 말을 믿는다. 믿기로 한다. 그것이 어머니와 내가 공유하는 유일한 자원인 것처럼. 그래서 나는 어머니의 염려와 달리, 아무 걱정도 하지 않았다. 미래는 아직 다가오지 않은 채로 멀리 있다. ▪

일몰을 걷는 일

이건 들은 얘긴데, 내가 아는 어떤 사람이 언젠가부터 시도 때도 없이 울음이 터져 나와 곤란을 겪게 되었다고 한다. 어느 정도냐면 거의 사람이 아니라 걸어 다니는 눈물주머니라고 불러야 했을 정도라고. 눈 밑까지 가득 들어차서 찰랑이다가 잠시 기우뚱하거나 누가 툭 건드리고 지나가면 왈칵 눈물을 쏟아내는 그런 주머니 말이다.

*

그는 회사에서 다른 부서에 자료를 전달하기 위해 4층에서 6층으로 올라가는 엘리베이터 안에서 울었다. 회의 도중에 눈물이 나올 것 같아 조용히 빠져나와 화장실에서 잠시 울고는 자리로 돌아가야 할 때도 있었다. 언제 울음을 터뜨리게 될지 몰라 일상적으로 사람을 만나는 것도 쉽지 않은 일이 되었다. 그는 점심 메뉴를 고르다가도 울고, 옷장 정리를 하다가도 울었다. 자전거를 타다가도 울고, 달리기를 하다가도 울었다. 정치 뉴스를 보다가도, 인터넷에서 반찬거리를 사다가도 울었다. 그는 그냥 울었다. 슬픈 생각이 들어서가 아니라 대체로 이유 없이 울었다. 그다음에 슬픈 생각이 떠오를 때도 있었지만 아닐 때도 있었다. 그런 일이 있기 전까지 그는 자신이 유별나게 감상적인 사람이라고 생각해본 적이 없었지만, 상황이 그쯤 되어서는 어쩌면 그럴지도 모른다고 인정할 수밖에 없었다.

퇴근하고 집으로 향하는 길에 서너 정거장 먼저 내려 한참을 울며 걷다 들어가는 것은 일종의 루틴이 되었다. 집에는 아내가 있었고 그녀에게 걱정을 끼치고 싶지 않았기 때문이다. 사람들이 하루 일과를 끝내고 집으로 돌아가는 저녁 무렵에 눈물을 쏟으며 구부정하게 거리를 걷고 있는 남자라니. 나라도 그런 사람을 봤다면 아마 대단한 사연이 있거나 어딘가 아픈 사람이라고 생각했을 것이다. 처음에 그는 그런 자신을 의아하게 바라보는 행인들의 시선을 피하려고 애썼지만 어느 순간부터는 그냥 포기해버렸다. 하지만 뭐 어떤가. 우리는 하루에도 길에서 수백 명의 사람들을 마주치지만 잠자리에 누웠을 때 그중 기억나는 얼굴이 하나라도 있던가? 살면서 지나친 수십만 명의 사람 중 아마 길에서 울며 걷고 있는 사람을 본 적도 있겠지만 지금은 그 사람이 누구인지(그러니까 그가 누군가 자신을 기억하고 있다는 사실을 의식하거나 부끄러워해야 할 만큼 그 사람을 구별하게 하는 어떤 정체성 같은 것), 외모가 어땠는지, 그를 보았을 때의 시간이 언제였는지, 적어도 어떤 계절이었는지 기억이라도 나던가? 그 역시 대로에서 큰 소리로 다투는 연인을 본 적도 있고, 인파가 많은 곳에서 갑자기 넘어져 부끄러워하는 사람을 본 적도 있지만 그들이 누구였는지 알지 못하는데. 그러니 누구도 울며 거리를 걷는 그를 보지 못하는 셈이다. 그래서 그는 마음 놓고 울며 걸었다.

이혜인 선생은 그가 그러는 게 유년 시절의 경험과 깊은 관계가 있을 거라고 생각했다. 그도 그럴 것이 상담을 받기 위해 그녀를 찾아간 첫날, 첫 번째 질문으로 그녀가 "부모님은 어떤 사람들이었나요?"라고 물었을 때 그가 곧바로 울기 시작했기 때문이다. 모르겠다. 그는 사람들 앞에서 울음을 참는 일에 조금 지쳐 있었던 것 같다. 그는 아마 그녀가 중세 국어와 현대 한국문학의 연관 관계에 대해 물었어도 울음을 터뜨렸을 것이다. 아무리 그렇더라도 어떻게 처음 보는 사람 앞에서 울음을 터뜨릴 수 있나 싶겠지만, 인터넷을 검색해 찾아간 그 상담센터는 사람을 무장해제시키는 분위기가 있었다. 이혜인 선생은 온몸이 푹 잠기는 리클라이너 소파에 그를 앉히고 조도가 낮은 백열등 하나만 켜둔 채 그윽한 얼굴로 그의 눈을 한참 들여다보다가 그렇게 물었던 것이다. 그가 눈물을 쏟자 그녀는 이거다 싶었는지 그가 유년 시절의 불운한 기억들에 대해 구구절절 털어놓기를 기다렸다. 하지만 비록 처음부터 그런 모습을 보이긴 했지만 그는 친밀하지 않은 사람에게 쉽게 마음을 여는 편은 아니었기에 주로 회사생활에서 겪는 어려움 같은 피상적인 이야기를 하며 한 시간을 보냈다. 이혜인 선생은 집중력을 잃지 않고 고개를 끄덕이며 그의 이야기를 듣긴 했지만 썩 만족스럽지는 않은 기색이었다. 그녀는 말로 하는 것이 어려우면 어린 시절에 대해 기억나는 것을 글로 써보라는 숙제를 내주었다. "기억

나는 건 무엇이든지요." 그녀는 아마 말로 하는 것보다 글로 쓰는 편이 좀더 쉬울 거라고 생각했을 것이다. 그는 글을 쓰는 것이 직업인 사람이었고, 그녀 또한 그 사실을 들어 알고 있었으니까. 아직 그녀에게 언제부터인지 글쓰기가 그에게 결코 쉽지 않은 일, 거의 공포스러운 일이 되었다는 이야기를 하지 않은 탓이었다. 그는 잠시 망설였지만 그녀의 거듭된 권유에 마지못해 그러겠다고 했다.

*

다음 주에 그는 처음으로 두발자전거를 타는 데 성공했던 기억에 대해 짧은 글을 써 갔다. 빠르게 페달을 굴리고, 자전거가 기울어지려할 때 중력이 작용하는 방향으로 재빨리 핸들을 돌리면 넘어지지 않을 수 있다는 걸 알게 되었을 때의 기쁨. 그가 여섯 살 된 해의 일이었고, 그건 그의 삶에서 가장 오래된 기억 중 하나였다. 그는 자신의 첫 기억이 무언가를 성취한 순간이라는 사실을 마음에 들어 했다. 그 기억에 그의 부모는 등장하지 않았는데, 그는 그것을 자신이 자율적이고 주체적인 삶을 살리라는 어떤 상징을 내포하고 있다고 여겨왔다. 그런데 이혜인 선생은 바로 그 지점에 주목했다. 그녀는 그가 유년 시절에 부모와 충분한 애착 관계를 형성하지 못했기 때문에 성인이 되어서도 정서적 결핍에 시달리게 된 듯하다고 진단한 것이다. 나아가 그녀는 그 장면에서 카메라가 비추지 않는 곳, 화각을 벗어난 장소에서 그의 부모가 그를 지켜보고 있었을 것이라는, 그가 그들에 대한 기억을 의도적으로 삭제했을지도 모른다는 의혹까지 제시했다. 그녀의 분석에 따르면 어린 시절, 그가 아직 털어놓지 않은 모종의 이유로 부모에게 느낀 소외감과 결핍감이 30년에 가까운 세월이 흘러, 아직 털어놓지 않은 모종의 요인으로 인한 스트레스로 쇠약해진 그의 정신에 작용해 눈물을 흘리도록 했다는 것이었다. 나 참, 프로이트나 미국식 정신분석이나 어쩜 그리 한결같은지.

유년기 트라우마의 유무와 무관하게 그가 어머니를 케어하느라 지쳐 있던 것은 사실이다. 그의 어머니는 아버지와 오랜 기간 갈등을 겪다 최근 집에서 나와 혼자 살고 있었는데, 모든 인간관계에 진력이 난 나머지 자신의 형제자매들과도 완전히 담을 쌓고 칩거 중이었다. 그녀는 스스로를 고립시키고는 아들 외에는 아무도 만나지 않았다. 척추협착증과 퇴행성 관절염으로 일상적인 외출도 쉽지 않았던 그녀는 스마트폰으로 할 수 있는 일 중 가장 유용한 두 가지 일, 아들에게 힘겹게 배워 겨우 할 수 있게 된 유튜브 시청과 온라인 장보기로 삶을 이어나가고 있었다. 그는 어머니의 집 발코니를 가득 메울 정도로 많은 다육 식물 화분들을 보며 자신이 그녀와 함께 살던 때를 떠올렸다. 집에 식물이라고는 찾아볼 수 없었던 시절, 틈날 때마다 버스를 타고 전국 어디든 떠돌기를 즐기던, 비록 가족에게서 잠시라도 벗어나기 위함이었을지라도 나름의 생기를 품고 자신의 발로 어디까지고 이동하던 그때를. 그녀는 스스로를 고립시킨 사람치고는 말하기를 좋아했고, 유쾌한 언변을 구사했다. 그가 찾아갈 때마다 그녀는 텔레비전과 유튜브로 알게 된 바깥세상 소식을 자신의 견해를 덧붙여 들려주곤 했다. 시종 농담을 섞어 가며 끊임없이 늘어놓는 이야기를 들으며 그는 세계정세에 대해서라면 그녀가 자신보다 훨씬 더 아는 게 많을 거라고 생각하곤 했다. 그녀는 하나의 이야기, 그러니까 그녀가 펼치는 모노드라마의

한 시퀀스가 끝날 때마다 마치 후렴처럼 반복적으로 다음과 같은 이야기를 덧붙였다. 그것은 다양한 방식으로 변주되었지만 크게 보면 두 가지 내용이었는데 하나는 나는 괜찮으니 걱정할 거 하나 없다, 그리고 또 하나는 너는 자식을 만들지 마라, 였다. 그는 그 이야기를 들을 때마다 알겠다며 고개를 끄덕였지만 대화가 충분히 길어지면 또 그와는 정반대의 이야기가 시작되리라는 것도 알고 있었다. 나의 삶은 처음부터 잘못되었으며 이제는 모든 것이 무의미해 당장 세상을 떠나고 싶은 마음뿐이다, 전부 다 부질없지만 인생에서 딱 하나 의미 있는 것이 있다면 그것은 바로 너를 낳은 것이다, 라는 말이었다. 물론 사람은 누구든 어느 정도는 이율배반적인 면을 가지고 있으니 누군가가 동시에 상반된 의미의 이야기를 한다고 해도 그리 당황할 필요는 없을 것이다. 그래서 그는 어머니의 말에 성실히 고개를 끄덕였다.

그렇다고 그가 그녀를 자주 찾아간 것은 아니었다. 애써 그녀에게 유튜브와 온라인 쇼핑을 가르쳐준 것도 그럴 수 있도록 하기 위함이었으니까. 그의 어머니와 그는 살아온 시대도, 교육 수준도, 성별부터 하는 일까지 모든 것이 달랐지만 그녀를 볼 때면 그는 자신의 분신을 마주하고 있는 듯했다. 정확히 말하면 그가 그녀의 분신이겠지만, 그는 그렇게 느꼈다. 여기 나를 닮은 사람이 있다고. 그래서 그녀를 보고 있으면 그는 자신의 미래를 목격하고 있는 듯한 기분이 들었는데, 그것이 불행(또는 불운)한 길이든 아니든, 그가 그것을 받아들였든 아니든 간에 자신의 미래가 눈앞에 펼쳐지는 걸 느끼는 것은 아득하고 피로한 일이었기에, 그는 어머니를 만나고 집으로 돌아오면 완전히 녹초가 되어버리곤 했다.

*

어쩌면 다른 사람들은 그러지 않을지도 모르겠다. 그가 유독 미래라는 것에 피로감을 느끼는 사람일지도. 그래서인지 그는 언제나 미래보다는 과거로 향하는 사람이었다. 미약할지언정 희망을 가정할 수 있는 미확정된 미래보다, 회한으로 가득하더라도 완료된 과거를 들여다보는 것이 그는 더 편했던 것이다. 그런 그에게는 상대를 곤혹스럽게 만들 수도 있는 기이한 습관이 있었는데, 그것은 바로 이제는 멀어진 사람에게 편지를 쓰는 일이었다. 그는 자신이 떠나온, 혹은 자신을 떠나간 사람들에게 몇 년, 길게는 십수 년이 지난 뒤에 편지를 썼다. 대학 동기의 결혼식장으로 향하는 택시 안에서라든가, 휴가지에서 이국의 왕궁을 구경한 뒤 호텔로 돌아와서라든가, 그는 그래야겠다는 생각이 들면 스마트폰의 메모 앱에든 호텔의 결제 확인증 뒷면에든 손에 잡히는 대로 편지를 쓰기 시작했다. 그도 자신이 언제 편지를 쓰게 될지 알 수 없었다. 그런데 딴에는 마음을 담아 하는 일이겠지만 소통이라는 것은 아무래도 어느 정도 감정의 궤가 맞아야 하는 일이기에, 냉랭한 답장이 올 때도 있었고 아예 답신이 오지 않을 때도 있었다. 그래도 성의 있게 화답하는 경우가 아주 없지는 않았는데 자신의 마음에 공감한 듯한 답장을 받으면 그는 용기 내서 먼저 말을 건네길 잘했다고 여기며 그 사람과의 오랜 관계를 재설정하곤 했다.

하지만 그가 마지막으로 편지를 쓴 건 꽤 오래전 일이었는데, 예전보다 글쓰기를 힘겨워하게 되었다는 요인도 있었지만 나이가 들면서 새로 알게 되는 사람이 적어져 그만큼 새로 멀어지는 사람도 줄어들다 보니 편지를 보낼 만한 사람이 거의 남지 않은 탓이 컸다. 그래서 누군가에게 편지를 써야겠다는 생각이 들 때마다 그는 가장 과거에 멀어졌지만 아직 편지를 보내지 못한 한지수를 떠올리곤 했다. 그는 과거를 자주 생각하는 사람이었기에, 최근 자신에게 일어난 심정적·신체적 변화가 미처 화해하지 못한 지난 관계의 앙금들이 마치 신발 속 뾰족한 돌멩이처럼 자신의 마음속을 굴러다니며 계속해서 작은 생채기를 만들어내기 때문일지 모른다고 생각했다. 그런 생각이 들자 그는 이번에야말로 한지수에게 그동안 보내지 못한 편지를 쓸 때인 것 같다는 생각을 했고, 곧바로 그 일에 착수했다. 회사에 출근해 자리에 앉은 지 얼마 되지 않은 시간이었는데 편지를 써야겠다는 생각에만 몰두한 그는 오전 중에 꼭 작성을 마쳐야 해서 출근길 지하철에서부터 머릿속으로 구상해온 보도자료 파일을 닫고 새 문서를 열었다. 오전에 쓰기 시작한 편지는 점심을 걸러가며 애를 쓴 끝에 오후 나절이 되어서야 겨우 끝마칠 수 있었다. 인사말을 다듬는 데에만 거의 한 시간이 걸렸던 것이다. 그가 쓴 편지의 내용은 대략 다음과 같았다.

안녕, 잘 지냈니, 우리가 마지막으로 본 게 언제인지 모르겠네, 고등학교 졸업하고 한동안은 상갓집이나 결혼식에서 어색하게 마주치기라도 했던 것 같은데 이제는 다들 멀어져서 그렇게 모일 일도 없구나, 우리는 어렸을 때부터 누구보다 가까웠잖아, 그런데 언젠가부터 너와 이야기하는 것이 어려워졌어, 수능이 끝난 뒤 내가 도서관에 가자고 했던가 아무튼 방과 후에 무언가를 같이 하자고 제안한 것을 네가 냉랭하게 거절한 이후로는 다시 말을 붙이기가 어려웠던 것 같아, 아니 생각해보면 그전부터 나를 대하는 너의 태도에서 어떤 차가움을 느꼈기 때문에 오히려 부자연스럽게 자꾸 어디를 같이 가자고 했던 거지,

혹시 내가 너에게 무언가 잘못한 게 있을까, 너희 부모님이 집을 한 채 네 명의로 돌려두었다는 이야기를 듣고 내가 약간은 조롱조로 너에게 유산계급이라고 말했던 일 때문일까, 그리고 그 일을 다른 친구들한테 이야기해서? 모르겠네, 사실은 그 이야기를 한 시점도 잘 기억나지 않아, 하지만 고등학교를 졸업한 이후에도 지금까지 나는 자주 너에 대해 생각해왔어, 우리가 이제 와서 친구로 지낼 수 없다는 것은 알고 있지만 그래도 어쩌면 살면서 계속 담아두고 있었던 마음의 앙금들이 사실 한 번의 대화, 단 한 번의 용기로 해소할 수 있었던 것 아니었을까 하는 생각을 나중에 하게 될까 봐, 누군가가 먼저 말을 걸기만 한다면 멀리서나마 서로를 응원하며 살아갈 수 있지 않을까 하는 생각에 편지를 써……

그는 편지를 적기 시작한 뒤 자신이 생각보다 그에 대해, 그리고 그와의 일화들에 대해 거의 기억하고 있는 것이 없다는 사실을 깨달았다. 그는 속 시원히 이야기를 꺼냄으로써 짚고 넘어갈 부분은 짚고 넘어가고, 풀 수 있는 오해는 풀고 앞으로 좋은 마음, 아니 그보다는 편안한 마음으로 그에 대해 떠올리고 싶었을 뿐이었는데, 정작 쓰다보니 구체적인 이야기보다 그저 그리움을 담은 애절한 연애편지처럼 되어버린 것 같았다. 그는 그 글을 다 쓴 뒤 곧바로 처음부터 다시 읽어 내려가다가 자신이 쓴 글을 읽는 데 지쳐서 절반쯤 읽고는 마우스 휠을 빠르게 돌려 마지막 줄까지 내려갔다. 거기에는 이렇게 쓰여 있었다. "내가 무언가 사과할 것이 있다면 얘기해줘. 그리고 네가 사과할 것이 있다면 사과해줘." 그는 그대로 전송 버튼을 눌렀다.

*

그는 그런 편지 같은 건 어떻게든 써냈지만, 정작 써야 하는 글은 쓰지 못하고 있었다. 그는 회사를 다니며 퇴근 후에는 소설을 썼는데, 마지막으로 책을 낸 뒤로 1년이 넘도록 아무것도 쓰지 못하고 있었다. 이미 꽤 많은 소설을 써왔으면서도 어느 날부터 더 이상 자신의 문장을 견딜 수 없게 된 것이었다. 글을 통해 다른 누군가의 목소리를 내는 일, 자신이 아닌 자신과 닮은 누군가가 되어 말하는 일을 참지 못하게 되었다고 하는 편이 맞겠다. 그는 소설이 재현이라고 생각해왔다. 이 순간을 실제로 살아내고 있는 사람은 그것을 감각할 뿐 면밀히 살필 수는 없기 때문에 그걸 깊이 들여다보기 위해서는 삶을 재현하는 과정이 필요하며 그것이 바로 소설이 존재하는 이유라고 말이다. 그러니 그가 소설의 작동 여부를 판단할 때 그것이 얼마나 삶을 실재와 동일하게 모방하고 있느냐가 가장 주요한 요소가 될 수밖에 없었을 것이다. 하지만 그와 동시에 소설은 원칙적으로 픽션이라는 명제는 그를 혼란에 빠뜨렸다. 어느 순간부터 허구를 만들어내는 일에 회의를 느낀 그에게 소설에 관한 유명한 격언, 그 자신도 가끔 이야기하곤 했던 '소설은 진실을 이야기하기 위해 거짓을 이용하는 장르'라는 명구는 허황되게 들릴 뿐이었다. 그것을 위해 자신이 만들어낸 허구는 얼마나 실제 세계를 반영하고 있는가. 진실을 이야기하겠다고 직조한 허구가 실제로는 진실을 반영하지 못한다면 그가 만들어낸 허구는 무엇을 위한 허구란 말인가. 의도와 무관하게 거짓을 가리키는 허구가 그 존재 가치를 지켜낼 수 있을까? 그는 자신이 쓰는 모든 문장을 검열하기 시작했는데, 그럴수록 자신의 문장이 진실을 가리키고 있다는 확신을 잃어갔고 점점 무엇도 쓸 수 없는 상황에 빠져들었다. 그에게는 처음 소설을 쓰기 시작했을 무렵 도저히 풀 수 없는 궁금증이 하나 있었는데, 그러니까 자신이 읽은 문학작품을 가득 채우고 있는 구체적인 요소들, 어떤 인물은 보험회사에서 일하고 어떤 인물은 비행기 사고를 당한다면, 도대체 왜 그가 신발가게를 하거나 신문사에서 일하는 대신 보험회사에서 일해야 하는지, 왜 그가 자동차 사고를 당하거나 백혈병에 걸리지 않고 비행기 사고를 당하는지 하는 것이었다. 그는 거기에 어떤 필연성이나 상징이 존재하지 않는다면 우리가 그것을 친구가 아무렇게나 지어내서 즉흥적으로 들려주는 이야기보다 더 귀담아들어야 할 이유가 무엇일까, 하는 의문을 가졌던 적이 있다. 그는 소설을 계속 써오며 그에 대한 답을 얼마간 스스로 찾아냈다고 생각했는데, 자신의 문장을 믿을 수 없게 된 지금 해답은커녕, 다시 미궁 속을 헤매게 된 것이다. 그는 하나의 인물, 하나의 요소, 하나의 대사를 만들어나갈 때마다, 그리고 하나의 문장, 하나의 단어를 적어 내려갈 때마다 그것이 왜 존재해야 하는지 회의를 품지 않을 수 없었고, 그것이 존재해야 마땅하다는 믿음을 갖지 못한 채로는 더 이상 한 글자도 쓸 수 없게 된 것이었다. 그는 문장을 하나 쓴 다음, 갑자기 어떤 개연성 없는 사건이 일어나 (예를 들면 화재가 난다든지 천장이 무너져내린다든지 해서) 그 거짓된 문장을 지울 기회를 놓쳐버릴지도 모른다고 생각하는 사람처럼 부리나케 그 문장을 지워버렸다. 그는 자신이 영영 소설을 쓸 수 없게 되었다고 생각했다. 그래서 자전으로 발생하는 시차처럼, 지구 반대편에 지연되어 도착하는 밤처럼 이미 자신은 어둠 속에 있는데 아직 일몰을 보지 못한 사람들만이 자신을 여전히 소설을 쓰는 사람으로 여기고 있으며, 자신은 그들을 속이고 있는 것이라는 생각을 하곤 했다.

방금 한 말은 비유였을 뿐이지만, 여기 실제로 지구 반대편에서 그에게 말을 걸어오는 이가 있다. 바로 그의 오랜 친구 이연진으로, 그녀는 미국 동부에 살고 있었다. 그녀는 고등학교를 졸업한 뒤 곧바로 미국으로 유학을 떠났고 대학을 마친 뒤에도 쭉 그곳에 살았기 때문에 스무 살 이후 그와 실제로 만난 것은 손에 꼽을 정도였지만 자주는 아니어도 완전히 끊기진 않을 정도로 연락을 주고받고 있었다. 어느 시기에는 통화로, 어느 시기에는 메일로, 시기에 따라 주요 소통 수단이 바뀌었는데 최근에는 영상통화를 이용했다.

이번에 영상통화를 한 것은 거의 반년 만이었다. 그녀는 간단한 안부 인사를 한 뒤 최근 겪은 일을 이야기하기 시작했다. 그녀는 이직에 필요한 서류를 떼기 위해 휴가를 내고 뉴저지에서 모교가 있는 맨해튼까지 갔는데 비협조적인 교직원 때문에 결과적으로 허탕을 치게 된 이야기를 들려주며 분통을 터뜨렸다. 그는 적당히 맞장구를 쳐주었다. "뉴욕 놈들이란!" 물론 그는 뉴욕에 가본 적이 없었다. 하지만 친구의 이야기에 맞장구 좀 쳐주는 데 뉴욕까지 다녀와야 할 필요는 없잖은가? 그녀도 나와 생각이 같았는지 그가 뉴욕에 가본 적이 없다는 것을 알면서도 굳이 그걸 걸고넘어지지 않고 한창 불만을 늘어놓는 와중에도 그의 반응에 고맙다는 표정을 지어주었다. 그것은 그녀가 잘하는 일이었다. 그녀는 말과 말 사이 찰나의 틈새를 파고들어 적시에 꼭 필요한 표현을 해내고야 마는 사람이었다. 그럴 만한 여유가 충분했음에도 고맙다거나 미안하다고 말할 타이밍을 놓치고 한참 뒤에야 후회하는 그와는 다른 타입의 사람. 미국에 오래 살아서 사소한 배려에도 반드시 'Thanks'라고 덧붙이는 (물론 개중 예의 바른) 미국인들의 나이스한 태도를 배우게 된 거라고 생각할 수도 있겠지만, 그녀는 한국에 있을 때에도 그런 능력을 지니고 있었다. 함께 이야기하고 있다 보면 지금 이 순간 다른 사람은 몰라도 그녀만큼은 나의 마음을 깊이 이해하고 있는 듯한 기분이 드는데 기껏 그런 사소한 공감의 제스처로 감동할쏘냐, 하다가도 어쩔 수 없이 뭉클한 느낌이 들어버리도록 하는 그런 타입이었다고 할까. 그래서 그는 그녀 앞에서 하마터면 울음을 터뜨릴 뻔했다. 왠지 향수를 불러일으키는 조악한 화질, 조금씩 지연되며 화면에 나타나는 그녀의 얼굴에서 언뜻언뜻 드러나는 세심함이 그의 마음을 찌르고 들어왔던 것이다. 눈시울에서 뜨거운 기운이 느껴졌을 때 그는 괜히 천장을 올려다보며 고이는 눈물이 떨어지지 않도록 하려고 애썼다. 화상 카메라의 범위를 벗어날 수도 있었겠지만, 그렇게 하면 그녀와의 거리가 오십 센티미터에서 일만 킬로미터로 아득히 멀어질 거라고 생각하니 차마 그럴 수가 없었고, 그는 대신 별것도 아닌 이야기에 과장되게 웃음을 터뜨려 눈물을 훔치는 것으로 위기를 모면했다.

그는 예전에 한번 친구 앞에서 눈물을 보인 적이 있었는데, 친구는 그가 그러는 것이 다른 사람들에게 예술가적 자의식을 드러내고자 하는 은근한 내적 욕망에서 비롯된 것이라고 핀잔을 주었다. 그런 게 아니면 요즘 세상에 도대체 누가 다른 사람 앞에서 별 이유도 없이 눈물을 보인단 말이야? 친구의 말에는 일리가 있었고, 그도 어느 정도는 동의하는 바였다. 자신이 평소에 자꾸 눈물을 쏟는 거야 그렇다 쳐도, 다른 사람들 앞에서 그런 모습을 보인다는 것은 상대가 자신이 그러는 것을 어느 정도 이해해주리라는 기대에서였다는 것을 부인할 수 없었던 것이다. 그 친구의 말대로 허황된 예술가적 자의식의 발현이 아니라고 스스로도 확신할 수 없는 일이었다. 그래서 그는 그 이후로는 다른 사람 앞에서 (그러니까 길에서 마주치는 실제로 자신의 삶에 존재하지 않는 완전한 타인들은 제외한다면) 눈물을 보이지 않으려 애썼다.

그는 이연진의 이야기를 다 들어주고 나서 최근 자신이 겪고 있는 어려움에 대해 이야기했다. 그가 인간 눈물주머니가 된 일이 아니라, 앞에서 기술한 이유로 더 이상 글을 쓰지 못하고 있는 상황에 대해서. 그녀는 그에게 용기를 북돋워주었다. 창조적인 일을 하다 보면 누구나 어려움에 봉착할 때가 있는데, 그런 난관을 만나지 않은 것은 불가능하며, 오히려 난관을 맞닥뜨리지 않고는 성장할 수 없는 법이니 나중에는 지금 겪는 일에 감사하게 될 거라고, 네가 지금 당장은 스스로를 믿지 못하고 있을지라도 나만은 네가 지금의 어려움을 이겨내고 더 좋은 글을 써낼 거라고 믿는다고, 너는 분명히 지금보다 더 좋은 작가가 될 것이고 자신은 그 사실을 결코 의심하지 않기 때문에 실은 걱정도 되지 않는다고 했다. 그는 그녀가 우정이라는 이름으로 사력을 다해 자신에게 허황된 소리를 해주고 있거나, 아니면 무언가 단단히 오해하고 있거나 둘 중 하나일 거라고 생각했다. 그러고 나서 그는 그녀가 자신을 정말 그런 사람으로 오해하고 있는 것이라면, 자신이 그동안 혹시 일종의 미필적 고의로써 그녀를 속여왔다는 뜻이 아닐까 하는 생각에 왠지 모를 죄책감을 느꼈다.

그래서 그는 이유진을 만나보겠다고 자신이 먼저 이야기한 것을 스스로 어떻게 받아들여야 할지 알 수가 없었다. 어떤 부분에서라도 그녀의 기대에 부응하는 사람이 되고 싶다는 마음이었을지. 대화가 다른 주제로 넘어갔을 때 이연진은 자신의 동생에 대한 염려를 토로했는데, 얼마 전 이혼한 후로 갈피를 못 잡고 있다는 것이었다. 그 뒤로 어머니 집으로 돌아온 것도 아니고, 그렇다고 따로 집을 구해 나간 것도 아니고, 전남편과 살던 집에 여전히 혼자 살고 있는데 이번에는 회사까지 그만둬서 도대체 무슨 생각인지 걱정이 이만저만이 아니라고 했다. 당장은 한국으로 들어가기도 쉽지 않은 상황이라 가끔 통화나 하는 정도인데 아무래도 신경이 쓰인다는 그녀에게 그가 "그럼 내가 한번 만나볼까?"라고 묻자 그녀는 반색을 했다. 그녀는 자신이 힘들 때 그가 해준 이야기로 힘을 얻은 적도 많고, 고민이 있을 때 그의 이야기를 듣고 마음의 결정을 내릴 수 있었던 일도 있었으니 그가 한번 만나서 조언을 해주면 도움이 될 거라고 했다. "그리고 옛날부터 유진이가 너 되게 좋아했잖아." 그녀는 이렇게 덧붙였다. 그는 그렇게 말하기에는 자신이 유진을 만난 게 너무 오래전이라 연진에게 그런 식으로 말했다 하더라도 아주 잠깐, 그것도 아주 약간이었겠지, 하고 생각했지만 그렇게 말하지는 않았다.

그가 이연진의 집까지 가게 된 것은 우연한 사건 때문이었다. 아직 이연진이 미국에 가기 전인 고등학생 시절, 둘이 함께 저녁을 먹던 중 그녀가 갑자기 식은땀을 흘리며 복통을 호소해 그가 그녀를 집까지 업어다준 일이 있었다. 그녀를 방에 눕혀주고 나니 저녁을 먹지 못한 그에게 그녀의 어머니가 식사를 차려주었는데, 그때 맞은편에 앉아 끊임없이 질문을 퍼부어 식사 자리의 어색함을 달래주었던 것이 바로 그가 이번에 자기 스스로 한번 만나보겠다고 한 이유진이었다. 그녀는 그에게 집안에 남자가 없어 난감할 뻔했다며(그는 그때 그녀의 부모님이 이혼했다는 사실을 알게 되었다) 그가 있어서 천만다행이었다고 고마워했다. 그다음에 이연진을 만났을 때 그녀는 자신의 동생이 그 오빠 멋있더라, 라고 했다는 식의 이야기를 전한 기억이 있는데, 그게 그녀가 자신의 동생이 그를 '되게 좋아했다'고 말한 근거인 듯했다. 이연진이 미국으로 떠난 뒤 그녀와 관련해 이유진과 몇 번 연락을 주고받은 적이 있긴 하지만, 이후에는 가끔 전해 들어 근황이나 업데이트했을 뿐 그로서는 아무리 생각해봐도 결코 따로 만나 인생에 대해 조언을 할 만한 사이라고는 할 수 없었다.

그런데 그럴 만한 사이였다고 한다면 뭐가 다르긴 할까? 그는 지금 자신은 그 누구에게도 도움이 될 만한 조언을 해줄 수 있는 상황이 아니라고 생각했다. 평소라면 잘 알지 못하는 사안에 대해서라도 일반론을 적당히 곁들여 할 수 있는 말을 성의껏 해주었겠지만 지금은 자기 자신도 제대로 추스르지 못하고 있었다. 더욱이 그도 결혼생활을 하고 있긴 했지만, 눈에 띄는 문제는 없었으므로 이혼한 사람에게 무언가 해줄 수 있는 이야기가 있을까 싶었다. 그가 듣기로 이유진이 남편과 갈라서게 된 것은 그녀에게 다른 남자가 생겨서였는데, 그녀는 그렇게 만난 새로운 사람과도 얼마 가지 못하고 헤어졌다고 했다. 오히려 그녀의 전남편은 얼마 뒤 다른 사람을 만나 결혼했고 자식까지 낳고 잘 살고 있다던데, 그런 상황에 놓인 사람에게 그가 조언이랍시고 해줄 만한 말이 있을 리가 없다는 게 가장 큰 문제였다.

*

그는 이유진에게 연락할 생각을 하면 배가 살살 아프면서 위경련이 올 정도로 긴장이 되었지만, 그렇다고 차마 말을 무르지는 못하고 차일피일 그 일을 미루고 있었다. 그러다 어느 하루는 오늘은 반드시 그 애에게 전화를 걸리라 다짐하고 퇴근 후 지하철에서 나와 거리를 걷기 시작했다. 평소에 그가 울면서 걷던 그 거리였다. 그는 이유진에게 전화를 걸고 그녀를 만나 뭐라도 말해야 한다는 사실에 두려움에 가까운 부담을 느끼는 한편, 그 일이 아무것도 아니라고 생각하고 있었다. 나를 둘러싼 고민과 불안들은 사실 아무것도 아니다. 그는 최근 그런 생각에 빠져 있었다.

그가 느끼는 감정을 어떻게 설명하면 좋을까? 이를테면 그는 거리의 사람들을 지켜본다. 태양이 거리를 붉게 물들인 저녁, 그들은 각기 자신이 가야 할 길을 가고 있다. 스마트폰에 정신이 팔린 채 비틀거리며 걸어가는 남자, 통화를 하며 유아차를 밀고 가는 남자. 한 중년 여성은 큰 우산을 지팡이처럼 짚으며 걷고 있고, 그녀 뒤로는 운동 가방을 든 학생 무리가 뒤따르고 있다. 낡은 자전거를 탄 노인이 그를 향해 다가가다 그를 발견하고는 잠시 휘청거리더니 다시 균형을 잡고 그를 지나쳐 간다. 그 자전거의 짐받이에는 짐을 더 많이 실을 수 있도록 나무판자가 비닐 끈으로 고정되어 있다. 그의 옆에서 가스를 배출하며 서서히 속도를 줄이던 파란색 버스가 그가 타지 않는다는 사실을 확인하고는 문을 닫고 속도를 낸다. 버스에는 공무원 합격자 수 1위라는 온라인 학원의 광고가 붙어 있다. 앙상하게 가지만 남아 거칠게 다듬어져 있는 플라타너스들, 지난가을에 떨어진 듯 보도블록 가장자리에 검게 짓이겨진 낙엽들. 초록색 버스가 그의 옆으로 또다시 한 무리의 사람들을 내려놓고 떠나간다. 잠시 거리를 바라보던 그는 이 모든 움직임이 무의미하다고 생각한다. 그가 지켜보던 이들이 향하는 곳은 아무 곳도 아니며 그들이 하려는 일은 아무것도 아니다, 모든 것이 다 부질없다, 시간이 흐르면 흔적도 없이, 단 한 톨의 의미도 남기지 못한 채 사라져버릴 것들. 물론 이러한 생각이야말로 무의미하고 부질없는 것이라는 사실을 그는 잘 알고 있다. 하지만 그렇다고 그런 생각에서 빠져나갈 수 있는 것은 아니다. 그는 눈앞에 보이는 모든 것이 언젠가는 사라질 것들뿐이라는 것을 생각하며 견딜 수 없는 슬픔을 느낀다. 하지만 그걸 누가 모르나? 그는 언젠가부터 자신이 아무것도 알고 싶지 않고 아무것도 원하지 않는다고 생각하게 되었다.

물론 그는 끊임없이 무언가를 갈망했다. 하지만 그것은 갈망하는 그 찰나의 순간에만, 갈망의 대상으로서만 존재할 뿐 그 실체는 이 우주에 존재하는 다른 모든 것들처럼 무의미할 뿐이라고 생각했다. 그는 어린 시절부터 자신이 원하는 무언가를 얻어낸 사람들, 내면의 깊은 갈망을 현실화한 사람들에 대해 관심이 많았다. 그러니까 삶을 제대로 살아낸 사람들, 인류가 생겨난 이래 이 세상에 존재한 셀 수 없이 많은 사람들 중에 시간을 이겨내고 자신의 존재를 세계에 각인시킨 사람들. 그는 분야를 막론하고 그런 사람들을 동경해왔다. 그러나 지금 그가 느끼는 것은 이윽고 그들이 느꼈을 공허와 허무뿐이었다. 그는 정작 자신은 공허와 회한을 느낄 자격도 없는 인간이라고 생각했음에도, 모든 것이 무의미하다는 생각에서 빠져나올 수가 없었다. 그도 언젠가 세상이 의미로 가득 차 있다고, 무로 시작된 이 세계에 인간이 창조해 낸 의미의 엔트로피는 계속해서 늘어가고 있고 그것만이 인간이 살아 갈 이유가 된다는 생각을 한 적도 있었지만 이제는 그 믿음을 잃어버 렸다. 그러한 믿음을 가지고 있던 시절에는 세상이 무한히 크게 느껴 졌는데, 지금 그는 우주의 비좁음에 온몸이 짓눌리는 듯한 기분을 느 꼈다. 숨을 쉬고 무의미한 움직임을 반복하며 유기체로서 존재하다 이 세상에서 사라질 뿐, 그 외에는 아무것도, 정말로 아무것도 없다는 생 각을 할 때면 그는 금방이라도 자신의 존재가 바스라질 것만 같다고 느꼈다. 무의미가 자신을 산산조각 내고 있다고. 그는 거리를 걸으며 그런 생각을 했다. 그리고 이유진에게 전화를 걸었다.

그런 그가 이유진에게 무슨 말을 할 수 있었을까? 그다음 주에 그는 그녀의 집 근처 카페에서 그녀를 만났다. 그는 오랜 세월 이유진을 보 지 못하는 사이, 그녀의 언니에게 전해 듣는 소식을 통해 자신의 상상 속에서 그녀의 모습을 바꾸어왔다. 그의 상상 속에서 그녀는 조금씩 상처를 지닌 어른이 되어갔고, 이제는 처음 그녀를 보았을 때와는 전 혀 다른 모습이 되어 있었는데, 실제로 만난 그녀는 식탁 맞은편에서 장난스럽게 그에게 말을 건네던 여자아이와 전혀 다를 것이 없는 모 습이었다. 옷차림과 헤어스타일은 달랐지만, 적어도 웃으며 인사를 건 네는 얼굴은 그랬다. 처음에는 옛날얘기를 조금 했고, 세상 돌아가는 이야기로 어느 정도 스몰토크를 나눈 뒤에야 주제가 그녀의 근황으로 넘어갔는데, 그때 그는 그녀에게 이런 이야기를 했다.

그래, 연진이한테 대강 이야기는 들었어, 네 걱정 많이 하더라, 그래 도 지금 보니 잘 지내는 것 같아서 마음이 조금 놓이네, 물론 꼭 그렇지는 않겠지만, 어찌 되었든 네가 잘 지내기를 바라는 사람들이 많거든, 나만 해도 그래, 우리가 얼마 만에 보는 거니, 10년 만인가? 봐, 나 같은 사람도 네가 잘 지내기를 진심으로 바라잖아, 섣불리 위로 같은 걸 하려는 건 아니고, 아니, 사실 위로를 좀 해보려고 했어, 꼭 무슨 일이 있지 않더라도 누구나 위로가 필요하잖아, 나만 해도 그래, 요즘은 사방의 벽이 조금씩 줄어드는 방에 갇힌 것만 같아, 세상이 천천히, 아니 아주 빠르게 나를 조여오는 거야, 그런 기분 느껴본 적 있어? 세상에 기대했던 것들이 하나둘씩 마른 모래알처럼 부서져가는 그런 기분, 삶에서 남은 시간이 얼마 없는 것 같다가도, 한없이 길게 느껴지다가, 이제는 아예 시간이 멈춰버린 듯한 그런 기분 말이야, 어디로도 갈 수 없이 이 세계에, 이 우주에 갇혀버린 것 같고, 사실 태어날 때부터 이미 갇힌 채였던 것 같고, 애초부터 아무 선택지도 없고 그저 무의미를 견디는 것만이 우리의 역할이었던 것처럼…… 그런 생각을 하면 견딜 수가 없어지는 거야, 아니 견딜 수가 없어질 때면 그런 생각이 들기도 해, 예전에는 무언가를 견디기 위해 내가 글을 쓴다고 생각했거든, 그러기 위해 말을 하고 누군가와 대화를 한다고 생각했어, 그런데 이제는 내가 쓰는 글도 견딜 수가 없어, 내 말을 견딜 수가 없어, 그 모든 게 결국엔 아무것도 가리키고 있지 않다는 사실이 나를 짓누르는 거야……

그런데 또 한편으로는 이런 생각도 해, 이런 회의를 견뎌내고 나아간 사람들이 무언가를 이루어내는 것 아닐까, 앞서 살아간 사람들도 삶이 전부 무의미하다는 걸 알면서도 자괴감이나 죄책감이나 열등감이나 상실감을 느끼고, 불안도 안도도 사랑도 미움도, 그 모든 것을 경험한 것 아닐까, 그리고 그다음 이 세상에서 완전히, 영원히 소멸되는 거지…… 그래서 말인데, 이상하게 이미 살고 사라진 모든 사람들이나, 지금 살고 있고 앞으로 태어나 살고 사라질 모든 사람, 모든 존재들을 생각하면 뭉클해져, 그런 걸 생각하면 그냥 살아가면 되는 거라는 생각도 들어, 아무 회의도 갖지 않고, 말없이 해야 할 일을 하면서 살다가 다른 모든 것들과 함께 사라져가는 거야, 그게 다라고 생각하면 아무 문제도 없는 것 같다는 생각이 들어……

실제로는 더 많은 이야기를 했지만 요지를 정리하자면 이런 식이었다는 말이다. 그는 거의 한 시간 동안 말을 쏟아냈는데, 그럼에도 앞의 말들을 다 하지는 못했다. "그런데 또 한편으로는" 이후부터 그는 목이 메기 시작했고, 다른 사람들을 생각하면 뭉클해진다는 식의 이야기를 할 때는 완전히 울고 있었기 때문이다. 그다음에 한 이야기를 이유진이 알아듣기나 했을지도 잘 모르겠다.

*

다음 날 그가 메일함을 열었을 때 새 메일이 두 개 도착해 있었다. 주말이었고, 아내와 함께 점심식사를 하러 교외로 향하던 길이었다. 오랜만에 날이 맑아 간선도로에는 교외로 나가는 차가 많았다. 차가 잠시 멈췄을 때 그는 무심코 휴대폰으로 메일함을 열었고, 그 메일들을 보게 되었다. 두 편지 모두 내용은 길지 않았다. 하나는 한지수에게서 온 것이었고, 이런 내용이 적혀 있었다.

—ㅋㅋㅋ 뭐라는 거야. 나중에 술이나 한잔하자.

거두절미하고 내용은 그게 다였다. 인사말도 따로 없었다. 그리고 또 하나는 이연진에게서 온 것이었다. 급히 쓴 모양인지 그녀도 인사말은 생략하고 다음과 같이 적었다.

— 너 괜찮아? 유진이가 되게 걱정하더라. 무슨 일이 있는 거야? 이야기할 수 있을 때 언제든 얘기해줘.

그 메일들의 무엇이 또 그를 그렇게 만들었을까? 어쩌면 메일 때문이 아니었을지도 모르겠다. 그저 날이 너무 맑아서 그랬을지도. 어쨌거나 그는 곧 눈물을 흘리기 시작했다. 이번에는 피할 곳도 없었다. 그는 뿌예진 시야로 다시 액셀을 밟고 도로를 달리기 시작했다. 옆에 앉아 있던 아내는 당황한 목소리로 그에게 무슨 일이 있느냐고 물었는데, 그는 뭐라고 답해야 할지 알 수 없었다. 그는 걱정스러운 얼굴로 자신을 바라보는 아내의 얼굴을 보았다. 무슨 일이 있느냐고? "왜 그래, 무슨 일 있어?" 그래, 그게 시작일 것이었다. 무엇이 되었든 그를 위로하기 위해서는 이유를 알아야 할 테니까. 그는 어디서부터 어디까지 이야기해야 할지 모르겠다고 생각하다가, 사실 자신에게는 그녀에게 들려줄 이야기가 없다는 걸 깨달았다. 그가 애처롭다고 생각하는 세상 모든 존재가 울지 않고 있는데, 자신만 울고 있는 까닭을 그로서도 알 수 없었기 때문이다. 그는 계속해서 같은 질문을 하는 아내에게 뭐라고 대답해야 할지 알 몰라 차를 달리며 계속 소리 내 울기만 할 뿐이었다.

*

이렇게 이야기를 끝낼 수도 있을 것이다. 이 이야기에 무슨 교훈이 있는지는 모르겠지만, 어떤 사람이 인생의 한 시기 동안 겪은 어려움의 마무리를 그의 울음으로 하는 것은 일단 극적으로는 그럴듯해 보일 테니까. 하지만 그다음에 그에게 일어난 일을 조금만 덧붙이고 싶다.

 이후 그는 부질없는 실존적 고뇌에 점령되었던 삶을 수복해나가기 시작했다. 그는 이혜인 선생에게 유년기의 상처를 고백하고 조각난 과거를 하나둘씩 보수해나갔다. 저녁마다 집 앞 트랙을 달렸고, 한동안 만나지 못한 사람들을 만나 편안히 대화하며 시간을 보냈다. 한지수를 만나 술을 마시며 해묵은 오해를 풀기도 했다. 이연진에게는 그간 그가 했던 생각들에 대해 긴 편지를 썼고, 이유진을 다시 만나 이번에는 그녀의 이야기를 듣기도 했다. 어머니를 이전보다 자주 찾아갔고, 그녀의 삶에 대해 들었다. 기본적으로 말하기를 좋아하는 그녀는 그에게 자신이 살아온 삶의 이야기를 들려줄 때마다 그것들을 긍정적인 쪽으로 조금씩 보정해나갔다. 그리고 그는 새로운 글도 시작할 수 있었다. 시간이 지나면서 자신을 고통스럽게 하던 그의 문장들이 이제는 그렇게 견딜 수 없는 정도는 아니게 되었다. 그는 더 이상 회의에 잠식되지 않았고, 어느 순간부터는 알 수 없는 이유로 울음을 터뜨리지 않게 되었다. 그는 슬픈 영화를 볼 때나 조금 눈물을 흘렸다. 시도 때도 없이 울음을 터뜨리던 시기는, 지나고 나니 삶에서 그리 길지 않은 잠시의 방황에 불과했다고 생각하며 그는 안도할 수 있었다. 그러니까, 그는 무의미라는 거대한 우주적 실재를 마주한 세상 모든 존재를 애처로워하는 것처럼 보였지만 결국 누추한 자기 연민에서 크게 벗어나지 못했던 울음을 멈추고 앞으로 나아가기로 한 것이다.

 그렇다, 그는 정말로 그렇게 되었다. 나의 바람이 아니라. ▪

수상후보작

반려빛
김지연

덜 박힌 못
문진영

장례 세일
박지영

회생
백온유

이소 중입니다
이주혜

이후, 우리
정선임

바다를 보는 법
정용준

김지연

반려빛

2018년 『문학동네』 등단.
소설집 『마음에 없는 소리』, 장편소설 『빨간 모자』, 중편소설 『태초의 냄새』.
〈젊은작가상〉 수상.

반려빛

"너는 강아지나 고양이 중 한 마리만 키워야 한다면 어느 쪽이야?"

"둘 다 별로. 난 동물 안 좋아하잖아."

마트의 반려동물용품 코너 앞을 지나며 선주가 물었을 때 정현은 망설임 없이 그렇게 대답했다. 그 말에 선주는 입을 떡 벌리고 정현을 돌아보았다. 어떻게 인간 된 자로서 개나 고양이를 싫어할 수 있단 말인가! 하고 바라보는 듯했지만 곧 답을 알았다는 듯 고개를 끄덕이며 물었다.

"너 알레르기 있었지?"

정현은 차라리 심한 알레르기라도 있었으면 했다.

"집에 털 날리는 것도 싫고, 내 한 몸 건사하기도 힘든데 먹여주고 씻겨줘야 하는 것도 벅차고……"

아프기라도 하면 돈도 엄청 든다는 말은 속으로 삼켰다. 어쩌면 그게 가장 큰 이유인지도 몰랐지만 돈 얘기를 너무 많이 한다고 선주에게 잔소리를 들은 적이 있었다. 그건 맞는 말이어서 반박을 할 수 없었다.

정현은 거의 매 순간 돈에 대해 생각했다. 아침에 알람을 끄며 십 분 더 자고 택시를 타고 출근할까 생각할 때부터, 점심 메뉴를 고를 때나 퇴근 후 마트에 들러 오렌지를 살까 고민할 때까지. 유튜브 중간 광고를 건너뛰며 프리미엄 구독을 할까 싶은 때에도. 정현은 나가야 할 돈과 들어올 돈에 대해 생각했다. 정현이 아주 많은 돈을 바라는 건 아니었다. 그저 맘 편히 레드콤보 한 마리를 시켜 먹을 수 있는 정도면 됐다. 물론 치킨을 먹으며 볼 왓챠를 정기 구독할 수 있는 돈도 있어야 했다. 소파도 좀 편한 게 있으면 좋긴 하겠지. 그러려면 소파가 들어갈 만한 집도 있어야 하고 거기에 집이 자가면 더 바랄 게 없을 것이다.

"넌 결혼도 안 할 거고, 개도 고양이도 안 키우면 무슨 낙으로 살아?"

"낙 없이 사는 사람도 있어……"

그 말을 듣고 선주가 정현의 등짝을 가볍게 찰싹 쳤다.

"아니, 무슨 정신 나간 소리야? 낙이 있어야 살지. 그리고 인간은 혼자 못 살아. 반려자가, 하물며 반려동물이라도 있어야 해. 서로 보듬어주고 보살필 그런 존재가! 죽고 싶다 생각하다가도 내가 저거 때문에 못 죽지 그런 생각이 들게 해주는 거. 우리 연어 사서 반씩 나눌까?"

정현은 연어도 싫었다. 그 기름지고 물컹거리는 살을 씹을 때면 욕지기가 솟았다. 그걸 선주에게도 몇 번씩이나 말했는데 선주는 기억을 못 했다. 중학교 때부터 벌써 20년째 알고 지냈지만 가까워진 건 둘 다 고향을 떠나 상경해 같은 동네에 살면서부터였다.

선주의 말대로 정현은 반려자도 반려동물도 없지만 자신이 완전히 혼자라고 생각해본 적은 별로 없었다. 자신에게는 아직 사이가 틀어지지 않은 친언니와 부모가 있다. 선주 같은 동네 친구와 매일 카톡을 주고받는 친구도 있고, 자주는 아니어도 두세 달에 한두 번씩 만나는 친구들도 있다. 물론 선주의 말이 어떤 뜻인지 모르지도 않았다. 선주는 그보다 훨씬 더 친밀한 사이가 필요하다고 말하는 것일 테니까. 연어를 싫어한다는 것쯤은 까먹지 않을 사람. 자신의 치부도 다 내보일 수 있는 그런 사이. 서로에게 영순위가 될 수 있는 존재. 그야말로 인생의 동반자 같은 것. 정현이 마지막으로 연애를 한 것도 벌써 2년 전이었다.

긴 연애의 끝에 정현에겐 빚이 남았다. 1억 6천 정도…… 여자 친구 서일과 동거를 할 집을 구할 때 정현의 이름으로 빌린 전세자금대출 8천을 포함한 금액이었다. 정현은 여전히 혼자 그 집에 살고 있다. 전세자금대출은 이자만 내고 있으니 별로 부담이 되지 않는다고 생각할 정도로 나머지 빚의 월 상환액이 높았다. 원금일시상환으로 이자만 내고 있던 대출의 상환일이 돌아왔을 때는 원금을 갚을 형편이 안 되어 갱신이 되지 않을까 봐 조마조마했다. 서일이 반년 안에 돌려주겠다고 말하고 빌렸던 돈이었다. 그게 벌써 3년 전이다. 조금만 더, 몇 달만 더, 하다가 지금까지 왔고 서일이 떠나고 연락이 끊긴 다음에도 빚은 정현의 곁에 남았다.

정현은 다 때려치우고 싶다거나 죽고 싶다 생각하다가도 그래도 저건 다 갚고 죽어야지…… 하는 생각을 했다. 죽으면 어차피 다 끝인데 그걸 왜 굳이 다 갚겠다는 걸까 싶기도 했지만 그래도 정현은 빚진 것 없이 깨끗하게 죽고 싶었다. 자신의 부채를 혈연들에게 떠넘기고 싶지도 않았다. 만약 그런 일이 벌어진다 해도 상속 포기를 하면 그만이겠지만 아무것도 모르는 가족들이 정현의 속사정을 낱낱이 보게 되는 것이 싫었다. 늘 저거 어디 가서 사람 구실은 하고 살라나, 걱정하는 가족들에게 변변한 사람으로 보이고 싶어서 갖은 노력을 다 했는데 빚이 1억 6천이나 있다는 것을 들켜서는 안 됐다. 다른 가족들보다 장수를 하든가 변변한 사람으로 죽기 위해 빚을 다 갚든가 둘 중 하나는 해야만 했다. 하지만 한국에서 태어난 죄로 과로하며 살고 있으니 장수는 이미 물 건너간 것 같았고 살아 있는 동안 빚을 다 갚는 수밖에 없었다.

빚이야말로 정현이 잘 돌보고 보살펴 임종에 이르는 순간까지 지켜보아야 할 그 무엇이었다. 빚 역시 앞으로 수년간은 정현의 옆자리를 떠나지 않고서 머무를 것이고, 정현이 죽었나 살았나 그 누구보다도 계속 두 눈 부릅뜨고 지켜볼 것이다. 빚이야말로 정현의 반려였다.

"나는 그런 거 없어. 그리고 난 연어 안 좋아해."

정현은 선주의 말에 그렇게 대답하면서도 계속 빚을 떠올렸다. 연어를 좋아하지 않아서 다행이라고도 생각했다. 좋아했다면 당연히 사고 싶어졌을 텐데 동시에 자신의 통장 잔고를 헤아리지 않을 수 없었을 것이다.

*

그날 밤 꿈에 정현은 반려빚과 함께 산책을 나갔다. 목줄을 쥔 쪽이 반려빚이었던 것이 좀 다르긴 했지만 개와 산책하는 것도 이와 비슷하리라 생각했다. 정현은 집으로 돌아가는 길에 목이 말라 시원한 아이스 아메리카노를 마시고 싶어져 반려빚에게 넌지시 말을 건넸다. 카페에 잠깐 들를까? 반려빚은 정현이 꽤 가엽다는 듯이, 그러나 목줄을 쥔 자로서 단호해야만 한다는 듯이 줄을 잡아당기며 말했다. 집에 커피믹스 있잖아. 정현은 카페 쪽으로 향하는 발걸음을 쉽사리 포기하지 못하고 꽤 오래 낑낑거렸지만 별도리가 없었다. 정현은 낑낑대다 잠에서 깼고 깬 뒤에도 꿈속의 기분이 그대로 남아 좀 찝찝해졌다. 온몸이 뜨겁고 얼굴도 화끈거려 전기장판의 전원을 껐다. 꿈인데. 꿈에서만이라도 좀 맘대로 먹게 해주지.

왜 원하는 것을 주장하지도 못했을까. 정현은 돈 앞에서는 한없이 작아지고 말았다. 어떤 때는 그런 마음이 정현을 완전히 사로잡았다. 한없이 작아지고 싶다는 마음이…… 부피도 질량도 거의 없다시피 한 아주 작은 존재가 되고 싶다는. 반려빛의 가장 아름다운 형태 역시 점점 작아지다가 완전히 사라지고 마는 것이듯 정현은 자신도 크게 다를 것이 없다고 꿈결에 생각했다.

*

"차용증은 왜 안 썼어?"

선주가 오늘 만료되는 쿠폰을 써야겠다며 스타벅스로 정현을 부른 날이었다. 어쩌다 서일에 관한 이야기가 화제에 올랐는지는 알 수 없었다. 정현은 생크림카스텔라를 아주 오래 씹으며 입안에 음식이 있어서 대답하지 못하는 척을 했다. 정현이 요새 동네 카페 케이크들은 왜 이렇게 비싸냐는 얘기를 한참이나 떠들어댔기 때문인지도 몰랐다. 돈 얘기는 늘 서일에 관한 이야기를 불러왔다.

정현은 선주에게 모든 이야기를 털어놓았던 것을 후회했다. 선주의 원룸에서 같이 술을 마시다가 언제나처럼 주량을 조절하지 못해 마구

퍼마시고는 결국 완전히 취해버려서 신세 한탄을 했던 것이다. 선주의 엄마는 정현의 엄마와 친분이 있었고 그래서 혹시라도 이야기가 새어 들어갈까 걱정이 되기도 했지만 선주는 입이 무거운 편이었다.

차용증을 썼다면 뭔가 달라졌을까? 그때 정현은 서일을 백 퍼센트 신뢰했기 때문에 그런 걸 쓸 생각도 하지 않았다. 얼마만큼 믿고 있는 지를 서일에게 보여주고 싶었던 것 같기도 했다. 우리 사이에 이런 건 필요 없어.

"연락도 없지?"

정현은 고개만 끄덕였다.

"하여튼 걔는 돈에 미친 애야."

아니야, 그냥 돈이 필요했던 것뿐이야. 좀 많이…… 정현의 머릿속 에는 반사적으로 서일을 변호할 말이 떠올랐다. 사실 서일이 잘못한 건 없었다. 서일도 전세 사기의 피해자였다. 정현과 동거를 하기 위해 서일이 살던 원룸을 빼려고 했을 때 집주인이 전세 보증금을 돌려줄 돈이 없다고 했다. 그는 이미 상당한 빚이 있었고 세금 체납액도 한두 푼이 아니었다. 서일의 전세 보증금은 고등학교를 졸업하자마자 취업 한 서일이 이십 대 내내 번 돈이었다. 주말도 없이 일해서 돈을 모아 집을 탈출하듯 독립했었다. 그리고 또 보증금을 높여가며 반지하 원룸 에서 지상으로 올라왔다. 서일은 정현과 동거를 결심하고 원룸 보증금 으로는 가계약을 해둔 네일 숍의 잔금을 치르기로 한 상태였다. 서일 은 그저 돈이 필요했다. 원래 자신의 몫인 그 돈이 있기만 하면 됐다. 집주인은 법대로 합시다, 라는 말만 반복했고 법대로…… 하자니 서 일이 보장받을 수 있는 돈은 원금의 반의반도 안 됐다.

정현은 자신이 서일에게 줄 수 있는 최대치를 주고 싶었다. 그 당시에는 줄 수 있는 게 있어서 천만다행이라고 생각했다. 자신의 부채마저도 자신이 줄 수 있는 것이라고 착각했던 게 문제라면 문제였겠지만.

"너 지금 속으로 걔 편 들었지?"

정현은 아무 말도 못 했다.

"너야말로 진짜 미친년이야. 정신 좀 차려. 걘 결혼도 해서 잘 산다며."

정신을…… 차리자. 정현이 자신에게 가장 자주 되뇌는 말이었다. 하지만 좀처럼…… 정신이…… 차려지지가 않았다.

사귀는 동안 정현은 서일에게 자주 부채감을 느꼈다. 왜 빚진 마음이 드는지, 미안하다는 말을 입에 달고 사는지 알 수 없었다. 늘 자신이 훨씬 더 부족한 것만 같아서 서일의 기분이 어떤지를 자주 살폈다. 정현이 아무런 잘못을 하지 않았을 때에도, 서일이 영 다른 일로 기분이 저조할 때에도 정현은 서일에게 미안했다. 자신이 부족해서 서일을 만족시키지 못하는 것만 같았다. 그 기분을 만회하고 싶어서 더 무리했는지도 모른다. 정현은 제1금융권을 돌며 빌릴 수 있는 만큼 돈을 빌렸고 서일에게 이체했다. 당시 무직 상태나 다름없던 서일은 대출받을 수 있는 상황이 아니었다. 서일은 당연히 고마워했지만, 그런데 이게 은행에서 빌릴 수 있는 전부냐고 조심스레 묻기도 했다. 정현의 신용으로는 그게 전부였다. 제2금융권이나 캐피털사로 간다면 사정이 다를지도 모르겠지만 그렇게 많이 빌리면 제대로 상환할 수 있을 리가 없었다. 서일은 곧 갚겠다고, 반년 내에는 자신의 이름으로 대출을 받아 돌려주겠다고 말했다. 정현은 서일의 빚이나 자신의 빚이나 함께 갚아나가야 할 돈이라고 생각해서 어떻든 상관이 없었다.

정현은 서일과 헤어진 것이 돈 문제가 전부는 아니라고 생각했다.

하지만 제법 중요한 한 요소였던 것은 분명했다. 동거를 시작하면 안정적인 생활을 할 수 있을 거라 생각했는데 시간이 지날수록 삐그덕거리기만 했다. 서일의 네일 숍은 생각만큼 잘되지 않아서 월세를 내기도 벅찼다. 서일은 시간이 지나면 지날수록 더 많은 돈이 필요해졌다. 사랑 같은 건 필요하지 않았을지도 모른다. 서일은 필요한 것을 찾아서 떠났을 것이다. 헤어질 때 서일은 자신이 빌린 돈에 대해서는 조금만 기다려달라고 했다. 때문에 두 사람은 헤어진 뒤에도 종종 연락했다. 서일은 조금씩 돈을 갚았고 그때마다 얼마를 보냈다고 알려왔다. 하지만 언제부턴가 서일이 먼저 연락해오는 일이 뜸해졌고 정현의 연락도 피하기 시작했다. 얼마 지나자 전화번호도 바꾸어버렸다.

연락이 끊겼던 이유를 가장 비참한 방법으로 알게 되었을 때 정현은 절망했다. 머리끝까지 화가 치밀었고 내가 무얼 잘못했나 자책했으며 이제 앞으로 사람을 어떻게 믿나…… 하는 생각도 했다. 앞으로는 사람을 쉽게 믿을 수 없을 것만 같았다. 하지만 시간이 흐르면서 정현은 자신에게 그런 선택지가 남아 있지 않다는 것을 깨달았다. 정현이 누군가를 믿고 안 믿고는 정현이 향후 만들어갈 관계에서 전혀 문젯거리가 아니었다. 정현이야말로 그 누구보다도 신뢰 못 할 인간이었다. 정현은 자신의 신용 점수가 또래보다 한참이나 낮다는 조회 결과를 자주 들여다봤다. 열심히 빚을 갚았고 한 번도 연체를 한 적이 없는데도 여러 군데서 빌릴 수 있는 만큼 빌린 탓인지 신용 점수는 쉽게 높아지지 않았다. 이 경제적인 신용도가 자신에 대해서 아주 많은 것을 설명해주는 것 같았다. 빚이 1억 6천 있는 사람과 만날 수 있어? 8천은 전세대출금이긴 한데. 누군가 정현에게 그렇게 말했어도 부담스럽다고 생각했을 것이다.

한때 정현에게 서일은 신용 점수가 만점인 사람이었다. 정현은 자신이 매긴 그 점수에 확신이 있었다. 자신의 여생을 맡길 마음까지도 먹었던 사람이니까 당연했다.

"혹시라도 연락 오면 나한테 꼭 말해. 내가 같이 가서 1원 단위까지 탈탈 털어서 받아줄 테니까. 넌 왜 서일이를 못 잊어? 너 이렇게 망하게 한 사람인데."

"나 망했어?"

"너 걔 땜에 빚만 1억 넘는다며."

정현은 고개를 끄덕였다. 가끔은 있는 힘 없는 힘 쥐어짜내서 모든 걸 돌파해보려다가도 그런 말에 기가 죽었다. 나 망한 거구나.

"그니까 힘들면 혼자 울지 말고 나한테 말해. 내가 밥도 사주고 술도 사주고 할 테니까."

정현은 또 고개를 끄덕였다. 말만 들어도 고마웠다.

*

서일에게서 연락이 온 것은 여전히 빚이 많이 많이 남아 있을 때였다. 정현은 모르는 번호로 전화를 걸어온 상대가 "나야, 잘 지내?"라고 말하는 것을 듣고는 멍해져 입을 아 하고 벌릴 뿐 아무 말도 못 했다. 숨이 점점 거칠어졌고 마스크를 쓰고 있었던 탓에 안경엔 김이 서렸다. 서일은 오랫동안 혼자 주절거렸다. 날씨가 너무 춥다느니 폰을 바꾸며 번호가 다 날아갔는데 네 번호는 딱 기억이 났다느니…… 그리고 마침내 이렇게 말했다.

"너 돈 필요하지?"

정현은 머릿속으로는 '미친년……' 하고 생각했지만 혹시라도 돈을 전부 다 갚을 건가 싶어 순순히 그렇다고만 대답했다.

"그럼 내 부탁 하나만 좀 들어줘."

"니가, 양심이 있으면 나한테 사과부터 해야 되는 거 아냐?"

정현은 그 뒤로도 계속 소리를 지르다가 자신이 시내버스에 앉아 있다는 것을 가까스로 떠올리고 목소리를 줄였다. 정현은 공공장소에서 크게 소리를 질러대며 싸우느라 자신의 속사정을 동네방네 소문내버리는 사람들을 도무지 이해하지 못했다. 하지만 그건 그저 여태껏 살면서 그만큼 화가 난 적이 없었기 때문일 뿐이었다. 서일은 만나서 이야기하자고 했다. 정현은 서일과 만나는 것이 왠지 내키지 않았지만 계속 이렇게 전화로만 화를 내고 있을 수도 없고 어떤 결판이라도 내고 싶어 그러자고 했다. 한참 고민했지만 선주에게도 서일을 만나러 갈 거라는 사실을 알렸다. 장소와 날짜까지는 알려주지 않았다.

정현은 집 근처 스타벅스에서 서일을 마주하고 나서야 내키지 않던 이유를 깨달았다. 자신이 좋아했던 모습 그대로 나타난 서일을 봤을 때 정현은 선주의 말대로 자신이야말로 미친년이라고 생각했다. 다시 서일과 함께 집으로 돌아가고 싶어졌으니까. 그냥 호구 잡힌 채로, 목줄 맨 채로 살고 싶어졌으니까.

"요즘은 뭐 하고 지내? 별일 없어?"

"일하지…… 일하고 빚 갚고……"

만났을 때 얼굴을 마주하고 머리채를 잡고 싶어지면 어떡하나 고민했는데 별반 달라지지 않은 서일의 얼굴을 보니 어쩐지 좀 안심이 되기도 해서 정현은 꼬리를 내리고 편히 속내를 털어놓았다.

"용케 아직 회사를 다니고 있어. 다 네가 빚을 잔뜩 만들어준 덕분이지 뭐야."

그 말에 서일은 아무런 걱정이 없는 사람처럼 태평하게 웃었다. 가끔 정현은 서일이 아주 나쁜 길로 빠졌을지도 모른다고 생각했다. 큰 돈을 한번에 만질 수 있는 범죄의 길로 갔을지도 모른다고. 남을 등쳐 먹고 사는 악인들이 넘쳐나는 대한민국에서 맘만 먹으면 아주 손쉽게 그런 부류의 인간이 될 수 있을 것이다.

"내가 당장은 다 못 갚아."

"얼마나 더 기다려야 돼?"

"조금만 더 기다려주면 안 될까?"

"얼마나 더? 하도 오래돼서 요샌 빚이 내 반려자 같고 그래."

정현의 말에 서일은 정색을 했다.

"넌 진짜 뭘 아껴본 적이 없구나. 어떻게 반려자랑 빚을 비교해? 그건 반려라는 단어한테 모욕이야."

돈 얘기를 더는 하고 싶지 않아서 말을 돌리려고 하는 소리인지도 몰랐다. 여하튼 정현에겐 그 말이 정말 모욕적이었다. 정현은 자신이 할 수 있는 열과 성을 다해서 서일을 아꼈다. 서일은 그걸 몰랐을까? 그래서 다시 방어적인 마음이 됐다.

"당장 돈을 갚을 맘도 아닌 것 같고, 왜 보자고 한 거야?"

"아직 거기 살지? 나 너희 집에서 좀 지낼게. 월세는 낼게."

정현은 고개를 숙이며 머리를 감싸쥐었다. 그런 부탁이라면 자신이 응할 수 있는 일이라는 생각부터 든 것이 이해가 가지 않았다. 왜 부탁을 들어주고 싶은 걸까? 어쩌면…… 제대로 되는 일이 하나도 없기 때문인지도 몰랐다. 부정들만 가득한 날 속에서…… 할 수 있어!를 발견했기 때문에……

"나한테 왜 이러는 거야? 왜 나야?"

"너는 나를 이해해주잖아."

정현은 서일을 좋아했다. 그뿐이었다. 이해할 수 없는 점들이 훨씬 많았다. 그런데도 좋아했으니까 그냥 받아들인 것뿐이었다.

"누가 그래? 나 너 이해 못 해. 그냥 내가 만만해서 이러는 거지? 누울 자리 보고 다리 뻗는댔으니까."

미친년이…… 낯짝도 두꺼워가지고…… 또 나타나서…… 미안하다는 말도 없이…… 다시 또 나를 벗겨먹겠다는…… 그런 뻔뻔한 말을…… 잘도 내뱉네…… 정현은 고개를 숙인 채 머리를 감싸쥐고 그런 생각들을 두서없이 했다. 또 넘어가면 안 된다는 결론도 내렸다. 그런데 또 한편으로는 서일이 돌아오기만 한다면 간이고 쓸개고 다 빼주고 싶다는 그런 정신 나간 생각이 들어서 다시 멀쩡한 생각이 돌아올 때까지 한참이나 고개를 숙이고 있어야만 했다.

정현은 연애 상담을 해주는 예능 프로그램에서 아무리 봐도 구제불능인 애인과 헤어질까 말까 고민하는 사연을 볼 때면 도대체 저걸 왜 고민하고 앉았느냐고 당장 헤어져야지 이 덜떨어진 인간아! 하고 욕을 퍼부었는데 자신에게 닥친 일에는 그런 합리적인 판단을 신속하게 내릴 수가 없었다. 합리적인 셈법을 위해서는 도무지 취합되지 않는 자료들이 정현의 마음에는 많이 남아 있었다. 그 자료들은 단호한 결정을 내리려 할 때마다 정현이 계산해놓은 결과값들을 죄 뒤섞어놓았다.

"근데 나는 어떻게 지내는지 안 물어봐?"

정현은 고개를 숙인 채로 웅얼거리며 물었다.

"어떻게 지내는데?"

한참이나 답이 없어서 정현은 고개를 들었다. 서일은 정현과 눈을 마주치고는 잠시 망설이더니 말했다.

"나, 이혼했어. 위자료도 많이 받았어."

그러고는 씩 웃어 보였다. 굉장하다. 그 미소를 보자 정현의 머릿속에는 그런 문장이 나타났다. 굉장해. 어쩌면 이런 뻔뻔함을 좋아했는지도 몰라. 저 뻔뻔하고 철이 하나도 안 든 애 같은 미소를. 도톰하고 붉은 입술 너머의 반듯하고 흰 치아를.

"그럼 나한테 돈부터 갚아."

"그게 당장 통장에 꽂힌 건 아니라서 말이야. 그러니까 조금만 기다려."

그동안만 정현의 집에서 좀 지내게 해달라는 거였다.

"서일아, 내가 너를…… 어떻게 믿어? 너는 나한테 한 약속도 안 지키고 연락을 끊었는데 내가 너를 또 어떻게 믿어?"

"그건 사정이 좀 있었어. 정현아, 나 못 믿어? 좀만 기다리면 돈도 다 갚는다니까. 조금만 기다려줘. 아니면 내가 매달 조금씩이라도."

"씨발, 어떻게 믿느냐고."

정현은 서일을 믿고 싶었다. 마지막이라 생각하고 한 번 더. 하지만 문제는 정현 자신이 믿을 만한 사람이 못 된다는 점이었다. 그간 자신이 선택했던 것들이 자신을 배반한 역사가 너무 길고 깊었기 때문에 거기서 조금이라도 배운 게 있다면 정현은 더는 누구도 믿어서는 안 됐다. 특히 서일을. 그러니까 자신이 내리는 판단을, 그 근거가 될 만한 자신의 감정과 기분을 신뢰해서는 안 됐다. 정현은 서일을 너무나 믿고 싶어서 도저히 그럴 수가 없었다.

"서일아, 나는 너를 못 믿어."

*

　어느 달엔가 정현은 나가야 할 돈이 13만 원 정도 부족했다. 사장이 직원들을 불러놓고 미안하다며 월급이 한 달 늦겠다고 고지한 달이었다. 그 말에 정현은 가슴이 철렁 내려앉았다. 퇴근하자마자 이직할 만한 곳을 찾아보았다. 이력서도 여기저기 넣었지만 당장 취직을 하기는 쉽지 않을 테니 한 달의 구멍이 생기는 건 어쩔 수가 없었다. 가지고 있던 현금을 아무리 긁어모아도 13만 원이 부족했다. 누군가에게 20만 원쯤은 빌릴 수도 있었다. 정현도 회사 동료에게 10만 원을 빌려준 적이 있었다. 그때 그 동료에게 부탁을 할 수 있었다. 하지만 그도 이번 달 월급을 받지 못할 테니 사정이 어떨지 알 수 없었다. 아니면 선주에게 부탁을 해도 됐다. 선주가 아니더라도 정현을 가엾게 여기는 친구가 몇몇 있었다. 어쩌면 그 때문에…… 자신을 가엾게 보는 시선을 견디는 게 너무 수치스러워서 부탁하지 못 했다. 가족들에게 손을 벌릴 수도 없었다. 아들 둘을 키우며 아파트 대출금을 갚으면서 사는 언니는 늘 돈 나갈 데가 많아 종종 정현에게 돈을 꿀 수 없을지 묻곤 했으니까. 부모에게는 자칫 잘못하면 채무 상황을 전부 들킬지도 모른다는 생각에 말을 꺼내기가 꺼려졌다. 그러느라 더 일을 키우게 되는지도 몰랐다. 호미로 막을 걸 가래로 막는다고 했나. 누구에게도 도무지 입이 떨어지지 않아서, 부탁을 해볼까 싶다가도 뭐라 운을 떼야 좋을지를 알 수 없어서 정현은 집에 있는 물건 중 돈 될 만한 것이 없나 뒤져보았다. 뭐든 팔아서 13만 원 정도는 만들어야 했다. 인터넷 중고 서점에 책이라도 팔려고 했는데 정현이 가진 거의 모든 책은 중고 서점에서도 취급하지 않는다고 했다. 정현은 자신이 좋아했던 것들은 죄다 이렇게 똥값이 된다는 사실을 받아들였다.

결국 팔 만한 것이라곤 애플워치와 만년필뿐이었다. 서일이 사준 거였다. 정현이 지나가는 말로 갖고 싶다고 말한 것을 기억하고 선물 해주었다. 그런데 막상 둘 다 잘 사용하지는 않았다. 살면서 손목시계 를 차고 지낸 적이 한 번도 없는 정현에게는 그게 영 걸리적기만 했 고 만년필도 오래 쓰지 않아 잉크가 말라 굳어버렸다. 헤어지고 나서 도 어쩌지 못하고 보관해두었다. 어쩌면 이렇게 써먹으려고 그랬는지 도 몰랐다. 벌써 연체 4일째였고, 하루만 더 늦으면 다른 카드 회사와 은행에 연체 이력이 공유될 것이고, 그러면 신용 점수가 하락할 것이 고, 신용카드 사용에도 제한이 생기거나 완전히 정지될 수도 있을 것 이고……

혹시나 신용 불량자가 되면 어떤 일이 생기는 것일까. 정현은 크게 나쁜 짓을 저질러본 적이 없기 때문에 그런 상상만 해도 뒷골이 당겼 다. 정현이 한 나쁜 짓이라고는 고등학교 때 학교에 가기 싫어서 일주 일 정도 무단결석을 한 것뿐이었다. 성인이 된 뒤로는 아무것도 잘못 하지 않았다. 길바닥에 담배꽁초 하나 버리지 않았다.

"진짜 거의 새것이네요. 왜 파시는 거예요?"

지하철역에서 만나 애플워치를 받아 든 구매자는 어딘가 숨겨진 하 자가 없는지 요모조모 따지며 그렇게 물었다. 정현은 농담처럼 웃으며 대꾸했다.

"이번 달 카드값이 모자라서요."

구매자도 정현을 따라 헛웃음을 웃더니 더는 묻지 않고 정현의 계 좌로 20만 원을 이체했다.

집으로 돌아가는 길에 정현은 집 근처 마트에 들렀다. 사과가 먹고 싶어서 한참 고민했지만 결국 사지 않았다. 반려빛은 꿈에 한 번 나타난 이후로 종종 정현의 머릿속에 등장해 정현이 돈을 쓰려고 할 때마다 시비를 걸었다. 정현은 진라면과 계란 한 판, 양파 한 망을 사 들고 집으로 돌아가면서 어디서부터 잘못된 것인지를 생각했다.

*

"생각해보면 너는 언제나 나를 믿어줬는데, 그치? 그 많은 돈도 턱턱 빌려주고. 다 내 탓인 것만 같아. 우리가 이렇게 된 것도."

정현은 저도 모르게 천천히 고개를 끄덕였다. 맞아, 네 탓이야. 전부다 네 탓이야. 서일과 헤어지기 전부터, 헤어지는 순간부터 헤어지고 난 후로도 정현은 자주 서일을 탓했다. 그래야 좀 참고 견딜 만해졌다.

"너 때문에 내 인생은 다 망했어. 나는 이제 사람도 잘 못 믿고 의심부터 해. 뒤통수치고 도망가지 않을까 하고."

돈은 어떻게든 갚을 수 있을 거라고 애써 믿을 수 있었다. 착실히 회사를 다니고 주말에는 배달 알바도 하면서 어떻게든, 얼마가 걸리든 갚을 수 있을 거라고 믿어야만 했다. 약속대로 서일이 갚아줄 거라는 기대도 완전히 버리진 못하고 있었다. 그런 걸 기대하지 않으면 살아갈 수가 없었다. 문제는 자신의 세계가 변해버린 것이다. 전에는 친구가 될 수 있을 사람들로 넘쳐나는 세상이었는데 이제는 도통 못 믿을 사람들로 가득해졌다. 정현은 자신의 세계관이 완전히 뒤바뀌어버렸다고 생각했다. 더 잘된 것일까? 이제 더는 뒤통수 맞는 역할에 빠지진 않을 테니까.

"나는 네가 망하지 않았으면 좋겠어."

"이미 다 망했다니까 뭔 소리야."

"아니야. 너 하나도 안 망했어."

정현은 자신의 세계가 어떻게 바뀌어버렸는지를 이야기했다. 이제 아무도 믿지 못한다고. 말을 해나갈수록 정현의 목소리가 점점 높아져 옆 테이블에 앉아 있던 중년 여자가 힐끔힐끔 쳐다보았다. 정현은 어느 순간 그녀와 눈이 맞았고 흥분을 가라앉히려 애썼다. 누군가가 자기를 알아볼까 봐 떨렸다. 이런 망한 이야기를 나누고 있는 것을 웬만하면 세상 사람들이 몰랐으면 했다. 아주 멍청한 일을 저질러버린 것만 같아서 자신의 멍청함을 들키고 싶지 않았다. 누가 그래, 네 잘못도 아닌데. 그런 건 여기저기 소문을 많이 낼수록 빨리 해결되는 거야. 선주라면 그렇게 얘기했을 것이다. 하지만 정현의 생각에 이 일은 해결할 수 있는 사람도, 제도도 없었다. 그래도 모든 걸 다 말하고 나니 속이 후련했다. 정현은 자신이 망했다는 이야기를 이렇게 맘 편히 털어놓을 사람이 서일뿐이라는 점에 조금 서글퍼졌다. 서일은 정현이 겪은 모든 일에 책임이 있고 그래서 다 이해해주는 것만 같았다.

사는 건 정말 쉽지 않아. 뜻대로 되는 게 하나도 없거든. 그냥 콱 죽어버릴까? 그게 가장 빠른 문제 해결 방법이 아닐까? 하지만 누구 좋으라고…… 씨발 누구 좋으라고 내가 죽어…… 정현은 그런 말도 했고, 내가 좋지 않을까? 지금 가장 힘든 건 난데 내가 죽으면 내가 가장 좋지 않을까? 그런 말도 했다. 일도 사랑도 인간관계도 뭣도 제대로 되는 게 하나도 없고, 너는 왜 나를 떠났어? 빚은 갚아도 갚아도 줄어든 티도 안 나고 사는 낙도 하나 없는데 그냥 콱…… 술에 취한 사람처럼 거의 울 것 같은 목소리로 주절거리는 정현의 말을 멈추려는 듯 서일이 정현의 손을 끌어당겨 꼭 붙들면서 말했다.

"너 잘할 수 있을 거야. 나도 돈 빨리 갚을 수 있도록 할게."

"내가 잘할 수 있을 거라고?"

"그래, 넌 좋은 사람이니까."

"내가 좋은 사람이야?"

"너는 나를 못 믿는댔지만, 난 너 믿어."

"믿는다고?"

"응, 믿어."

정현에겐 그 말이 꽤 달콤하게 들렸다. 오랜만에 다시 맞잡은 서일의 손도 너무 부드럽고 따뜻했다. 이토록 변변찮은 자신을 믿는다는 서일의 말을, 정현도 믿고 싶었다. 돌고 돌아 마침내 귀의해야 할 종교를 만난 것처럼 정현은 다시 서일을 믿었다. 그 사실이 감격스러워 눈물이 왈칵 쏟아질 것만 같았다. 갑자기 나타난 선주가 서일의 머리채를 잡지만 않았다면 정현은 서일이 다시 자신의 집으로, 정확히 말하자면 전셋집으로 돌아오는 것을 허락했을 것이다.

＊

정현이 빚을 다 갚는 그런 날이…… 오기는 했다. 갑자기 통장으로 제법 큰돈이 입금되었고 보낸 사람은 서일이었다. 아무래도 위자료를 다 받은 모양이려니 했다. 그렇다고 해도 이자는 제대로 계산하지 않은 금액이어서 여전히 정현의 손해가 컸다. 서일의 결혼 생활이 그리 길지 않았기에, 그 많은 돈을 받았다니 남편의 귀책사유가 정말 큰 모양이라고 정현은 생각했다. 혹시 위자료가 아닌 걸까. 물어볼 걸 그랬나. 왜 이혼을 했는지 무슨 일이 있었던 건지 늦게라도 물어볼까. 정현은 혹시나 해서 기다렸지만 서일에게서 따로 연락은 없었다. 서일에게는 무슨 일이 있었을까. 무슨 일이 일어나고 있으며 또 일어나게 될까. 정현은 종종 서일을 염려하는 척하기도 했지만 한 번도 진심으로 안부를 묻지는 못했다. 그런 건 더는 궁금하지 않았으니까.

초여름이었다. 더위가 무척 빨리 찾아와 가만히 있어도 땀이 줄줄 흘렀다. 정현은 남은 빚을 다 갚기로 결심했다. 생활비는 신용카드로 해결할 생각이었다. 그렇게 계속 다음 달의 빚을 지게 될지도 몰랐지만…… 당장은 좀 홀가분한 기분을 느끼고 싶었다. 정현은 사무실에서 슬그머니 빠져나와 비상계단으로 갔다. 반 층 내려가 창틀에 기대고 섰다. 근처의 초등학교 운동장이 내려다보이는 자리였다. 창은 오래 닦지 않아 뿌옜지만 운동장에 열을 맞춰 서 있는 아이들의 모습은 잘 보였다. 이 더운 날에 뭘 하고 있는 것일까. 에어컨 바람을 쐬지 않으니 금방 온몸이 끈적해지기 시작했다. 정현은 손부채를 부치며 상담원에게 전화를 걸었다. 대출을 해지하려고요. 잠깐의 본인 확인 절차를 거친 다음 상담원이 다시 상냥하게 물었다. 잔액을 모두 상환하신다는 말씀이시죠? 네네. 기존 이체 통장에 잔액 충분한 건 확인하셨고요? 네네. 금일 기준 이자와 중도상환수수료 포함해서…… 네네.

전화를 끊고 얼마 지나지 않아 대출이 해지되었다는 문자가 왔다. 빚을 다 갚고 나자 그제야 사람이 된 것 같았다. 쑥과 마늘만 먹고 백일을 버텨낸 곰처럼 정현도 수십 개월을 버텨냈다. 그리고 마침내 사람으로…… 아니 그렇게 생각하지는 않았다. 정현은 자신이 쑥이라고…… 생각했다. 아니면 마늘이라고. 먹으면 사람이 되게 해준다고 소문이 나서 다들 잘근잘근 씹어 먹으려고 손을 뻗치는.

여전히 전세보증대출금이 남아 있긴 했지만 그건 진짜 반려처럼 잘 데리고 살아야 했다. 정현은 나머지 빚을 다 갚은 그날의 날짜와 그 순간 본 숫자들을 행운으로 삼기로 하고 그 번호들로 로또를 사기로 마음먹었다. 무엇보다도 돈과 숫자에 사로잡혀 있던 때였으므로 그런 쪽으로밖에 머리가 돌아가지 않았다. 7시에 회사를 나온 정현은 가장 가기 편한 복권방을 떠올렸다. 집 근처의 마트 옆에 있는 곳이었는데 그보다는 집에서 한 정거장 떨어진 곳에 있는 로또 명당으로 가기로 했다. 1등이 무려 열 번이나 나온 곳이었다. 운동도 할 겸 한 정거장은 걷기로 하고 그곳으로 갔다. 퇴근을 하고 집으로 돌아가는 직장인인 듯한 사람들이 이미 줄을 서 있었다. 잠깐 고민했지만 정현도 그 뒤에 서서 자신의 차례가 오기를 기다렸다.

3, 6, 14, 27, 44…… 머릿속으로 번호를 고르며 정현은 남은 한 숫자를 뭘로 해야 할지 고민했다. 고민 끝에 정현은 서일에게 전화를 걸기로 했다. 마지막으로 연락한 지 한참이 지났지만 보내준 돈을 잘 받았고 그걸로 빚도 다 갚았다는 것을 알려주고 싶었다. 그것이 서일에게 어떤 반응을 일으키는지를 확인하고 싶은 거였는지도 몰랐다. 그런 마음이 남아 있다는 것이 당황스러웠고 그런 마음을 진짜 실행에 옮길 수도 있다는 것에 어이가 없기도 했다. 그리고 마지막으로 번호 하나만 골라달라고 하려 했는데…… 전화를 걸었더니 모르는 사람이 받았다.

"여보세요?"

"저기, 강서일 씨 폰 아닌가요?"

"아닌데요."

"아니에요?"

상대는 한숨을 푹 내쉬었다.

"제가요. 난생처음 폰이 생겼는데요. 강서일이라는 사람 찾는 전화가 진짜 많이 와서요. 궁금해서 그러는데요. 서일이가 누구예요?"

"그렇구나……"

아직 변성기가 오지 않은 남자아이였다. 서일은 누구일까. 정현도 하고 싶은 말이 없었다.

"저기 있지, 미안한데 번호 하나만 불러줄래요?"

"네?"

"그냥 1부터 45까지 중에 하나만 골라주면 안 될까?"

"로또 하려고요?"

"로또가 뭔지 알아요?"

"네. 저희 삼촌이 맨날 저보고 번호 골라달라 해요. 제가 난생처음 골랐던 번호가 4등 된 적이 있거든요. 그 뒤로 저한테 번호 고르는 재주가 있다고 하면서 맨날 골라달라 해요. 당첨되면 반 준다면서요."

"그래, 번호 하나만 골라줘."

"나머지 다섯 개는 다 골라놨어요?"

"응. 하나만 더 있으면 돼."

"반 줄 거예요?"

"뭐?"

"당첨되면 반 줄 거냐고요."

"그래, 줄게."

"그 말을 어떻게 믿어요? 그리고 번호 하나만 골랐는데 왜 반이나 줘요?"

서일의 번호를 가진 초등학생은 정현보다 더 야무진 데가 있었다.

"그렇지…… 네 말이 다 맞다."

정현이 미안하다고 말하고 끊으려는데 다시 야무진 목소리가 들려왔다.

"로또 번호 고르는 일 같은 건 혼자서 하세요. 난생처음 본 초등학생한테 물어보지 말고요. 그럼 안녕히 가세요."

전화는 저쪽에서 먼저 끊어졌다. 아마도 난생처음이라는 단어를 최근에 알게 된 것 같은 초등학생과의 통화를 마치고 나서 정현은 줄에서 빠져나왔다. 천천히 집으로 걸어가면서 로또 같은 요행은 바라지 말고 살자 마음먹었는데…… 아무래도 번호가 계속 아른거려서 집 근처 복권방에서 로또를 샀다. 남은 한 번호로는 그냥 1을 골랐다. 그 주 토요일이 되었을 때 정현은 번호를 맞춰보지 않았다. 그다음 주에도 또 그다음 주에도 매주 똑같은 번호로 로또를 사면서도 번호는 맞춰보지 않았다.

수개월이 지났을 때 이제 정현의 통장에는 28만 원이 있었다. 그간 아끼는 삶을 살았기에 한동안은 마구 써보자 다짐했고 그 다짐을 착실히 실천한 결과로 정현은 버는 족족 써버렸다. 미뤘던 여행도 갔다. 코로나 때문에 해외로 가지는 못 했지만 국내의 산 좋고 물 맑은 곳에 있는 숙소를 골라 하루 이틀씩 묵다가 왔다.

이만하면 됐다…… 하는 생각이 든 것은 마구 써버리는 생활을 한 지 1년이 넘었을 때였다. 정현은 다시 허리띠를 조이는 삶으로 돌아갔다. 인생이 진짜 견딜 수 없어질 때마다, 그러니까 거의 매일 정현은 그간 샀던 로또를 한 장씩 꺼내 번호를 맞춰보았다. 번호를 일일이 대조할 것도 없이 휴대폰의 카메라 앱을 켜서 로또 종이의 큐알 코드를 찍으면 자동으로 확인할 수 있는 페이지로 연결되었다. 대체로 꽝이었고 번호가 단 한 개도 맞지 않기도 했고 가끔 5등이 나왔다. 그건 다시

새 로또 한 장으로 교환했다. 매주 로또를 사도 좀처럼 4등은 되지 않았고 당연히 3등도 되지 않았다. 그러니 2등도 1등도 될 리가 없었다. 정현이 죽을 때까지 매주 로또를 사도 1등이나 2등 한번 되지 않을 확률이 높다는 점을 정현은 잘 알았다. 그게 정현의 삶이었다. 또 어디 가서 사기나 안 당하면 다행이었다.

사실 정현은 로또 1등에 당첨되는 삶을 바라지는 않았다. 어쩌면 2등을 바라지도 않았다. 3등도. 만약 운이 좋다면 겨우 4등에 당첨될 수 있지 않을까? 서일의 전화번호를 가진 초등학생이 그랬던 것처럼. 정현은 자신의 몫으로 남아 있을지도 모를 행운을 그런 데 쏟아붓고 싶지도 않았다. 다만 사랑하는 사람을 만나서 그 사람에게 아낌없이 다 주고 싶었을 뿐이다. 아무런 값을 따지지 않고 셈하지 않고. 그런 어리석은 사람을 만난다는 건 쉽지 않았다. 무엇보다도 이제는 정현이 그 누구보다 열심히 셈하고 값을 따져보고 있었다. 서일 덕분이었다.

정현이 빚을 다 갚고 얼마 지나지 않아 꿈에 반려빚이 나왔다. 반려빚은 정현에게 할 말이 있으니 잠깐 거실로 나와보라고 했다. 거실 소파에 앉아 주말 연속극을 보던 반려빚은 정현이 방에서 나오자 TV를 껐다. 정현은 우리 집에 소파나 TV가 있었나? 잠시 의문에 빠졌다. 하지만 꿈이었으므로 없던 것이 있는 것도, 있던 것이 없는 것도 다 용인되었다. 반려빚처럼, 있어서는 안 되는 것도 태연하게 있을 수 있으니까.

반려빚은 정현에게 헤어지자고 말했다. 정현은 등골이 오싹해졌다. 그 말이 가당치 않다고 생각했다. 아무리 있어서는 안 될 것이 있을 수 있는 꿈이라고 해도 그건 말이 안 됐다.

우린 진작 헤어졌잖아.

반려빚은 잠시 정현의 말을 곰곰 생각해보는 듯했다.

참, 그랬지.

반려빚은 짐을 싸기 시작했다. 코트 깃을 세우고 현관에 서서 정현과 작별 인사를 했다. 반려빚은 망설임 없이 단호하게 정현을 떠났다. 정현 역시 현관에 오래 서 있지 않았다. 찬장에서 소금을 꺼내 와 현관 밖에 팍팍 뿌렸고 문이 닫히자마자 걸쇠를 단단히 걸어 잠갔다. 다시는 얼씬도 못 하도록. 꿈속에서 정현은 마냥 홀가분했고 깨어서도 그랬다. 마침내 0이 된 기분. 정현은 그 이상을 바라는 것도 이상하게 무섭기만 해서 그저 0인 채로 오래 있고 싶었다. ▪

문진영

덜 박힌 못

2009년 〈창비장편소설상〉 등단.
소설집 『눈 속의 겨울』 『최소한의 최선』,
장편소설 『담배 한 개비의 시간』, 중편소설 『딩』, 짧은 소설 『햇빛 마중』.
〈김승옥문학상〉 수상.

덜 박힌 못

경신 언니에게 전화가 왔을 때, 나는 남쪽으로 향하는 기차 안에서 선잠이 들어 있었다. 위태롭게 손에 쥐고 있던 휴대폰이 진동하자 나는 깜짝 놀라 잠에서 깼다. 휴대폰 화면에 떠올라 있는 이름을 확인하고는 '받고싶지 않다'는 생각을 제일 먼저 했다. 그리고 당연하게도 '왜'가 따라왔다.

왜? 순간 경호에게 무슨 일이 있는 건 아닌가 싶었지만, 가슴이 철렁할 정도는 아니었다. 벌써 6년이나 지났으니까. 주소록에서 경호의 연락처를 삭제해버렸는데 언니 연락처는 그냥 두었다. 경호랑 헤어진 거지 언니랑 헤어진 건 아니니까. 상황이 좀 우습게 되었지만, 그래도 언니와는 관계를 이어갈 수 있을 거라고 생각했다. 약간의 거리만 유지할 수 있다면.

그때 내가 필요로 했던 건 '거리'였지 '끝'이 아니었다. 언니가 나를 다시는 안 볼 사이로 여길 거라고는 조금도 생각하지 않았다. 오히려 내가 언니를 내 삶에서 떼어내기가 영 힘들어서, 언니가 나를 너무나 아끼고 좋아해서, 언니와 내가 헤어질 수 없기 때문에 결국엔 경호와도 헤어지지 못하는 게 아닐까 우려했었다. 돌아보니 그건 우려가 아니라 기대였다. 하지만 언니는 한 차례도 내게 먼저 연락하지 않았고, 나는 상처받았다.

참 이상한 마음이네, 생각하면서도 한동안 그런 마음으로 지냈다. 먼저 연락하지 않은 건 나도 마찬가지였으면서. 언니의 안부가 궁금하면서도 한편으로는 두려웠다. 잘 지내냐는 말 한마디에 묻어 있는 내 진심을 언니가 기가 막히게 알아챌까 봐. 그리고 그 순간 언니가 자신의 모든 짐을 짊어지고 뚜벅뚜벅 내 삶 깊숙이 걸어 들어올까 봐(언니는 그냥 문간에 서 있지는 않을 것이다). 그런 이상한 마음을 지나 무뎌졌고, 평온해졌고, 나쁘지 않았다. 그런데 왜 이제 와서, 왜.

진동을 멈추게 하는 버튼을 누르고 조금 기다리자 곧 화면에 부재중 전화 알림이 떴다. 내려야 할 역까지 얼마 남지 않았다는 것을 알았지만 나는 다시 눈을 감았다. 휴대폰 진동이 또다시 세 차례 짧게 울렸다.

이것도 분명 언니. 언니는 메시지를 보낼 때 항상 그런 식으로 모든 문장을 끊어서 보내곤 했다. 나는 메시지를 확인하지 않은 채 그대로 있다가 도착을 알리는 안내 방송이 흘러나온 뒤에야 눈을 떴다.

*

그날 오후는 정신없이 지나갔다. 담당 주무관이 역 앞에 차를 가지고 와서 대기하고 있었다. 이번 출장은 일종의 견학으로, 나와 동료는 S시에서 몇 년째 성공적으로 개최 중인 국제박람회의 노하우를 전수받기 위해 파견되었다.

전임 시장과 소속 정당이 다른 이가 새 시장으로 선출되자 조직 전체가 알아서 모드를 전환하고 있었다. 진행 중이던 여러 프로젝트가 공중분해되었고, 얼마 지나지 않아 내가 일하던 부서는 다른 부서와 통합되었다. 나는 3년째 현수막 단속 업무를 하고 있었는데, 갑자기 새로 부임한 시장이 공약으로 내세웠던 4차 산업박람회의 개최를 준비하게 되었다.

견학 후에 불필요하게도, 저쪽 부서의 팀장님까지 합류해 저녁 술자리를 가졌다. '이순신 삼합'이라는 이상한 이름의 해물 삼합을 먹었고, 소주도 조금 마셨다.

숙소에 도착하니 피로가 몰려와 나는 옷도 갈아입지 않고 침대에 드러누웠다. 아무 생각 없이 휴대폰 메신저를 열었을 때, 잊고 있었던 언니의 메시지가 보였다.

'혜정아'
'너 통화하는 거 안 좋아했는데 깜빡했네, 미안'
'그냥 잘 지내나 궁금해서'

나는 '잘 지내.'라고 썼다가 지웠다.
'출장 중'이라고 썼다가 다시 지웠다.

이제 와 내가 어떻게 지내는지가 왜 궁금할까. 내가 잘 지낸다고 대답한들 그게 무슨 의미가 있을까. 그런 생각들로 머리가 복잡해져서 다 관두고 그냥 샤워실로 들어가 씻었다. 그러고는 곧바로 잠들었다.

출장에서 돌아온 뒤에도 언니가 연락해온 일에 관해서는 잊고 있었다. 아니, 굳이 생각하지 않으려고 했다. 그런데 며칠 후에 언니에게서 또 메시지가 왔다.

'바쁘니?'

조금 망설이다가 나는 이렇게 적었다.

'응. 바빠.'

나는 내가 그렇게 차가운 말투를 하면 언니가 더는 연락하지 않을 줄 알았다. 그런데 잊고 있었다. 언니는 그 정도로 상처받지 않는다. 상처받았어도 그만두지 않는다. 아니나 다를까, 언니는 기다렸다는 듯 말문을 텄다.

지난봄부터 편의점에서 아르바이트를 시작했다고.

밥 주던 고양이가 새끼를 두 마리 낳았다고.

술을 끊었는데 대신 콜라에 중독됐다고.

문장마다 끊어 보내는 버릇 때문에 진동이 계속 울려서 채팅방의 알림을 꺼버렸다. 내가 묻지 않아서인지 언니도 경호 얘기는 꺼내지 않았다. 언니가 여전히 경호 집에서 살고 있는지 아닌지도 알 수 없었다. 알고 싶지도 않았다.

퇴근한 후에 휴대폰을 보면 언니에게서 메시지가 여러 개 와 있었다. 종종 사진이 첨부되어 있었고, 나는 매번 참지 못하고 다 읽었다.

그러니까 정확히 아침 7시마다 태극기를 게양하는 옆집 할아버지에 대해서(그 성실함과 태도의 경건함이 어떤 감동을 준다). 새로 산 책 사이에 납작하게 눌려 있던 모기에 관해서(세상 모기 중에 그런 방식으로 생을 마감한 모기가 얼마나 되겠는가). 어느 집에서 들려오는지 알 수 없는 리코더 연주에 관해서(치열한 연습에도 불구하고 실력은 썩 나아지지 않지만 듣고 있으면 왠지 기분이 좋다).

그렇구나. 잘됐네. ㅋㅋㅋ. 때로 아무 반응을 남기지 못하는 날에도 메시지는 계속 왔다. 그런데 그게 싫지 않았다. 다시 연결되고 싶었던 것 같다. 혹은 그냥 외로웠던 건지도.

경호와 경신 언니는 내가 가족 외에 처음으로 깊이 사랑한 타인들이었다. 물론 처음에는 내가 언니를 그렇게까지 좋아하게 될 줄 몰랐지만.

연애 초기에 경호와 내 집으로 가네, 네 집으로 가네, 하며 옥신각신한 적이 있었다. 둘 다 제법 취했었고, 헤어지기 싫었다. 경호의 집 근처에서 마셨는데 경호가 굳이 택시를 타고 가야 하는 우리 집으로 가겠다고 우겼다. 아니면 모텔로 가든지. 그때까지 모텔에 간 적은 한 번도 없었고 가자고 한 적도 없었다. 내가 인상을 찌푸리자 경호가 눈을 피하며 말했다.

집에 누나가 와 있어.

경호에게 세 살 터울 누나가 있다는 건 알았다. 미술 공부를 하다가 대학을 중퇴했고, 부모 대신 경호를 업어 키웠으며, 현재는 꽤 중증의 우울증을 앓고 있다는 사실도. 그런 누나가 몇 달 전부터 경호 집에 들어와 살고 있다는 거였다. 그래봐야 작은 방이 두 개 딸린 열세 평짜리 연립주택인데 거기서 대체 어떻게 둘이 함께 산다는 건가 싶었고, 경호가 그 얘기를 내게 너무 늦게, 하지 않을 수 없는 상황이 되어서야 했다는 것도 기분이 좋지 않았다.

편견이 있었다. '시어머니보다 더한 시누이'에 대한 편견. 부모님을 사고로 일시에 잃은 후, 경호의 누나가 대학을 그만두고 생업 전선에 뛰어들었다고 했다. 공사장 막일이며, 공장 일이며, 가사도우미까지 안 해본 일이 없다는 거였다. 다만 지금은 우울증 때문에 어떤 직장에서도 오래 일하지 못한다고 했다. 경호는 누나를 끔찍이 생각했다.

그때 깜깜했던 시간이 병이 되어 돌아온 거야.

경호는 말했다. 누나가 워낙 씩씩해서 속으로 곯고 있는지 몰랐다고. 들여다보지 못했어. 누나한테는 나밖에 없는데.

경호에게서 그런 말을 들을 때마다 나는 조금 불안했는데, 경호를 위해 삶의 일부를 희생했다는 이유로 경호의 누나가 경호를 인질로 붙잡고 있는 건 아닐까 싶었기 때문이다. 그리고 나아가 나한테까지 그 빚을 갚으라고 할까 봐.

한편으로는 딱하기도 했다. 불혹을 넘긴 나이에 이제껏 어디 한군데 정착하지 못하고, 변변한 직업도 없이, 기댈 애인도 없이 동생 집에 밀고 들어와 그렇게 산다는 게. 우울증이란 건 그냥 핑계 아냐? 솔직히 그렇게 생각했다.

누나 문제(문제라고 생각했다)를 빼면 경호는 결혼하기 괜찮은 상대였다. 경호도 공무원이었고, 돈 쓰는 데 별로 취미가 없었다. 그때까지 내게 단 한 번도, 아주 약간의 공격성이라도 드러낸 적이 없었고, 상스러운 말을 하지 않았고, 유난한 술버릇도 없었다. 물론 단점이 없다고 할 수는 없지만 경호는 내게 충분히 좋은 사람이었고, 그런 경호를 좋아했다.

그러던 어느 날, 경호가 내게 누나를 만나보겠느냐고 물었다. 내가 그러겠다고 하자 경호가 알쏭달쏭한 말을 했다. 내가 자기 누나를 좋아하지도, 싫어하지도 않았으면 좋겠다고.

*

여름이었고, 복날은 아니었지만 삼계탕집에서 만났다. 삼계탕이라니, 약간 뜬금없게 느껴졌으나 경호는 그곳이 누나가 고심해서 고른 식당이라고 했다.

나중에 들은 바로 경신 언니는 그것을 미리 하는 상견례쯤으로 여겼다고 한다. 경호의 가족이라곤 언니가 유일했으니까. 언니는 삼계탕이라는 음식이 아주 비싸지도 저렴하지도 않은, 평소에 자주 먹지 않는, 그러나 너무 격식을 차릴 필요까지는 없는 딱 좋은 메뉴라고 생각한 모양이었다. 내가 부담스럽게 여기지 않으면서도 대접받는 느낌이 들었으면 했다고. 미안할 정도로 세심하군, 생각했다.

긴 파마머리를 집게 핀으로 틀어 올린 언니는 속이 비치는 카키색의 성긴 여름 니트를 입고 있었는데 안에 입은 브라 탑이 훤하게 들여다보였다. 허벅지가 드러나는 짧은 데님 쇼츠와 플립플롭. 격식이 없어도 너무 없는 게 아닌가 하는 느낌이었다. 반면에 나는 리넨으로 된 투피스를 입고 있었다. 퇴근한 직후이기도 했지만 자리가 자리인 만큼 내 나름대로 갖춰 입은 것이었다.

언니 얼굴에는 화장기가 없었는데 어딘가 화려해 보인다고 해야 할까, 식당 안 사람들이 언니를 힐끔거리는 것이 느껴질 정도였다. 아름다운 쪽으로 시선이 가는 건 자연스러운 일이니까. 한마디로 언니는 화장조차 필요 없는 미인이었다.

그래서 솔직히 당황했다. 나는 줄곧 언니를 다소 푸석한 느낌의, 화장으로도 좀처럼 가릴 수 없는 그늘이 얼굴에 한 꺼풀 드리워진, 겉모습을 가꾸는 데는 관심도 없고 의지도 없는 사람일 거라고 멋대로 상상했으니까. 언니가 나를 보고 환하게 웃었을 때, 언니의 얼굴에는 어디 한 군데도 그늘진 구석이라곤 없었다.

그냥 혜정이라고 부를까? 경호보다 어리다며.

언니는 다짜고짜 나를 혜정이라고 불렀고, 반말을 했다. 나는 경계심을 풀어야 할지, 가드를 더 바짝 올려야 할지 태도를 정하지 못하고 있었다. 이후의 대화들은 상세히 기억나지 않지만, 나의 의지와 상관없이 서서히 마음이 풀려가고 있었고 결국엔 완전히 녹았다. 경호의 집으로 자리를 옮겨 동이 틀 때까지 술을 마셨으니까. 금요일 저녁에 만난 게 다행이었다.

토요일에는 언니가 아침 겸 점심으로 끓여준 콩나물 라면으로 함께 해장을 했고, 저녁까지 소파에 드러누워 자다 깨다 하며 예능 프로그램 재방송을 보고 치킨을 시켜 먹었다. 누군가 우리에게 어제 처음 만난 게 아닙니까, 묻는다면 과연 그렇습니다만……이라고 할 수밖에.

그날 경호의 집 현관문을 나설 때, 언니가 환한 표정으로 말했다.

너네 결혼하면 우리 진짜 재밌게 살겠다, 그치?

돌아가는 길에 몇 번이나 웃음이 났다. 어이가 없었고, 한편으로는 신선했다. 흔하게 볼 수 없는 것을 보았다는 느낌. 언니의 그 말, 그 말을 하던 표정. 거기에는 어떤 가식도 없었다.

그 주말 이후로 취기가 가신 적이 없는 것 같다. 언니는 술을 좋아했고, 쉽게 취했다. 나는 술을 썩 좋아하지 않았지만, 언니를 좋아했다. 하루건너 언니와 술을 마셨다. 경호가 자리에 포함되지 않는 빈도가 점차 늘어났다.

한번은 어느 건물 3층에 있는지도 모르게 있었던 조그만 술집에서 옆에서 기타를 연주하며 놀던 무리와 합석하게 되었다. 회식 때 노래방에 가면 탬버린을 구명줄처럼 붙잡고 놓지 않는 내가, 그날 기타 반주에 맞추어 혼자서 노래를 두 곡이나 불렀다.

태어나서 처음으로 클럽이라는 곳에도 가봤다. 언니가 천 쪼가리 같은 미니 원피스와 액세서리를 가져왔다. 지하철역 화장실에서 옷을 갈아입었다. 언니는 내 눈두덩에 반짝거리는 아이섀도를 발라주고 눈꼬리가 눈썹 끝에 닿을 듯 치명적인 아이라인을 그려주었다. 그러고는 거울 앞에 서서 둘 다 깔깔 웃었다. 다시 중학생이 된 것 같았다. 중학생 때도 그래본 적은 없지만. 클럽 입구에서 쫓겨날 줄 알았는데 언니 덕분인지 그날은 무사통과였다. 시끄럽고, 정신없고, 이곳에는 평생 다시 올 일이 없겠구나 생각했지만, 그래도 즐거웠다.

언니와 함께 있으면 알코올의 힘을 빌리지 않아도 기존의 나보다 좀 더 용감한 버전의 내가 되었다. 언니 곁에서 해방감을 느꼈다. 무엇으로부터의 해방인지도 모른 채.

밤에 자려고 누워서 언니를 생각했다. 가벼운 열병 같은 것을 앓고 있었다고 해야 할까. 경호뿐 아니라 그 누구와의 연애에서도 경험해본 적 없는 것이었다.

언니를 만나러 가면 이미 다른 사람과 함께 마시고 있는 경우가 왕

왕 있었다. 언니의 친구나 지인들이 와 있을 때도 있었지만, 불과 몇 시간 전에 처음 만났다는 사람이 앉아 있을 때도 있었다. 개중에는 의외로 낯가리고 수줍어하는 사람들도 꽤 있었다. 나를 포함해, 보통의 내향인이라면 누군가 갑자기 들이대면 싫다, 도망가야 해, 라고 생각하기 십상일 텐데, 언니는 위협적이지도 저돌적이지도 않았다. 눈치채지 못한 사이에 스며드는 타입이었다.

언니는 항상 상대방을 세심하게 배려했는데 그 배려가 무척이나 자연스러워서, 받는 쪽은 받고 있는지도 모른 채로 이 사람과 있으면 편안하다고, 존중받고 있다고 느끼게 되는 것이다. 여럿이 함께 있는 자리에서는 누구 하나라도 소외되고 있는 게 아닌가 살폈고, 관심과 애정을 골고루 나눠주었다. 새끼들을 공평하게 먹이는 어미 새처럼. 나는 그런 게 언니의 특별한 재능이라고 생각했다.

경호는 정반대로 생각했다. 자신이 상대에 비해 어딘가 부족하다는 듯한, 자신을 낮추는 듯한 태도를 은연중에 취하는 게 언니의 버릇이고, 그래서 상대방이 스스로 언니보다 우위에 있다고 느끼게 한다는 것이다. 그게 사람들이 언니한테 달라붙는 이유라고.

그 말은 나를 비난하는 것처럼 들렸다. 우리는 예전보다 자주 다퉜다.

너 요즘 이상한 거 알지.

어느 날 언니가 없는 자리에서 경호가 말했다.

네가 나랑 사귀는 건지, 우리 누나랑 사귀는 건지 모르겠어.

나는 경호가 농담하는 줄로만 생각하고 뭐가 그렇게 됐네, 하고 웃었다. 그러자 경호가 갑자기 적당히 해, 라고 정색하고 말했다.

누나가 널 특별하게 생각하는 거 아냐. 우리 누나는 누구한테나 그래.

나는 기분이 상했다. 이미 알고 있었기 때문에 더 아팠는지도. 내가 입을 꾹 다물자 경호가 한숨을 쉬며 손으로 얼굴을 쓸어내리더니, 이번에는 타이르는 듯한 말투로 말했다.

혜정아. 네가 저번에 그랬지? 우리 누나가 벽이 없는 사람이라서 좋다고. 근데 벽이 없다는 건 동시에 보호막이 없다는 거야. 누나는 상대방이 누구든지 전력을 다한다고. 자기 패를 다 보여준다고. 너는 누나를 지켜줘야지. 같이 휩쓸리는 게 아니라.

그런 말을 듣자 나는 어쩐지 분하고 억울했다. 나도 너만큼 언니를 사랑한다고 말하고 싶었던 것 같다. 나는 경호가 누나를 보호한다는 명목으로 멋대로 언니를 통제하려 한다고 생각했다. 나는 경호에게 이렇게 소리쳤다.

너는 네 누나를 지키는 사람인지 몰라도, 나는 언니가 언니답게 살도록 도와줄 거야. 언니가 자신의 모든 패를 다 보여준다면 나도 내 패를 다 보여줄 거야.

그땐 그게 나의 진심이었다.

*

아무 장식도 없는데 자꾸 눈길이 가는 유리병이 하나 있다고 하자.

속이 투명하게 들여다보인다. 그 무엇도 숨길 의도가 없고, 의도가 있다고 해도 성공하지 못한다. 유리병이 어떻게 스스로 자신의 내부를 숨길까. 겉보기엔 꽤 견고해 보인다. 그런데 깨지지 않는다는 보장은 없는.

가만히 들여다보면, 유리 안에 아주 조그만 기포들이 보인다. 빛은 기포를 아름다운 방식으로 통과한다. 그건 흠일까, 미점美點일까.

아니, 그건 어떤 기미처럼 느껴진다. 그래서 그걸 보고 있는 사람이 자신도 모르게 불안해지는 건지도.

그날 언니는 유난히 위태로워 보였다. 이기지 못할 술을 거듭 마셨고, 조금 슬퍼 보였는데 그런 기색을 감추느라 더 헤실헤실 웃었다.

자주 가던 칵테일 바에서, 언니는 내내 졸았다. 우울증 약의 처방을 바꾸게 되었는데 술을 마시면 잠이 오는 부작용이 있다고 했다. 그만큼 술을 덜 마시게 될 테니 길게 보면 부작용이 아닌지도 모른다고 나는 농담하듯 말했다.

내가 진 토닉을 세 잔이나 마시는 동안 언니는 계속 잠들어 있었다. 그러곤 갑자기 깨어나 휴대폰으로 누군가와 메시지를 주고받는가 싶더니 친구 집에 가겠다고 했다. 나는 사장님에게 물을 한 컵 달라고 부탁했고, 언니가 그걸 남김없이 다 마실 때까지 지켜보았다.

바에서 나온 후에 언니가 담배를 피우는 동안 나는 편의점에서 숙취 해소 음료를 두 병 샀다. 그걸 하나씩 나눠 마시고, 언니가 친구의 집이라고 주장한 그 낡은 빌라 앞까지 언니를 데려다주었다. 언니는 내가 가는 것을 보고 들어가겠다고 했다. 뒤돌아보자 언니가 웃으며 손을 흔들었다. 나는 대로로 나와 택시를 탔다.

그런데 새벽 4시쯤 경호에게서 전화가 왔다. 누나가 집에 들어오지 않았다고 했다. 나는 언니가 친구 집에 갔으니 거기 있지 않겠느냐고 했다.

친구 누구?

이름까지는 나도 모르지.

경호는 내게 누나와 함께 가지 않을 거였으면 자기한테 연락이라도 좀 하지, 라며 원망하는 투로 말했다. 나는 빌라 위치가 어디쯤이었다는 것, 내가 건물 입구까지 언니를 데려다주었다는 것을 경호에게 이야기했다. 그러다 갑자기 내가 왜 변명을 하고 있는 건가 싶어졌다.

너도 좀 적당히 해, 라는 말이 목구멍까지 차올랐지만 그만두었다. 집에 들어가고 싶지 않았을지도 모르지. 네가 그렇게 숨 막히게 하니까. 대신 나는 비꼬듯이 이렇게 말했다.

너네 누나가 몇 살인지는 알고 있지?

경호는 한참 동안 아무 대답도 하지 않더니 전화를 끊어버렸다. 나는 다시 잠들었다가 일어나 출근했다. 회의가 끝나고 나와 보니, 근무 시간에는 좀처럼 전화하지 않는 경호에게서 부재중 전화가 세 통이나 와 있었다. 그리고 메시지가 있었다. 지금 1층 로비에서 날 기다리고 있다고 했다.

보안 게이트 너머로 우두커니 서 있는 경호가 보였다. 한숨도 못 잤는지 눈이 시뻘겋게 충혈되어 있었다. 경찰서에서 연락이 왔다고 했다. 경신 언니는 지하철역 근처 공원 벤치에 누워 잠들어 있었고, 누군가 언니를 발견하고 경찰에 신고했다는 거였다. 그 사람이 신고하지 않았다면, 만약에 무슨 일이라도 생겼다면…… 경호는 낮은 목소리로 말하고 있었지만, 그 아래 들끓고 있는 분노가 느껴졌다. 나는 경호에 대해 처음으로 두려움을 느꼈다.

나는 적어도 네가, 경호는 여기까지 말하고 그만두었다. 울음을 참는 것 같기도, 다른 무엇을 참는 것 같기도 했다. 그러고는 내게 헤어지자고 했다.

나는 알겠다고 했고, 그게 마지막이었다.

여름이 끝나갈 무렵, 언니가 만나서 얘기하고 싶다고 했다. 그 말을 언니가 먼저 해주기를 기다렸던 걸까. 걱정스러우면서도 기뻤다. 사실 언니와 메신저로 대화를 나누면서 근거 없는 자신감이 생겼던 것도 같다. 이번에야말로 '적당한 거리'를 유지할 수 있을 거라는 자신감. 6년은 길다면 길고 짧다면 짧은 시간이지만, 언니도 나도 예전만큼 젊지 않다는 것만은 확실했다.

직장 근처 초밥집에서 언니를 만났다. 말뿐인 줄 알았는데, 언니는 정말로 술을 마시지 않았다. 그 때문인지 다소 생기가 없어 보였다. 메신저로 별별 사소한 일들까지 다 얘기하던 언니가, 막상 만나고 보니 별로 말수가 없었다. 심이 빠진 두루마리 휴지처럼 흐물흐물했다.

식사를 마치고 근처 공원까지 걸었다. 해가 여전히 길어 저녁 7시인데도 날이 환했다. 여름의 끝을 예감한 듯, 우거진 느티나무로부터 매미들이 최선을 다해 우는 소리가 폭우처럼 쏟아졌다.

언니와 내가 벤치에 자리를 잡고 앉자마자 비둘기 세 마리가 날아왔다. 딱히 우리에게 뭘 바라는 건 아니라는 듯이 비둘기들은 바닥에다 부리를 콕콕 찧었다. 작은 벌레라도 잡아먹고 있는 것인지 알 수 없었다.

잠시 후 언니가 가방을 뒤적거리자 비둘기와 참새 여러 마리가 추가로 날아왔다. 언니는 가방 안주머니에서 사탕을 꺼내더니 내게도 하나 권했다. 민트 맛 사탕. 언니는 담배를 끊는 중이라고 했다. 담배까지 끊는 거냐고 내가 묻자 언니가 고개를 끄덕였다.

왜요?

왜요? 언니가 내 말을 똑같이 따라 하더니 푸훗, 하고 웃었다. 사탕이 녹아 달라붙어서 포장이 잘 벗겨지지 않았다. 한참을 부스럭거리자 기대감이 높아진 참새들이 총총거리며 내 발치께로 다가왔다.

암이라도 걸리면 경호를 무슨 낯으로 보겠니, 언니가 말했다. 경호의 이름이 나온 김에 경호의 안부를 물었다.

응, 걔 요새 자전거에 빠졌어. 밖에서도 타고, 집에서도 타고. 실내 자전거를 샀거든. 가을에 친구랑 국토 종주 갈 거래. 부산까지.

궁금했던 건 그런 게 아니었지만 나는 고개를 주억거렸다. 언니가 내 생각을 읽기라도 했는지 이어서 말했다. 언니는 이사 갔다고. 전세금은 경호가 해줬지만. 지난달부터 일주일에 두 번씩, 집 근처 어린이집에서 미술 수업을 하게 됐다고 했다. 저녁마다 집에서 그림도 그린다고, 낙서 수준이지만 꽤 즐겁다고. 우울증 약은 아직 먹고 있지만 증세가 많이 좋아졌다고 했다. 나는 계속 고개를 끄덕였다.

그러고는 한동안 말없이, 각자 입 속의 사탕을 굴리면서 새들을 구경했다. 언니가 참새들을 가리키며 말했다.

꼭 내가 가르치는 영아반 애들 같네.

귀엽네요.

참새들이 총총총 뛰어다니는 모습이 귀여웠다. 처음으로 새와 친해지고 싶다는 생각이 들었다. 저 새가 폴짝 뛰어올라 내 손가락 위에 앉았으면. 어깨 위에 올라타 함께 걸었으면. 그런 부질없는 생각을 하고 있는데 언니가 불쑥 말했다.

돈 좀 빌려줄래?

순간 심장 근처 어디쯤이 찔리듯 아팠다. 다른 무엇을 기대한 것도 아니었는데.

얼마나 필요하신데요?

백만 원.

어디 아파요?

내 물음에 그녀가 고개를 저었다. 자신은 지나치게 건강하다고 했다. '지나치게 건강하다'라는 말이 무슨 뜻인지 궁금했지만 묻지 않았다.

그냥 드릴게요. 안 갚으셔도 돼요.

내가 그렇게 말하자 언니가 나를 물끄러미 바라보았다.

잊고 있었지만 그건 언니의 버릇이었다. 사람을 말 그대로 '물끄러미' 쳐다보는 것. 어떤 의도도, 감정도 읽을 수 없는 고요한 눈을 하고 누군가를 그렇게 쳐다보면, 그의 시선도 순식간에 자기 자신을 향하게 된다. 내 얼굴에 뭐가 묻었나? 내가 뭘 잘못 말했나?

다른 사람은 몰라도 나는 언니의 그런 버릇을 싫어한 적 없었다. 좋은 눈빛이다, 라고 생각했었다. 눈빛에 관해 좋고 나쁨을 말할 수 있다면.

경호의 눈빛은 어땠었지. 좋았나. 나빴나. 경호의 눈동자는 이상하리만큼 맑았는데(윤기 나는 까만 바둑돌 같았다) 희한하게도 나는 그 눈을 마주 볼 때마다 나 자신을 덜 좋아하게 되었다. 애초부터 삐뚤게 생긴 내 마음 때문인지도.

나는 앉은 자리에서 곧바로 언니에게 백만 원을 이체했다.

갚을게, 꼭.

언니가 힘주어 말했다. 바로 그 순간, 참새 한 마리가 갑자기 그녀의 무릎으로 포로롱 날아 올라왔다. 이것 좀 봐, 하는 눈빛으로 언니가 나를 보았다.

방금 나에게 돈을 빌렸다는 따위는 완전히 잊어버린 사람처럼 해맑게.

*

다음 날부터 언니와 연락이 닿지 않았다. 아니, 언니에게서 매일같이 오던 메시지가 뚝 끊겼다.

화가 났다. 내게 다시 연락하기 시작한 것이 고작 백만 원을 빌리기 위해서였다는 게. 다짜고짜 문자로 빌려달라고 했어도 빌려줬을 거다. 그냥 줘버리고 말았을 거다. 그랬다면 이렇게까지 마음이 휘저어지지는 않았을 텐데.

그러고 보니 언니는 내 안부를 한 번도 궁금해 하지 않았던 것 같아. 잘 지내냐고, 기차에서 물어왔던 게 처음이자 마지막이었던 것 같아. 언니는 자기 이야기를 하고, 나는 고개를 끄덕이거나 ㅋㅋㅋ라고 적었을 뿐.

경호 말이 맞았다. 나는 언니에게 그 무엇도 아니었는지도. 나는 내가 화가 난 게 아니라 슬퍼하고 있다는 걸 알았다. 두 번씩이나 버림받아서가 아니었다. 버림받은 쪽이 내가 아니었다는 걸 깨달았기 때문에.

그날 밤, 그 칵테일 바에서 언니는 팔짱을 끼고 고개를 떨군 채로 쿨쿨 잤다. 잘도 자는구나, 생각했다. 나를 믿기 때문에 이렇게 푹 잘 수 있는 게 아닐까 싶으면서도, 한편으로는 언니는 내가 있든 없든, 내가 아니라 그 누구와 함께 있더라도 이렇게 잘 수 있는 사람이라는 생각이 들었다. 그러자 조금 쓸쓸해졌다.

아이스크림이 녹아 흘러내리듯 언니의 몸이 점차 아래로 조금씩 조금씩 흘러내렸다. 나는 의자를 당겨 언니 곁에 바짝 붙어 앉았다. 내게 기대오는 언니의 몸이 점점 무거워졌다. 어깨가 맞닿은 면적만큼 동그랗게 따뜻했다.

고른 숨소리에 귀를 기울이고 있는데, 갑자기 울컥했다. 한 생의 무게가 고스란히 나를 덮쳐오는 느낌. 지구보다 더 무거웠다. 문득 이 사람을 지켜주고 싶다는 생각이 들었다. 부서지도록 놔두지 않겠다고. 결코 이해할 수 없을지라도, 사랑할 수 있겠다고 생각했다. 있는 힘껏.

그리고 그게 경호의 마음이란 걸 알았다.

나는 도망쳤다.

*

몇 달쯤 지났을까. 건물 1층 안내 데스크 직원에게서 연락이 왔다. 불과 몇 시간 전에 누군가 내 앞으로 맡기고 간 것이 있다고 했다. 퇴근길에 데스크에 들렀다. 보안상 그런 식으로 물건을 전해주는 일은 하지 않기 때문에 직접 전해주도록 연락하려 했으나, 여자분이 따로 전해달라고 워낙 간곡하게 부탁하기에 그냥 받았다고 직원은 말했다.

그가 내 앞에 꺼내놓은 것은 분홍색의 꽃무늬 봉투였다. '혜정에게'라고 적혀 있었고, 안에는 5만 원권 지폐 스무 장이 들어 있었다.

이후로 우리는 서로 연락하지 않았다. 그러나 또다시 6년쯤 지나 혜정아, 하고 불러올지도 모를 일.

언니가 없었다면 나는 경호와 결혼해 지금쯤 아이를 둘씩이나 낳고 살고 있을지도 모른다. 언니가 없었다면, 분홍색 봉투를 붙잡고 길에서 우는 사람은 되지 않았을지도.

꽤 오랫동안 경호와 내가 헤어진 게 언니 때문이라고 생각했지만, 아니었다. 우리가 헤어진 건 우리가 우리 자신이기 때문이었다. 언니가 언니 자신이듯이. 언니가 뺑소니범처럼 나를 치고 지나갔다고 생각했지만, 나는 어쩌면 그냥 그 참새였는지도 모르겠다. 그날 언니 무릎 위에 올라 앉아 있던.

나는 가끔씩 그 참새를 생각한다. 참새만큼 가벼웠던 나의 진심에 관해서도. ▪

박지영

장례 세일

1974년 서울 출생.
2010년 『조선일보』 등단.
장편소설 『지나치게 사적인 그의 월요일』 『고독사 워크숍』, 소설집 『이달의 이웃비』.
〈조선일보 판타지문학상〉 수상.

장례 세일

1

독고 씨의 묘비명을 생각하면 현수에게는 떠오르는 사자성어가 하나 있었다. 토사구팽. 그러나 그 말을 새길 기회는 쉬이 오지 않을 거였다. 묫자리도 없이 묘비만 세울 수는 없을 테니까. 어쨌거나 그것은 차차 생각해볼 일이었고, 그러자면 선행되어야 할 것이 있었다. 독고 씨의 죽음이었다.

요즘 현수에게는 한 가지 진실된 기도 주제가 있었는데, 아버지 독고 씨가 장례 세일 기간 중에 운명하는 것이었다. 현수가 22개월의 계약직으로 들어와 1년 8개월간 3교대 경비원으로 근무해온 병원의 장례식장은 계약직의 경우 30퍼센트의 직계가족 할인이 적용되었다. 이왕이면 그 혜택을 누리고 계약을 만료하고 싶은 게 현수의 지나친 이기심이나 불효는 아닐 터였다. 코로나로 인해 요양 병원의 면회가 전면 금지되었던 시기에도 이미 두 번의 임종 면회를 가진 적 있었다. 곧 돌아가실지 모른다는 연락에 근무를 하다 말고 달려가 금세라도 숨이 넘어갈 듯한 독고 씨를 보고 왔는데, 그 후 독고 씨는 (어쩌자고) 다시 회복되기를 반복했다. 회복되었다고 해서 가족들의 얼굴을 알아보거나 의식을 차릴 정도는 아니었고, 여전히 코에 껴놓은 줄로 음식을 섭취하고 목에 뚫어놓은 구멍을 통해 숨을 쉬었지만, 심장이 갑자기 멎거나 숨이 꼴딱 넘어가지는 않을 정도로, 침대에 가만히 누워 밭은 숨을 쉬며 호흡하는 심장을 유지할 정도는 되었다는 이야기였다.

이건 연명 치료에 해당하는 것 아닌가? 그 부분에 대해서 의료진의 의견을 물었으나 판단은 전적으로 가족의 몫이었다. 독고 씨가 연명 치료 중단 의사를 밝힌 건 수년 전이었지만, 어디서부터 연명 치료로 볼 것인가에 대해서는 명확한 견해를 들은 바 없었고 가족 간에도 의견이 엇갈렸다. 결국 대외적으로 가족 된 도리에 어긋나 보이지 않을 정도를 가늠해 심폐 소생술은 하지 않는 좁은 의미의 연명 치료 중단으로 합의를 본 게 지금 독고 씨의 상황이었다.

저렇게 한 달, 두 달 더 사는 게 무슨 의미가 있나. 현수가 대단히 매정하거나 부모의 은혜도 모르는 불효막심한 자식이라서가 아니라, 뭐 효자라고는 할 수 없지만 여하튼 사실이 그렇지 않은가, 했다. 현수가 근무하는 그리 길지 않은 시간 동안에도 친지상을 당한 병원의 관리팀 직원들이 세 명이나 있었다. 한 명은 조부였고 한 명은 시부, 한 명은 모친이었는데 모친상을 당한 약제실 보조원 경선의 경우에는 병원의 장례식장을 할인된 가격으로 이용하는 혜택을 누렸을 뿐 아니라 1년 계약직에 직무 연관성도 없음에도 불구하고 새로 온 오지랖 넓은 관리팀장의 독려로 관리실 전 직원이 번갈아 조문을 갔다. 현수도 야간 근무를 끝낸 후 피곤한 몸을 이끌고 조문을 가서 육개장을 먹었는데, 육개장과 그때 딸려 나온 삼색냉채와 김치, 동그랑땡이 어찌나 맛있던지 인사를 하러 온 경선에게 맛있다는 말을 여러 번 했고, 그러자 경선은 현수를 보며 동그랑땡이라도 좀 싸 갈래요? 하고 물었다. 현수가 가만히 있자 경선은 작게 한숨을 쉬더니 맛있게 먹어주면 나야 고맙지, 하고는 일회용 그릇에 동그랑땡을 담아 위생 지퍼 백에 깔끔하게 넣어주었다. 현수는 동그랑땡을 들고 돌아오며 조의금 3만 원은 너무 했나 5만 원은 할 걸 그랬나 생각했지만 시간을 되돌려도 자신은 3만 원 이상은 하지 않으리라는 걸 알고 있었다.

동그랑땡은 냉장고에 넣었다가 하루 지난 후에 데워 먹어도 맛있어서 본 적 없는 경선의 모친에 대한 애도의 마음이 새록새록 샘솟았다. 이렇게 맛있는 음식을 제공하는 장례식장을 30퍼센트 할인된 가격으로 이용할 수 있는 기회가 쉽게 오는 건 아니었다. 게다가 계약 기간이 끝나고 새로운 일자리를 구하기 전에 상을 당하면, 빈소에 조문을 올 현수의 지인이라고는 지금은 그만둔 극단 〈숲으로〉의 단원들, 조의금 3만 원짜리 연극쟁이들 두어 명이 전부일 터였다. 조의금도 조의금인데다 빈소가 너무 쓸쓸해 보이면 남들 보기 물색없을 터였고, 또 어머니 순정 씨나 동생 민영에게도 체면이 서지 않는 일일 게 분명했다. 독고 씨의 죽음이 할인 기간 안에 이루어지기를 바라는 현수의 생각을 독고 씨가 안다 한들 서운해 할 일도 아니었다. 다 아버지 가시는 길 외롭지 않길 바라는 현수의 배려심에서 비롯된 소망일 뿐이었다.

인생은 타이밍이다. 죽음 역시 타이밍이 중요했다. 존엄사라는 건 그런 거였다. 스위스에서 2천만 원, 3천만 원씩 주고 하는 것도 존엄사

긴 하겠지만, 그거야 돈 있는 사람들의 이야기고, 진짜 존엄사란 이런 거라고 생각했다. 남은 가족이 부담해야 할 장례 비용을 최소한, 30퍼센트 할인된 가격으로 이용할 수 있는 기간 안에 죽어주는 것. 조의금 낼 사람이 한 명이라도 더 있을 때 죽는 것. 살아서 뭐 대단한 영광이나 추억이라도 애써 만들 수 있다면 모르지만 그것도 아닐 바에야. 그것이 결국 독고 씨도 원하는 존엄사일 거라고 현수는 생각했다. 독고 씨는 그런 사람이니까. 평생을 그렇게 살아왔으니까. 그러자 다시 한번 토사구팽이라는 사자성어가 떠올랐다. 현수가 아는 사자성어라는 게 몇 개 되지 않아서 돌려막기 하느라 그런 것만은 아니고.

2

죽기 전에는 지난날들이 필름처럼 지나간다는데, 독고 씨에게는 그런 정신조차 없을 것 같아서 현수가 대신 회상해주기로 했다.

독고 씨의 지난 삶을 생각하면 현수에게는 인상적인 몇 가지 기억이 있었는데, 그중 하나가 토끼탕이었다. 현수가 초등학생일 때, 작은 제약회사의 영업사원으로 일하던 독고 씨가 직장 상사라는 남자 둘과 함께 귀가한 적이 있었다. 손에는 살아 있는 토끼가 들려 있었다. 털이 잿빛이고 코가 분홍색인 토끼였다. 첫 사냥인데 토끼를 산 채로 잡더라니까. 독 과장 그렇게 안 봤는데 아주 타고난 사냥꾼이야. 등산 조끼를 입은 덩치 큰 남자가 우렁우렁한 목소리로 독고 씨를 칭찬했다. 독고 씨는 칭찬을 들을수록 어쩐지 초조하고 괴로워 보였다. 그 모습이 현수의 눈에는 사과 상자에 든 토끼와 꼭 닮아 보였다. 토끼는 낯선 환경이 불안한지 귀를 쫑긋 세우고 웅크린 채 현수를 겁먹은 눈으로 쳐다보고 있었는데 작은 입을 끊임없이 오물거리는 게 배가 고파 보이기도 했다.

"당근하고 감자 좀 사 와라."

어머니 순정 씨가 심부름을 시켰다. 토끼에게 주려는 거구나. 현수는 신이 나서 심부름을 갔다. 토끼는 진짜 당근을 좋아하나 봐. 그런데 토끼가 감자도 좋아하나? 고개를 갸웃거리며 가게에 가는 동안 현수는 토끼에게 붙여줄 이름을 생각했다. 뭐가 좋을까. 강아지나 고양이는 몰라도 토끼를 키우게 될 거라고는 생각해본 적이 없어서 어떤 이름을 붙여야 할지 알 수 없었다. 현수가 아는 한 반에서 토끼를 키우는 아이는 한 명도 없었다. 내일 학교에 가서 친구들에게 자랑할 생각을 하니 벌써 마음이 부풀어 올랐다. 일요일인데 같이 놀아주지도 않고 아침 일찍 나가버렸던 독고 씨에게 화가 났던 마음 같은 것도 다 잊을 수 있었다. 자신이 토끼라도 된 듯 깡총깡총 뛰면서 현수는 당근과 감자를 사가지고 집으로 돌아왔다. 그런데 토끼가 보이지 않았다.

"내 토끼는?"

"네 토끼라니?"

"나 주려고 가져온 거 아니야?"

순정 씨는 대답하지 않았다. 대신 말없이 감자 껍질을 벗기기 시작했다. 독고 씨에게 물어보고 싶었으나 독고 씨는 보이지 않았고, 함께 온 남자 둘만 거실에 차려놓은 술상을 앞에 두고 앉아 벌써 얼큰하게 취해 있었다.

그때, 독고 씨가 욕실에서 커다란 냄비를 들고 나왔다. 순정 씨가 곰국을 끓일 때 쓰는 큰 냄비였다. 현수는 열린 문틈으로 욕실 안을 보았다. 욕실 바닥에는 채 씻겨나가지 않은 피와 조금 전까지 토끼의 몸에 붙어 있던 털들이 날리고 있었다.

현수가 아는 독고 씨는 순정 씨의 표현에 의하면 벌레 한 마리 죽이지 못하는 사람. 순정 씨에게 남자가 저렇게 얌전하고 배포가 없어서야, 그러니 맨날 이 모양 이 꼴로 살지, 하고 구박받으면 실없이 웃으며 현수의 옆구리를 괜히 쿡쿡 찌르면서 오늘은 아빠가 실컷 혼났으니 현수는 덜 혼나겠네, 하던 사람.

순정 씨는 아무렇지 않게 커다란 냄비를 받아 썰어놓은 감자와 당근, 양파를 넣고 불 위에 올렸다. 남자들은 그날의 성공적인 사냥에 대해 떠들기 시작했고 독고 씨는 그들의 잔이 빌 때마다 얼른 술을 따랐다. 상사라고 해도 한 명은 독고 씨보다 확연히 어려 보였는데 독고 씨가 꼬박꼬박 어른 대접을 하는 것이 어린 현수의 눈에도 우습게 느껴졌다. 같이 어린이대공원에 가기로 한 약속도 깨고 아침 일찍부터 나가더니. 그래도 선물로 토끼를 가져왔으니 용서해줄 생각이었는데 내 토끼를 기껏 저런 아저씨들의 술안주로. 그래도 싸다, 저런 대우를 받아도 싸다, 라고 현수는 생각했다. 그날은 현수가 독고 씨의 삶이 '그래도 싼' 인생이라는 걸 처음 목격한 날이었다. 순정 씨 역시 웃는 얼굴로 옆에 앉아 마른오징어를 찢고 토끼탕을 덜어주며 그들이 기세등등하게 늘어놓는 사냥 성공담을 적절한 감탄사와 함께 경청했는데, 그 모습이 현수를 더 화나고 우울하게 했다. 그래도 싼 인생은 결코 혼자만 그래도 싼 인생으로 남는 게 아니었다. 가족들까지 도매금으로 넘겨버리는 거였다.

잠시 후, 현수는 화장실에 가려다 안에서 순정 씨가 구역질하는 소리를 들었다. 살짝 문을 열고 보니 순정 씨가 고무장갑을 끼고 욕실 바닥을 철 수세미로 박박 닦고 있었다. 바닥 타일 틈새에는 아직도 피가 묻어 있었는데, 그 위에 락스를 뿌리던 순정 씨가 현수가 문밖에 서 있는 것을 발견하고는 황급히 문을 닫았다. 그리고 달칵, 안에서 문을 잠그는 소리가 들렸다.

취한 남자들은 자정이 넘어서야 일어섰다. 순정 씨의 부름에 현수는 자다 말고 현관으로 달려가 그들에게 허리를 굽혀 인사했고, 등산 조끼가 벌겋게 취한 얼굴로 현수의 머리를 쓰다듬으며 말했다.

"고 녀석, 말썽 많이 피우게 생겼네. 너 엄마 아빠 속 많이 썩이지?"

현수가 대답하기도 전에 순정 씨가 웃으며 말했다.

"말도 마세요. 말도 엄청 안 들어요. 아주 혼내주세요."

그러자 등산 조끼가 지갑에서 만 원 한 장을 꺼내어 현수의 눈앞에 들이밀고 흔들며 말했다.

"그래요? 너네 아빠는 말 잘 듣는데 왜 그럴까. 너도 아빠 닮아 말 잘 듣는다고 약속하면 만 원."

현수가 입을 꾹 다문 채 대답하지 않자 등산 조끼가 말했다.

"약속 안 해? 자식 고집 있네. 그래도 꺼낸 거니까 받아라."

등산 조끼가 내민 돈을 현수가 선뜻 받지 않자 등산 조끼가 옆에 서 있던 독고 씨의 손에 만 원을 쥐여주며 말했다.

"싫음 말고. 봐라. 너네 아빠는 착하게 구니까 가만히 있어도 만 원을 벌잖니."

독고 씨가 사람 좋게 허허 웃으며 그 돈을 다시 등산 조끼에게 건네주었고, 등산 조끼가 (됐어, 애나 줘.) 독고 씨의 손을 쳐내는 바람에 바닥에 떨어진 만 원은 순정 씨가 집어 웃으며 (현수야, 고맙습니다 해야지.) 현수의 주머니에 넣어주었다. 순정 씨와 독고 씨가 두 남자를 배웅하러 나간 사이 혼자 남은 현수는 어지럽혀진 거실의 술상 위에 놓인 냄비를 들여다보았다. 그 안에는 현수를 쳐다보던 토끼의 불안한 눈동자나 움찔거리는 코 같은 건 없었고, 먹다 남긴 고기 조각 두 개만 뻘건 기름과 함께 남아 있었다. 다 먹지도 못할 거면서 내 토끼를. 현수는 망설이다가 조각 하나를 집어 살짝 혀로 핥아보았다. 뜻밖에도 익숙한 맛이 났다. 순정 씨가 해주던 닭볶음탕 맛과 별로 다르지 않았다. 현수는 아주 천천히 뼈에 붙은 토끼의 살 조각을 뜯어먹기 시작했다. 이 맛을 무어라 표현할 수 있을까. 갸륵한 맛. 혹은 거룩한 맛. 남은 한 조각마저 남김없이 먹은 후, 현수는 주머니의 만 원을 꺼내어 독고 씨가 비상금을 숨겨두는 담배 케이스 안에 넣어두었다.

그때 어린 현수가 제게는 전 재산이었던 만 원, 처음으로 아버지 독고 씨의 '그래도 싼' 인생을 목격한 대가로 받은 돈을 에누리 없이 독고 씨의 비상을 위해 기부했다는 것, 그 마음으로 지금 독고 씨의 죽음을 함부로 에누리하려는 마음 같은 건 상쇄될 수 있다고 현수는 생각했다.

3

그래도 싼 죽음이라면.

경선이 추천해준 상품의 이름은 '클래식'이었다. 경선의 지인이 시작했다는 장례 토탈 서비스 업체의 상품 아홉 개 중 아래에서 세 번째. 베이직과 스탠다드 다음으로 저렴한 상품이지만 이름이 클래식이라 그렇게 저렴한 느낌은 들지 않았다. 그 위로는 노블이니 프리미엄, 로얄 같은 단어들이 붙어 있었는데 독고 씨는 살아생전에도—지금도 살아 있기는 하지만—프리미엄이나 로얄 같은 단어가 붙은 상품은 이용해본 적 없는 사람이었으니, 이 정도면 넘치면 넘쳤지 모자라지는 않아 보였다. 아주 싸지도 않고 적당히 품위 유지는 하면서 그래도 싼 장례 상품. 문제는 장례업체의 입장에서는 그래도 싼 상품이 현수에게는 그래도 비싼 상품이라는 데 있었다. 그래서 현수가 아무래도 스탠다드로 해야 할까 봐, 하고 고민하자 경선이 이런 정보를 알려주었다.

"지금 계약하면 같은 비용으로 한 등급 업그레이드해주는 오픈 기념 이벤트 중이긴 한데, 그게 기간이 정해진 거라."

남은 행사 기간은 2개월. 그러니 2개월 안에 죽기만 하면 스탠다드 가격으로 클래식한 죽음을 누릴 수 있다는 이야기였다. 평생을 세일즈맨으로 살아온 독고 씨라면 자신의 죽음을 가지고 저비용 고품격, 까지는 아니더라도 기본은 하는 클래식한 장례를 치를 수 있는 세일 찬스를 현수가 놓친다면 세일즈맨의 기본이 안 되었다고 안타까워할 게 분명했다. 싸게 사고 비싸게 판다. 결국 세일즈의 기본은 그게 전부라고 독고 씨는 말하곤 했다. 그렇게 잘 아는 것치고는, 본인의 인생은 비싸게 사서 싸게 팔아넘기는 식으로 마무리될 게 뻔했지만 말이다.

관건은 역시 타이밍이었다. 두 번째와 세 번째 임종 면회 사이에는 4개월이라는 간격이 있었다. 네 번째 임종 면회는 좀 더 빨리, 최소한 2개월 이내에 해프닝이 아닌 임종이라는 명칭에 부합하는 종결된 방식으로 성공적으로 이루어지길 바랄 뿐이었다.

현수가 친분이 없던 경선에게 장례 절차나 준비와 관련해 조언을 구하게 된 건 독고 씨의 세 번째 임종 면회를 끝낸 직후였다. 두 번째까지는 병원의 전화를 받자마자 헐레벌떡 달려갔지만 세 번째는 달랐다. 이미 두 번이나 근무 중간에 예정에 없던 조퇴와 반차를 쓴 터라 이번에도 별일 아닌데 괜히 팀장에게 밉보이게 될까 봐 조심스러웠다. 별일이 생길까 무서운 게 아니라 별일이 생기지 않을까 봐, 아무 일도 생기지 않아서 회사 사람들 보기에 겸연쩍어질까 봐 그게 무서웠다. 순정 씨가 반찬 가게 문을 닫고 집에 있는 민영을 데리고 먼저 요양병원으로 향했고, 현수는 일단 근무를 마치고 가기로 했다. 퇴근 후 현수가 병원에 가는 사이 다행히(그럼 그렇지.) 위급 상황은 지나갔다. 갑자기 악화되어 당장 내일 돌아가실지 두 달, 세 달 이대로 연명하실지는 지켜봐야 안다는 의사의 말을 들으며 현수는 이렇게 묻고 싶었다. 당장은 말고 세 달은 길고 두 달이 지나기 전, 그때가 딱 적당한데 어떻게 안 될까요. 그러나 당연히 아무 말도 하지 못하고 물러섰고, 그래도 남은 계약직 기간 내에 돌아가실 확률은 확실히 높아졌다는 생각을 하며 장례 비용을 알아보기로 했다. 그렇게 해서 모친상을 치른 후 장례지도사를 준비 중이라는 경선의 도움을 구하게 된 거였다.

장례 준비를 시작하며 현수는 종종 장례식장에 들러 모르는 사람들의 장례 풍경을 살펴보기도 했다. 어떤 곳은 북적이고 어떤 곳은 한산했는데, 어떤 곳은 현수도 알 만한 이름들이 보낸 근조 화환들이 즐비해서 죽은 사람이 누구인지 궁금하게 만들기도 했다. 뭐 얼마나 대단한 죽음이기에. 위풍당당한 죽음과 의기소침한 죽음 사이에서 근조 화환 리본에 적힌 국회의원과 이사장과 대표와 사장들의 이름을 보며 현수는 이게 다 진짜일까, 혹시 그냥 보여주기식으로 대충 붙인 이름은 아닐까 그런 의심을 품기도 했다. 그러나 그런 의심 또한 부러움과 선망의 감정에서 비롯된 것이었다. 흥행에 성공한 공연들, 관객이 몰려들고 커튼콜을 외치는 공연을 보며 느꼈던 그 진한 부러움, 자신은 결코 가질 수 없을 것 같은 그 흥성한 에너지와 찬란한 미래를 약속하는 한자리에 군집된 군중이 뿜어대는 추대의 기운들, 그런 흥행작들을 관객석 끝자리에서 보며 손톱만 물어뜯던 기억이 새삼 떠올랐다. 독고 씨에게는 이왕이면 흥하는, 파격가에 타임 세일하는 마트 수산물 코너처럼 사람들로 북적이는, 남들 보기에 쓸쓸하지 않은 장례를 치러주고 싶었다. 그것이 죽은 이보다는 산 사람의 욕심이고 허례허식이라는 건 알지만 현수는 가진 것도 없는 주제에 최소한의 허례허식을 포기하고 싶은 생각은 조금도 없었다. 결국 삶이란 보여지는 것이 전부였다. 무대 아래에서 보낸 시간보다 무대 위에서 보낸 짧은 시간, 그 시간을 얼마나 강렬하게 마무리하느냐가 전 생애의 흥행 여부를 결정하는 건지도 몰랐다.

그러나 이대로라면. 독고 씨의 장례식장은 매우 한산할 뿐 아니라 근조 화환도 거의 없을 게 분명했다. 너무 허전하면 제 돈으로 근조 화환을 주문해 리본만 달아놓아도 되긴 할 터였다. 장례식장에 온 조문객들이 애써 진위 여부를 따져 묻지는 않을 테니까 대충 한국문화예술연극위원회 구자성 대표니 공연문화연대 정만석 이사 같은 이름만 새겨두어도 그럴듯해 보일지 몰랐다. 그러나 그러자면 돈이 문제인데, 하고 생각하다 보니 이 많은 근조 화환들은 장례식이 끝나면 어떻게 되는지 궁금해졌다. 알아보니 싼값에 재활용하려고 화원에서 수거해 가는 곳도 있고, 장례식장에서 자체적으로 폐기 처분하는 경우도 있다고 했다. 그제야 근조 화환이라고 해서 다 같은 게 아니라는 사실이 눈에 들어왔다. 어떤 화환은 이미 두어 번의 장례를 치르고 온 듯 시들시들했고 어떤 화환의 리본에는 재생하지 않은 화환이라는 글자가 당당히 표기되어 있었다. 미리 부탁만 잘해두면 남의 죽음을 애도하기 위해 쓰인 근조 화환을 싼값에 양도받아 리본 갈이만 해도 될 것 같았다.

어차피 한 번 쓰이고 버려질 애도라면 충분히 애도되지 못한 누군가
의 죽음을 위해 재활용되는 게 더 의미 있는 거 아닌가, 그렇게 생각하
고 싶었다. 재활용되는 애도라고 해서 뭐 그리 다르랴. 그러나 독고 씨
가 받을 수 있는 애도란 결국 남의 죽음에 쓰이고 남은, 폐기 처분 직
전의 애도일 뿐인지도 모른다 생각하니 조금 우울해지긴 했다. 그러나
현수는 그래도 싸다, 라고 생각하기로 했다. 유산 한 푼 남겨주지 않
고 사망보험 하나 들어두지 않은 독고 씨에게는 그 정도도 싸다고. 그
래야만 괜한 죄의식에서 벗어날 수 있을 것 같았다. 중요한 건 이익을
남기는 거였다. 독고 씨가 평생을 몸담았던 세일즈의 윤리란 그런 거
였다. 최대한 영업 이익을 남기는 것. 그렇게 따지면 독고 씨는 얼마나
비윤리적인 세일즈맨이었는지.

애도에 가성비를 따진다고 해서 그게 뭐 불법도 아니고, 현수는 죄
의식도 사치라고 생각했다. 죄의식은 가성비로 따져봐도 소장 가치 없
는, 쓸데없는 감정의 낭비일 뿐이었다. 현수가 물건을 사거나 소비할
때 가장 중요하게 생각하는 건 어쩔 수 없이 가성비였다. 아버지 독고
씨의 죽음에 드는 비용의 결정에도 가성비를 가장 중요하게 고려하는
건 현수의 입장에서는 어찌 보면 당연한 일이었다. 그렇다고 그게 독
고 씨의 생애에 대한 모독이거나 애도의 뜻을 빛바래게 하는 건 아니
라고 생각했다. 그렇게 믿고자 했다. 그리고 그 믿음을 경선에게도 확
인받고 싶어서 이렇게 물었다.

"어차피 장례 비용에 따라 죽음의 가치나 애도의 깊이가 달라지는
건 아니잖아요. 그렇죠?"

현수의 질문에 경선이 조금 머뭇거리더니 애매하게 웃으며 말했다.

"뭐 그렇긴 한데. 꼭 아니라고도 말은 못 하겠다. 조의금 액수 같은

것만 봐도 사실, 그렇잖아?"

경선이 자신이 낸 3만 원을 기억하고 말하는 것 같아서 현수는 괜히 물어봤구나 후회가 되었다. 역시 5만 원은 했어야 했나. 만약 경선에게 부탁할 일이 생길 줄 알았다면 그때 5만 원은 했을 수도 있었다. 경선을 통하면 할인을 받을 수 있다고 해서 장례 업체 소개를 부탁한 건데 쓸데없는 짓을 했나 싶기도 했다. 사실 경선은 이제 장례지도사가 될 거니까, 고객에게 돈으로 애도를 표현하는 것으로 고인에게 못다한 마음의 빚을 갚고 죽음에 대한 존중을 보여달라고, 미안해 하는 마음을 건드려 더 많은 비용을 지불하게 만들어야 하는 사람이니까 이렇게 반응하는 게 당연한지도 몰랐다. 괜히 그 말에 마음 상해 능력 이상으로 무리한 상품을 선택하거나 독고 씨의 죽음을 헐값에 처리하려한 자신의 무정에 자책할 필요는 없었다. 그러나, 그러나 말이다.

시장에서 나물이나 티셔츠 하나를 사면서도 가격 흥정을 한답시고 터무니없이 깎으면 욕먹는 게 당연한 이치였다. 하나뿐인 아버지 독고 씨의 죽음에 드는 비용을 이런 식으로 후려치려는 것은 독고 씨의 삶마저 후려치는 불공정한 거래일 수도 있었다. 아무리 그것과 이것은 다르다고, 자신이 지불할 수 있는 능력보다 무리하는 것으로 자식된 도리를 다했다고 홀가분해 하려는 마음은 그저 생전 못다 한 효도에 대한 잘못된 정산 방식이라는 생각이 들면서도, 현수는 자신이 독고 씨의 죽음 값을 터무니없이 후려치고 있는지도 모른다는 의혹을 완전히 제거할 수는 없었다.

어쩌면 더 공정한 죽음 비용에 대한 고민이 필요한 건 아닐까?

그러자 며칠 전 퇴근을 하며 들른 순정 씨의 반찬 가게에서 순정 씨와 나눈 대화가 기억났다. 저녁 시간이 지나면 순정 씨는 오늘이 아니면 팔 수 없는 반찬들에 새로운 가격표를 붙이곤 했다. 7시에는 정가보다 10퍼센트 할인된 가격표가, 8시 이후에는 30퍼센트 할인된 가격표가 붙었다. 그날 만든 모든 반찬에는 똑같은 할인율이 적용되었는데, 현수가 보기에는 도통 융통성이 없어 보였다.

"이런 미역줄기 같은 거는 잘 팔리지도 않잖아. 그냥 반값 할인해서 팔아버려. 인기 있는 거, 이런 전이나 부침 종류는 똑같이 할인하면 다른 게 안 팔리니까 그냥 10퍼센트만 하고."

그러나 순정 씨는 현수의 제안에도 똑같은 할인율을 적용한 가격표를 붙일 뿐이었다. 융통성이 없기는 독고 씨와 똑같았다. 그러면서 한다는 말이, 그런 건 공정하지 않잖아, 했다. 현수는 어이가 없어서 웃음이 났다. 시금치나 콩나물이 무슨 공정을 안다고. 콩자반이 불공정하다고 엄마한테 시위라도 한대?

"아니 그러니까 맨날 미역줄기만 남아서 우리 집 반찬이 맨날 안 팔리는 미역줄기나 가지무침뿐인 거잖아."

현수가 툴툴대자 허리를 숙이고 새로운 가격표를 붙이던 순정 씨가 몸을 일으키더니 현수를 똑바로 보며 말했다.

"내가 만들어 내가 파는 건데 가격도 내 맘대로 못 붙이니?"

"아니 내 말은 그게 아니라."

"너도 알잖아, 현수야. 엄마가 평생 해본 게 시급 받는 일밖에 더 있었니? 최저 시급보다 낮은 시급 받을 때도 내 능력이 그것밖에 안 되니까 어쩔 수 없다고 생각하면서, 남들이 가격표 붙여주는 대로 후려치면 후려치는 대로 그게 내 가격인가 보다, 그러고 다녔었다."

당황하는 현수를 보며 순정 씨가 들려준 이야기는 이런 거였다.

"어떤 때는 최저 시급보다 300원, 400원 더 준다고 해서 가면 딱 고만큼 더 일이 힘들더라. 어떤 곳은 최저 시급보다 덜 준다고 해서 일이라도 편하겠지, 하면 그것도 아니었어. 물론 운 좋을 때는 이 돈 받고 이렇게 편하게 일해도 되나 싶을 때도 있었는데, 당연히 그런 일은 다시는 주어지지 않더라. 그냥 어디선가는 같은 돈을 받으면서 이렇게 편한 일을 하는 사람도 있다는 것만 알게 되었고 말이야. 엄마가 하는 일이라는 게 다 그랬어. 마트고, 청소 업체고, 식당이고, 일을 하고 임금을 받으면서도 그게 내 시간, 내 노동에 대한 공정한 가격인지 그런 거는 생각할 틈도 없었어. 그냥 그렇게 정해진 걸 받아들이는 것뿐이었지. 물가가 오르면 또 오르는 대로, 이게 맞나 따지지도 못하고 불평하면서 그냥 미끼 상품이나 할인된 상품들 사 먹고 쓰면서, 그렇게 살았다."

순정 씨가 원래 이렇게 말이 많은 사람이었나. 현수는 괜히 머쓱해져서 코다리 강정에 새로 붙은 30퍼센트 할인된 가격표만 만지작거리며 중얼거렸다.

"엄마는 내가 뭐라 그랬다고."

순정 씨가 남은 할인 가격표를 마저 붙이며 덧붙였다.

"살면서 있잖니, 내 맘대로 결정할 수 있는 가격이란 게 하나도 없더라. 여기 반찬 가게에서 일하면서도, 현서 이모가 있을 때는 내 맘대로 할인 가격 하나 제대로 못 붙인 거 너도 알잖아. 너 현서 이모가 전에 일하던 급식실 폐암 산재 문제로 단체 소송 중이라 가게 안 나오는 건 알지? 자기 목숨값조차 그렇게 함부로 에누리당하고 자기 손으로 결정 못 하는 게 사람인데, 내가 유일하게 내 맘대로 가격 정할 수 있는 건 고작 내가 내 손으로 만든 반찬 몇 가지뿐인데, 그냥 이것만큼은 내가 생각하는 공정한 방식으로 가격표 붙이면 안 되는 거니? 나도 알

아. 고작 이런 걸로 세상의 가치들이 공정한 가격으로 거래되는 건 아니지만, 최소한 내가 만든 건, 내가 생각하는 공정한 가격 정도는 지켜주고 싶다고. 그러니까, 그냥 좀 놔두면 안 될까?"

물론, 그때 순정 씨가 이렇게 무슨 연극 대사처럼 기다렸다는 듯이 요목조목 말을 한 건 아니었고, 이것은 나중에 현수가 독고 씨의 죽음 비용을 계산해보며 참고하려고 순정 씨의 하소연에 가까운 말들을 정리해 기록해둔 거긴 하지만, 어쨌거나 그날 순정 씨의 요점은 이런 거였다. 토 달지 마. 내 반찬 가격은 내가 결정한다.

순정 씨의 기세에 현수는 대꾸할 말이 없었다. 뭐 엄마가 그렇다면 그런 거겠지. 그래도 미역줄기와 잘 팔리는 소시지부침에 똑같이 30퍼센트 할인율을 적용하는 게 꼭 공정한 것인가 하는 의문은 여전히 남았지만, 그래 그게 엄마가 생각하는 공정한 가격이라면, 잘 안 팔리는 미역줄기와 가지무침도 때로 찾는 사람이 있다는 이유로 제외시키지 않고 만들어놓았다가, 떨이로 가격을 후려치지 않고 공정하다 믿는 가격을 붙여주어야만 엄마가 스스로 당당해진다면, 그건 그것으로 좋다고 생각했다. 그렇다면.

독고 씨의 죽음이 시간이 지나면 쉬어버리고 말 미역줄기무침보다 못할 것은 없었다. 독고 씨의 죽음 역시 보다 공정한 가격표가 붙을 자격이 있는 거였다. 그의 삶이 남긴 업적이 대단하거나 대단히 조명할 만한 죽음이어서가 아니라, 다만 하나의 죽음에는 그에 따른 정당한 애도의 몫이 있을 테니까. 그렇게 현수는 독고 씨의 죽음에 너무 일찍 '그래도 싼' 가격표를 붙인 것은 아닌지 돌아보기 시작했고, 독고 씨의 죽음에 대한 진짜 공정한 가격은 무엇인지 다시 고심해보기로 했다. 아직 시간은 있었다.

그러고 보니 그날의 기억에는 이런 장면도 있었다. 현수가 먼저 집에 가려 하자 순정 씨가 민영과 먹으라며 명란계란말이와 잡채를 봉투에 담아 건네주었다. 인기 있는 반찬이어서 늘 가장 일찍 떨어지는 품목들 중 하나였다.

"어떻게 이게 여태 남았어?"

현수가 묻자 순정 씨가 말했다.

"남은 게 아니라 남긴 거. 너희들 먹으라고, 따로 빼둔 거."

그러니까 아껴둔 것. 그래서인지 순정 씨가 준 명란계란말이와 잡채에는 정가도, 할인 가격표도 붙어 있지 않았다. 세상에는 그런 가격도 있는 거였다.

4

독고 씨의 공정한 죽음 비용 결정을 위해 현수는 사망보험금이나 산재 보상금의 결정 기준들과 함께 몇 가지 참고 서적들을 찾아보기 시작했다. 그중 하워드 스티븐 프리드먼의 저서 『생명 가격표』[1]를 읽으며 현수가 느낀 것은 모든 생명의 값을 결정하는 것은 결국은 불공정이라는 것이었다. 인종, 연령, 젠더, 평생 기대 소득, 희생자의 신원과 배경 등 목숨값이라 할 수 있는 보상금을 결정하는 조건들은 저마다 다르게 작용했지만 따지고 보면 그 모든 조건들은 마침내 불공정에 수렴했다. 생명에 가격표를 붙이는 데 절대적인 공정함이라는 게 가능할 거라고는 사실 누구도 기대하지 않을지도 몰랐다. 그것은 언론

---

1 하워드 스티븐 프리드먼, 『생명 가격표 — 각자 다른 생명의 값과 불공정성에 대하여』, 연아람 옮김, 민음사, 2021.

에서 조명하는 죽음에 대한 개개인의 관심과 각기 다른 애도의 크기로도 확연히 드러났다.

얼마 전까지 현수는 타이타닉호의 잔해를 보러 개인당 약 3억 4천만 원의 비용을 지불하고 심해 잠수정 타이탄에 탑승한 승객 다섯 명의 죽음에 관한 기사들을 꼼꼼히 찾아 읽곤 했다. 애쓰지 않아도 온라인상의 여러 게시판에서 화제가 되었기 때문에 자연히 접하게 되었고 알수록 그 죽음은 다른 죽음들과 구별되며 현수의 마음 안에서 또렷한 애도의 형체를 띠게 되었다. 그에 반해 비슷한 시기에 약 칠백오십 명의 난민을 태우고 침몰한 그리스 난민선에 대한 기사는, 사망자가 대략 일흔여덟 명이라고 했던 초기 기사와 살아남은 사람들 전원이 성인 남자고 여자와 어린아이는 탈출하기 힘든 갑판 하부 화물칸에 갇혀 있었다는 참담한 진실, 그리고 최종 사망자 수가 육백 명이 넘는다는 정도의 헤드라인 기사만을 확인했을 뿐이었다. 두 개의 상반된 죽음에 대한 전 세계인의 극명하게 대비되는 관심도에 대한 비판적인 논조의 기사들이 올라오기도 했는데 어쩔 수 없지 않나, 현수는 생각했다. 그런 건 그냥, 어쩔 수 없는 거라고.

그 어쩔 수 없음에 대해 현수는 몇 가지 의견을 가졌다. 그것은 차마 대놓고 말할 수 없는 비윤리적인 것이었으나 대부분의 사람들 역시 속으로 은밀히 공유한다고 믿는, 죽음에 대한 각기 다른 가치의 부과에 대한 불공정한 주요 항목들의 관례적 수용이었다. 그리고 그 어쩔 수 없음 안에서 현수는 당연한 진리를 다시 한번 인식하게 되었다. 죽음에 따른 애도를 확장하고 가치 비용을 올리기 위해서 필요한 것은 죽음의 화제성과 특수성을 극대화하는 것이었다. 흥미를 제공하는 것, 소비하고 싶어지는 오락거리로서의 죽음, 타인의 비극에 적극적인 관객이 됨에 있어 반도덕적이라는 윤리적 반성을 부과함 없이, 타인의 죽음 앞에서 어떤 불평등에 대한 죄의식을 공유함 없이, 단지 객관적인 거리를 확보하고 올바른 편(이라 믿는 쪽)에 서서 죽음을 애도할 수 있도록 해주는 것. 애도를 개인의 카타르시스를 위한 오락으로 소비할 수 있게 만드는 것. 결국 그것이 개인적 죽음의 가치를 보다 고점에서 결정 가능하게 해주는 마감 임박 폐업 세일의 성공 비밀이라고, 현수는 생각했다.

사실 처음부터 세상의 가격을 결정하는 건 공정가에 대한 객관적 지표나 정당한 고민이나 의지가 아니라, 이렇게 많은 이들의 어쩔 수 없음인지도 몰랐다. 수많은 어쩔 수 없음이 모여서 지금 유통되는 합리적 가격을 결정하고 마침내 불공정에 이르는 것이다. 그 불공정함으로 이익을 얻는 특정한 소수를 위해서 세상은 어쩔 수 없음의 윤리와 신념을 더 넓게 퍼뜨리고, 교세를 확장해나가는 식으로. 그러니 독고 씨의 죽음 비용을 결정하는 데 고려할 것은 공정함이 아니었다. 불공정함. 그 불공정한 축을 어떻게 최대한 내 쪽으로 기울게 할 것인가, 그리고 그 불공정함을 위해 죽음의 흥행성을 결정할 오락적인 면을 어떻게 효과적으로 부과할 것인가가 현수가 진짜 고민해야 할 문제였다.

애초에 공정한 죽음 비용은 독고 씨를 위한 것이 아니었다. 보편적이고 관례화된 공정가격을 기준으로 보아 병상에 누워 있는 칠십 대 이상의 노인이며 일구어놓은 업적이나 유산도 변변찮고, 현재와 미래의 경제적 가치는 마이너스에 수렴하는 독고 씨의 죽음 비용은 지금 고려 중인 '그래도 싼' 수준조차도 언감생심이거나 지나치게 고평가된 것일 수도 있었다. 그러나 문제는 고인의 죽음 비용이란 사실 본인이 창출해온 경제적·비경제적 가치와 효용성에 대한 공정가가 아니라 대부분 유족의 능력에 따라 결정된다는 것이었다. 그러니 독고 씨의 장례가 그래도 싼 수준에서 이루어질 경우, 그때 목격되는 건 독고 씨의 그래도 싼 인생이 아니었다. 독고 씨의 장례를 책임지는 현수의 삶이 그래도 싸다는 것을, 그래도 싼 인생은 그렇게 대물림된다는 것을 공개적으로 선언하는 자리가 될 거란 점이었다. 생각해보면 독고 씨가 토끼를 사냥해 온 날, 현수가 목격한 것은 단순히 아비된 자의 그래도 싼 인생이 아니었다. 높은 확률로 대물림될 수밖에 없는 그래도 싼 자신의 인생에 대한 피할 수 없는 스포일러를 목격했던 것이다.

그렇다고 방법이 없는 건 아니었다. 가격을 결정할 때 객관적 지표만큼이나 중요하게 고려해야 할 것이 있었다. 변수였다. 늘 변수는 있었다. 그리고 독고 씨의 죽음 비용에 변수로 작용하는 것은, 당연히 현수였다. 현수의 흥행에 대한 욕심이었다. 제가 쓴 희곡으로는 한 번도 성공해본 적 없는 그 흥행을 독고 씨의 장례라는 마지막 이벤트에서만큼은 꼭 성공적으로 완수하고 싶은 현수의 욕망이었다. 아무리 생각해도 그것만이 그래도 싼 중저가의 삶에 대한 스포일러를 피하는 유일한 길인 것만 같았다. 그것을 위해서 무엇을 해야 하나. 현수는 평생 세일즈맨으로 살아온 독고 씨의 자식이었다. 본능적으로 알 수밖에 없었다. 해야 하는 것은 하나뿐, 독고 씨의 죽음으로 제대로 된 마감 세일을 해보는 것이다.

문제는 현수에게 세일즈맨의 자질이라고는 먹고 죽으려 해도 없다는 사실이었다. 독고 씨의 보증이었으니 그것은 틀림없는 사실일 터였다. 그러나 그 말을 할 때 독고 씨는 조금도 아쉬워하지 않았고 오히려 조금 뿌듯해 보이기도 했는데, 현수가 세일즈맨의 자질뿐 아니라 제조업이나 기타 생산직, 기능직, 운동이나 예술 그 어느 쪽으로도 특출난 자질이 없다는 걸 아직 몰랐던 덕분이었다.

확실히 현수에게는 세일즈맨의 자질뿐 아니라 예술가의 자질도 부족했다. 코로나가 터지기 전까지 몸담았던 극단에서도 현수의 작품은 무대에 오르지 못했는데, 희곡 자체의 작품성도 문제이거니와 그것의 가치를 설득하고 파는 데 있어 늘 소극적인 태도도 문제였다. 창작자들의 고질병, 들쭉날쭉하는 오만함과 패배 의식 사이에서 현수는 주로 자신과 자신이 쓴 글을 그래도 싼 위치에 놓아두고는 어쩔 수 없지, 라는 패배의 바다 속에서 느긋하게 유영하는 것으로 비뚤어진 자존감을 지킬 뿐이었다. 팔아먹을 수 없는 희곡 같은 건 아무 가치 없는 폐지와 다를 바 없었다. 그렇게 창작에 대한 의지도 꺾인 채 그만둘 시기를 놓쳐 의욕 없이 관성으로 극단 생활을 지속하던 중, 코로나로 인해 극단이 사실상 휴업 상태가 되면서 현수는 미련 없이 극단을 그만둘 수 있게 되었던 것이다.

얼마 전 흩어졌던 단원들이 모여 새로운 공연을 무대에 올릴 준비를 한다는 소식을 들었다. 그러나 다시 돌아가고 싶은 생각은 조금도 없었다. 그때 같이 그만둔 다른 단원들은 어떻게 지내는지 궁금해 근황을 알아보기는 했다. 그중에는 강선동도 있었다. 유튜버가 되었다고 해서 호기심에 찾아보았다가 현수는 실소를 금치 못하고 말았다. 하다 하다 아버지의 치매를 팔아먹다니. 치매 걸린 아버지를 이용해 유튜브를 하다니 인생 참 저렴하다, 너도 갈 데까지 갔구나, 싶었다. 그러나 지금 생각하면 치매라고 팔지 못할 게 뭔가 싶었다. 지금 자신은 독고 씨의 죽음을 팔려 하고 있지 않은가 말이다.

독고 씨 역시 말하곤 했다. 세상에 팔지 못할 것은 없다고. 중요한 건 팔아먹을 수 있는 것들뿐이라고. 명색이 세일즈맨이라면 그것을 알아야 한다고.[2] 그것은 현수가 근처 도서관의 재적 세일에서 헐값에 사 온 아서 밀러의 희곡 『세일즈맨의 죽음』에 나오는 찰리의 대사였는데, 독고 씨는 그 책을 읽은 적도 없으면서 찰리의 대사를 똑같이 중얼거리곤 했던 것이다. 그렇게 본다면, 독고 씨의 죽음조차 팔아먹을 생각을 하는 자신은 독고 씨가 생각했던 것보다 훨씬 세일즈맨의 기질이 충만한 건지도 몰랐다.

죽음을 어떻게 세일즈할 것인가. 중요한 것은 더 많은 고객을 유치하고 더 많은 고객의 마음을 움직일 세일즈 포인트를 잡는 일이었다. 독고 씨의 죽음을 어떻게 브랜딩하고 마케팅하느냐에 따라, 어떻게 화제성과 오락성을 부과하느냐에 따라, 독고 씨의 죽음의 가치 비용은 얼마든지 천차만별 달라질 수도 있었다.

달걀을 한 바구니에 담지 말라는 투자 원칙은 장례 세일에도 적용될 터였다. 불가능할지도 모르는 기간 한정 세일에만 의존하는 것보다는 회수 가능한 죽음 비용을 최대한 높게 설정해두는 것이 더 나은 선택일 수 있었다. 가끔 온라인 쇼핑을 하다가 90퍼센트 할인된 상품이라고 해서 사려고 보면, 애초에 터무니없이 높은 정가를 붙여놓은 경우가 종종 있었다. 그럼에도 불구하고 90퍼센트 할인이라고 하면 손이 갔다. 안 사면 손해를 보는 기분이었다. 그러니 손이 가는 죽음, 안 사면 손해인 것 같은 죽음, 그렇게 90퍼센트 할인가를 붙이고도 최대한의 수익을 거두려면 결국 독고 씨의 죽음의 정가를 최대한 높게 설

---

2 아서 밀러, 『세일즈맨의 죽음』, 강유나 옮김, 민음사, 2009, 116쪽.
   찰리 : 윌리, 언제쯤에나 그런 것들이 아무 소용이 없다는 것을 깨닫겠나? 자네가 하워드라는 이름을 지어줬지만 그런 건 어디 팔아먹지도 못하는 거야. 이 세상에서 중요한 건 팔아먹을 수 있는 것들이야. 명색이 세일즈맨이면서 그런 것을 깨닫지 못하다니, 우스운 일이로군.

정해두어야 했다. 그래야 너도나도 세일된 가격의 죽음에 선뜻 애도의 손길을 내밀게 될 거였다.

독고 씨의 죽음에 어떻게든 높은 가격표를 붙여놓고 그게 정가인 양 속이며 기간 한정 파격 세일을 붙여 소비자를, 더 많은 조문객을 끌어모으고 더 두툼한 조의금으로 장례 비용을 충당하고 이왕이면 영업 이익도 남기는 것, 독고 씨의 죽음을 싼값에 자신의 슬픔과 애도로 소유하고 싶게 만드는 것, 그것이 지금 현수가 하고자 하는 장례 세일의 목표였다. 그렇다면 어떻게 해야 독고 씨의 죽음을 비싼 값에 세일즈 할 수 있을까?

5

"들어봐."

언젠가 현수는 경선에게 왜 장례지도사 준비를 하는지 물어본 적 있었다. 그러자 경선은 이런 이야기를 들려주었다.

"햄스터가 있어."

"햄스터요?"

"응. 나도 들은 이야기인데, 자기가 기르던 햄스터가 죽어서 시골집 앞마당에 묻어줬대. 그런데 시간이 지난 어느 날 시골집에 놀러 갔더니, 햄스터를 묻어준 곳에 해바라기가 피었더라는 거야. 누구도 그곳에 해바라기 씨앗을 심은 적도 없는데. 그래서 생각했대. 내가 해바라기 씨앗을 넉넉히 주어서 다행이다. 먹고도 남아 입 안에 저장하고 죽을 수 있을 정도로 해바라기 씨앗을 주어서, 이렇게 죽어서도 예쁜 꽃을 피우는구나. 너는 죽어서도 끝내 그렇게 어여쁘구나. 이런 죽음이라니, 너무 사랑스러운 이야기잖아."

"뭐 그러네요. 그런데 그래서 장례지도사가 될 생각을 했다고요?"

"응. 이 이야기를 해준 게 누군지 알아? 우리 엄마 죽었을 때, 그때 도와준 장례지도사였어. 그러면서 그러더라. 우리가 장례에 들이는 비용, 그 정성 하나하나가 넉넉한 해바라기 씨앗이 되어서 망자 가시는 길을 꽃길로 바꿔준다는 거야. 아, 나는 원 없이 보내드렸구나, 나는 할 만큼 했구나, 한 점 아쉬움 없이 그렇게 정성을 다하면 그게 다 해바라기 씨앗이 되어 시간이 흐르고 나면 슬픔은 잊히고 유족들 기억에 아름다운 꽃밭의 추억만 남게 된다는 거지."

"뭐예요, 그게. 그건 유족들한테 더 고가의 상품을 팔려는 수작 아니에요?"

"그래, 지금 생각해보면 그런데 그때는 그게 참 위로가 되더라. 내가 조금만 무리하면 엄마 가는 길에 꽃길을 깔아줄 수 있다는 거. 살아서는 그렇게 속만 썩여놓고 말이지. 그렇게 해바라기가 가득한 들판을 떠올리니까 자꾸 국화 장식도 작은 거 하면 되는 걸 중자를 택하게 되고 영정 앨범 크기도, 수의도, 꼭 내가 할 수 있는 것보다 한 단계 위의 상품을 골라 무리한 비용을 결제하고 있더라고. 내가 무리했다는 것만으로도 괜히 슬픔이 상쇄되고 이상하게 위로가 되는 것 같고 말이야. 웃기지? 근데 알고 보니 그 햄스터 이야기도 자기 이야기가 아니었어. 인터넷에 떠도는 이야기를 제 추억인 양 각색한 거더라고. 근데 더 웃긴 건, 지어낸 이야기인 걸 안 후에도 나는 이 이야기가 좋더라는 거야. 그래서 이런 죽음이라면 괜찮지 않나, 이런 죽음을 돕는 사람이 되고 싶다, 그런 생각이 들었어."

어쨌거나 경선은 그래서 장례 사업에 뛰어들게 되었다고 했다. 뭐라 포장하든 현수가 보기에는 애도를 돈으로 표현하게 하는 것, 죽음 앞에서 세세하게 비용을 따지는 것이 슬픔에 대한 예의가 아니라고 생각하게 만드는 것만 잘하면 꽤 수익성 높은 사업이 될 거라 판단한 걸로 보였다. 그런데 그런 거라면, 현수 역시 잘 해낼 수 있을 것 같았다. 원래 현수는 다른 건 몰라도 불행을 파는 데는 소질이 있는 편이었다. 자신의 글을 유일하게 비싼 값에 판 적 있었는데, 그것이 독고 씨의 파산 신청서를 작성해주는 일이었던 것이다.

처음에는 독고 씨가 직접 파산 절차에 대한 서류를 작성해서 넘겼는데, 보충 자료가 필요하다는 판결이 내려왔다. 기존 자료만으로는 파산 신청을 받아주기 힘들다고 했는데 그 이유라는 게 꽤나 웃겼다. 다른 사람들은 갚아야 할 빚이 다 1억이 넘는데, 독고 씨의 남은 빚은 4천만 원밖에 안 된다는 것이었다. 그러니까, 사채까지 써가며 갚고 갚고 갚으려고 갖은 애를 쓰다가, 더 이상 갚을 여력이 안 되어 뒤늦게 파산 신청을 했더니만 그동안 많이 갚았고만, 이만큼 죽을 똥을 싸며 갚아온 걸 보니 벽에 똥칠할 때까지 좀 더 갚아도 되지 않겠어? 라고 판사가 생각했다는 것이었다.

불합리하다. 기가 막히도록 불합리하다. 이럴 줄 알았으면 애초에 갚으려고 아등바등 피똥을 싸는 대신 처음부터 두 손 두 발 들고 파산 신청을 했을 거였다. 그랬다면 보충 자료를 내라고 하지도, 그 비용으로 3백만 원이나 더 들어서 또다시 여기저기 손을 벌리지 않아도 되었겠지. 현수는 억울했다. 그러나 어쨌거나, 보충 자료를 준비하기 시작했다. 희곡으로 무슨 공모전에 당선된 적 있다면서요? 독고 씨에게 들었는지 법무사가 전화로 물었다. 판사의 마음을 움직일 만한 탄원의 글 좀 기가 막히게 써봐요. 꽤 재미있는 농담이라도 한 것처럼 그가 말

끝에 실없이 웃었다.

저기, 공모전이라고 해봐야 3백만 원인걸요. 현수는 3백만 원과 4천만 원을 양팔 저울에 올려보았다. 당연히 비교가 되지 않는 무게였다. 4천만 원의 빚을 탕감받을 글을 쓰라니. 그것도 A4용지 단 세 장으로. 널리고 널린 흔한 불행의 사연 세 장을 4천만 원에 팔기. 세일즈맨으로서의 현수의 능력이 최초로 심판대에 오르는 순간이었다.

그리하여, 현수는 썼다. 겸손하게 바닥에 무릎을 꿇고 쓰면 더 간절한 문장이 나오지 않을까 싶어서 사과 상자에 두꺼운 벽걸이 달력을 깔아 좌식 책상을 만들고, 그 위에 A4용지 세 장을 놓고 한 글자 한 글자 꾹꾹 눌러 썼다. 무릎을 꿇는 것은 좋았다. 무릎을 꿇자 자연히 기도하는 마음이 되었고 판사가, 개인 파산 신청을 받아줄 그가 기도에 응답해줄 신처럼 높고 위대하게 느껴졌다. 어쩌다가 집안 꼴이 이 모양 이 꼴이 되었는지, 현수는 상세하게 기술했다. 다 큰 자녀가 둘이나 있음에도 왜 갚을 능력이 안 되는지, 퇴원한 지 얼마 안 된 막내 민영의 경제 능력 없음은 물론 경제활동이 가능한 몸뚱어리로도 희미한 자아실현의 가능성만 좇으며 현수 자신이 가족의 생계를 책임질 의무마저 저버린 채 얼마나 대책 없고 한심하게 살고 있는지 자책하는 글을 썼고, 이거 이렇게 자책하다가 빚 때문에 마포대교에 가서 투신자살이라도 하는 거 아닐까 불안해지도록 위태롭게 썼고, 그리고 막내 민영이 앓고 있는 우울증과 섭식 장애에 관해서도 썼다. 민영이 한 사람의 무게가 다른 사람의 무게를 앗아갈 수도 있다는 것을 목격한 후 과거의 참사에 대한 트라우마로 사람들이 군집해 있는 곳을 기피하게 되었다는 것, 사람에 대한 공포는 질량과 부피를 가진 자신의 몸에 대한 공포가 되어 스스로는 먹지도 않을 뿐더러 억지로 먹으면 다 토해버리는 섭식 장애로 이어졌고 입원과 퇴원을 반복하며 제 한 몸 먹이고 재우는 일만으로도 벅차 경제활동은 꿈도 꿀 수 없다는 것을 눈물 없이는 읽을 수 없도록 썼다. 그리고 그렇게 다 큰 기생충 같은 두 자녀를 둔 아버지 독고 씨의 울분과 설움에 대해서도 썼다. 평생 가족들에게 등골을 빼먹히며 살다가, 인생의 마지막 기회라고 생각하고 남은 돈을 탈탈 털어 총판 영업을 따낸 신기술 의료 용품이 사기로 밝혀지며 빚만 떠안게 되었고, 파산 신청으로도 해결 안 되는 사채 빚도 줄줄이 굴비처럼 엮여 있으며, 그리하여 독고 씨의 등은 닳고 닳은 셔츠처럼 너덜너덜해졌다고 현수는 썼다. 바닥에 똑바로 등을 대고 눕지도 못하는 독고 씨, 갚지 못한 빚이 등에 가시처럼 돋아나 태아처럼 웅숭그린 자세로만 겨우 잠들 수 있는 독고 씨에 대해 현수는 이 시대의 고통받는 아버지의 표상이라는 듯이 써나갔다.

그중에 현수가 가장 길고 절절하게 쓴 것은 갚을 능력이 안 되는 한심한 자식새끼인 자신에 대한 부분이었다. 자신이 얼마나 쓸모없는 인간인지에 대해 쓰다 보니 어느새 A4용지 세 장이 훌쩍 넘어가버렸다. 서른 장이라도 문제없이 채울 수 있을 것 같았다. 다섯 장째에 이르러 현수는 모두 찢어버린 후 세 장에 그 모든 것을 우려내기 위해 심혈을 기울여 다시 썼다. 언젠가 현수가 설령 돈이 있다 해도 아버지 독고 씨의 빚을 갚아줄 돈은 없다고 하자 독고 씨가 벌겋게 충혈된 눈으로 힘없이 중얼거린 말, 그래 다 내 탓이다, 내가 개새끼다, 라는 말은 실은 네가 개새끼다, 라는 말과 다르지 않았고, 그래서 현수는 내가 개새끼다, 내가 개새끼야, 비로소 주인을 찾은 듯 입에 착 달라붙는 그 말을 거듭 반복하며 판사 역시 그래 네가 진짜 개새끼로구나, 하는 탄식이 절로 나오도록 썼다. 그리 어려운 일은 아니었다. 있는 그대로만 적으면 되었으니까. 개새끼답게 바닥에 꿇어앉아 현수는 실제로 울면서 썼다. 딱히 눈물이 나왔던 건 아니지만, 울면서 쓰면 그 울음이 문장에 배어 나오지 않을까 싶어서 애써 울면서 썼다. 내가 개새끼다, 내가 개새끼야, 이 말만 중얼거리면 울음이 북받쳐 올랐다. 마침내 파산 신청이 받아들여졌고, 4천만 원은 갚지 않아도 된다는 판결을 받았다. 그것이 독고 씨로부터 세일즈맨의 자질이라고는 눈에 씻고 찾아봐도 없다는 판정을 받았던, 현수의 찬란하고도 유일하게 성공한 세일즈의 기억이었다.

사실 그런 가정식 비극이라면 어느 집에나 있는 불행일 터였다. 냉장고 야채 칸에서 굴러다니는 물컹해진 오이나 싹이 난 감자 같은 것. 그러나 그런 평범한 불행의 재료로도 갚아야 할 빚 4천만 원의 파격 세일이 가능했다면, 그렇다면 독고 씨의 죽음으로도 꽤 성공적인 세일즈를 가능케 할 수 있을지도 몰랐다. 누구는 아버지의 치매도 파는데 죽음이라고 못 팔 것은 없었다. 개새끼에게는 개새끼다운 세일즈맨의 기개가 있는 것이다.

6

〈세일된 맨의 죽음〉.

그것이 현수가 독고 씨의 죽음 비용을 높이기 위해 기획한 크라우드 펀딩의 제목이었다. 함부로 후려쳐진 한 세일즈맨의 그래도 싼 중저가 죽음에 대한 쓸쓸한 연민과 남루한 초상初喪을 토사구팽당하는 아버지 세대들의 초상肖像으로 해석되도록 하는 일, 한 세일된 맨의 초상이 말 그대로 현대인의 초상이 되도록 하는 일, 그것이 이 펀딩의 셀링 포인트가 될 거였다.

　독고 씨의 죽음을 세일즈하기 위해 현수는 몇 가지 아이디어를 떠올렸는데, 그러다 최종적으로 선택한 게 극단에서 공연의 제작비를 충당하기 위해 시도했던 크라우드 펀딩 방식이었다. 독고 씨의 죽음은 분명히 예정되어 있었으나 완료된 상품이나 이벤트는 아니니까, 그것이 지금 할 수 있는 최선의 세일즈 형태이기도 했다. 물론 그렇다고 해서 진짜 텀블벅에 올리거나 후원금을 받듯이 조의금을 미리 받으려는 건 아니었다. 그건 아직 죽지도 않은 죽음에 대한 모욕이 되거나 거부감을 불러일으킬 수도 있었다. 실질적인 펀딩, 즉 조의금은 죽음이 완료된 후에 장례식장에서 받아도 되었다. 다만 그때 받을 수 있는 조의금 봉투의 두께와 더 많은 애도의 깊이를 위해 조문 가능한 인맥을 넓히고 그들에게 애도의 씨앗을 심어놓는 것, 독고 씨의 죽음과 그의 지난 생애에 대한 적극적인 관객이자 투자자로서 그 슬픔을 공유하고 흥행의 성공을 바라도록 지분을 나눠주는 것, 그것이 이 크라우드 펀딩의 목적이었다.

　중요한 것은 애도를 소비할 가능성이 있는 예비 조문객들에게 미리 동그랑땡을 건네는 것이었다. 경선의 어머니 장례식장에서 먹었던 동그랑땡, 그 동그랑땡을 먹으며 한 번도 본 적 없는 고인에 대한 애도의 마음이 솟구침과 동시에 조의금 액수를 조금 더 올릴 것을 고려하게 되었던 것을 현수는 기억했다. 그 사례를 참고해 미처 애도가 준비되지 않은 지인의 지인들까지 찾아내어 앞서 동그랑땡의 추억을 건네는 것, 최대한 많은 이들에게 따뜻하고 육즙이 가득한 맛있는 동그랑땡의 맛을 보여주고 애도를 준비하게 하는 것이 현수가 이 크라우드 펀딩을 통해 이루어야 할 영업 목표였다. 이른바 미끼 상품을 건네는 것이다. 그냥 무료로 나눠주는 미끼 상품은 감사와 미안함을 강제로 빚지게 해 본 상품을 어부지리로 사게 만드는 방식이기도 했다. 독고 씨와 한 번이라도 스친 적 있는 사람들을 찾아내어 잊었던 과거의 따뜻한 추억을 상기시키고 연민을 자극해 꽤 질 좋은 애도를 유발할 수만 있다면, 그 애도를 일깨워줄 각자의 입맛에 맞는 맛있는 동그랑땡을 만들어내기만 한다면, 그것은 꽤 성공적인 세일즈가 될 수도 있을 터였다.

그렇게만 된다면. 현수는 경선이 들려준 죽은 햄스터와 햄스터를 묻은 자리에 흐드러지게 피었다는 해바라기를 떠올렸다. 독고 씨 역시 욕심껏 해바라기 씨앗을 물고 죽은 햄스터처럼, 아니 독고 씨는 햄스터보다는 토끼에 가까우니 욕심껏 당근 씨앗을 입에 가득 물고 죽은 토끼처럼, 당근 꽃이 흐드러지게 핀 꽃밭을 지나 망자의 길을 떠날 수 있게 될지도 몰랐다. 그런데 당근 꽃이 어떻게 생겼더라. 현수는 포털에 들어가 당근 꽃을 검색해보았고, 여러 송이가 무리지어 피어 흰 국화꽃을 닮은 하얗고 소박한 당근 꽃의 꽃말이 '죽음도 아깝지 않으리'라는 것을 알게 되었다.

크라우드 펀딩을 시작하며 현수는 『세일즈맨의 죽음』의 한 대목을 자주 떠올렸다. 찰리는 말했다. "세일즈맨은 인생의 바다에 머물러 있지 않아. 볼트와 너트를 짜 맞추지도 않고, 법칙을 제시하거나 치료 약을 주는 것도 아니야. 세일즈맨은 반짝이는 구두를 신고 하늘에서 내려와 미소 짓는 사람이야. 사람들이 그 미소에 답하지 않으면, 그게 끝이지. 모자가 더러워지고, 그걸로 끝장이 나는 거야. 이 사람을 비난할 자는 아무도 없어. 세일즈맨은 꿈꾸는 사람이거든. 그게 필요조건이야."[3] 그것은 찰리의 대사였으나 현수에게는 독고 씨의 목소리로 들려왔다.

---

3 아서 밀러, 같은 책, 173쪽.

정상문 대표님께.

안녕하세요. 저는 대표님께서 운영하신 육각수 정수기 업체에서 2004년
부터 2008년까지 총판 영업을 담당했던 세일즈맨 독고영수 씨의 장자 독고
현수라고 합니다. 제가 갑자기 이런 편지를 드린 이유는, 병환 중에 계신 저
의 아버지의 마지막 부탁 때문입니다. 아버지는 건강하실 때 늘 이런 말씀을
하셨습니다. 죽기 전 소원이 있다면 내게 감사한 인생을 선사해주었던, 감
사한 은인분들께 빠짐없이 감사 인사를 전하고 가고 싶구나. 그것이 아버지
의 유일한 소망이셨습니다. 얼마 전 담당 의료진으로부터 아버지께 남은 시
간이 길어야 한두 달이라는 이야기를 듣고, 저는 아버지의 소망을 떠올렸습
니다. 그리고 의식이 혼미하신 아버지를 대신해, 뒤늦게나마 아버지의 유일
한 버킷리스트를 이루어드리기 위해 이렇게 대표님께 감사 편지를 작성하게
되었습니다.

기억 못 하실지도 모르나, 아버님은 정상문 대표님께 늘 감사한 마음을
간직하고 계셨습니다. 저는 그것을 아버지께서 남겨두신 영업 노트와 일기
장을 정리하다가 알게 되었습니다. 아버지께서는 때때로 짧은 감사 일기를
쓰곤 하셨습니다. 비록 구체적인 날짜와 일화는 생략되어 있었지만 그곳에
는 분명히 정상문 대표님께 대한 감사의 마음이 적혀 있었습니다. 그제야 저
도 생각나는 일이 있었습니다. 제가 기억하기로는 어느 가을날, 아버지는
기분 좋게 술에 취한 채 치킨 한 마리를 사 들고 귀가하셨습니다. 그리고 제
가 치킨을 맛있게 먹는 모습을 흐뭇하게 보시며 이렇게 말씀하셨습니다. 우
리 정상문 대표님 말이다, 참 고마운 분이야. 혹시 내가 잊더라도 너는 잊지
말아라. 사람은 그렇게 살아야 하는 거야. 항상 베풀면서. 더 어려운 사람들

을 돌아보면서. 너도 꼭 그분 같은 사람이 되어라.

그날 아버지와 대표님 사이에 어떤 일이 있었는지 저는 모릅니다. 다만 그날 아버지께서 얼마나 감사해 하셨는지, 그리고 그 감사의 마음을 잊지 않는 사람이 되기를 제게도 가르쳐주셨다는 것만은 저는 분명히 기억합니다. 저희 아버지께서 그래도 감사한 인생이었다, 라고 좋은 기억을 안고 돌아가실 수 있다면, 그 기억 안에는 대표님이 함께하실 겁니다. 저 역시 감사를 전합니다.

이런 갑작스런 편지가 혹여 실례가 되지 않았는지 조심스럽지만, 아버지께서 돌아가시기 전에 대표님께만큼은 꼭 감사 인사를 전하고 싶어 하셨기에, 그 진심을 이렇게라도 알려드리고자 편지 드립니다. 부디 건강하시고 댁내 두루 평안하시기를 기원드립니다. 다시 한번 아버지를 대신해 온 마음을 다해 감사를 전합니다.

―독고영수 씨의 장자 독고현수 배상

이것이 마감 임박 감사 세일을 위한 기본 포맷이었다. 이 틀 안에서 좀 더 구체적인 일화를 넣기도 했는데, 받는 사람이 바로 잘못된 기억이라고 바로잡거나 거짓임을 눈치챌 위험을 피하기 위해 누구나 한번쯤 베풀었을 법한 사소한 친절들, 아주 사소해서 세상에, 이런 기억을 아직까지 감사함으로 간직하고 있었다니, 이 정도의 감사함을 죽을 때까지 가슴에 품고 자식을 통해 꼭 전하고 싶어 한 삶이란, 얼마나 쓸쓸하고 또 얼마나 가난한 삶이었을까, 괜히 안타까우면서 스스로의 선했던 과거를 돌아보게 만드는, 그런 정도의 일화만을 언급했다.

감사 편지는 한때나마 독고 씨와 인연을 맺었으나 독고 씨의 존재조차 모르고 생사에 관심도 없을, 사회적 지위와 경제력이 있는 사람들에게 주로 보냈고, 영업을 하면서 만난 다수의 인맥들에게는 감사 카드를, 가까운 친척들에게는 메신저를 통해 짧은 감사 인사를 보내는 것으로 대신하기도 했다. 중요한 것은 죽어가는 누군가에게 자신이 감사한 사람이었음을 일깨우는 일이었다. 그리고 오래도록 자신에게 감사한 마음을 가진 누군가가 곧, 길어야 한두 달 안에 죽을지도 모른다는 것을 알려주는 것이었다. 대부분의 보통 사람들이라면 이런 감사의 메시지를 받고 나면 생각하게 될 터였다. 누군지도 어떤 인연인지도 기억나지 않지만 이 죽음을 애도하고 싶다고. 죽기 직전까지 내게 이토록 감사하는 마음을 가졌었다는데, 마지막 가는 길에 조금이라도 애도의 마음을 표현하고 싶다고.

그러니 진짜 팔아야 하는 건 독고 씨의 가치 있는 삶이 아니라 가치 없는 삶이었다. 독고 씨는 그렇게 예비된 애도객들의 가치를 높여주는 존재가 될 때, 비로소 자신의 애도 가격을 높일 수 있게 된다. 그러므로 그들에게 상기시켜야 할 것은 독고 씨의 그래도 싼 죽음이나 그에 대한 슬픔이나 연민, 죄책감이 아니었다. 누군가에게 감사 인사를 받을 만한 인품을 지닌 과거의 자신에 대한 그리움과 뿌듯함이었다. 그리하여 독고 씨의 죽음을 통해 다시 한번 그 감사한 인간으로서의 자신과 만나게 되기를, 보여줄 기회를 희망하게 만드는 것이다.

독고 씨는 성공한 세일즈맨은 아니었지만 성실한 세일즈맨이었다. 그의 책상 서랍 안에는 두꺼운 영업 노트와 파일이 여러 개 있었고, 그 안에는 영업의 대상이 되었던 지인과 지인이 아닌 사람들, 다양한 인맥들의 연락처와 주소, 그리고 그들에게 판매한 물건이나 만남의 기록들이 한두 줄의 짧은 문구로 기록되어 있었다. 그것이 현수의 작업을 수월하게 해주었다. 감사 일기 같은 걸 써놓았으면 편했을 텐데, 생각하며 뒤적여봤지만 일기장은 보이지 않았다. 하긴 뭐 그리 감사한 삶이라고. 덕분에 현수는 자신의 경험을 떠올리며 사람과 사람 사이 주고받을 수 있는 모든 경우의 소소한 감사를 상상해내야 했다. 현수가 타인에게 받았던 친절과 다정함은 독고 씨의 감사 카드가 되었다.

감사 인사를 받은 대부분의 사람들이, 남겨놓은 현수의 연락처로 답신을 보내왔다. 독고 씨의 병세에 대한 걱정과 위로의 말과 함께 그날이 되면 꼭 부고를 알려달라는 것이었다. 이 정도면 목적은 충분히 이룬 거였다. 어차피 크라우드 펀딩의 목표는 하나였다. 곧 독고 씨의 마감 세일이 시작됩니다. 다들 알림 설정을 해두고, 장례 알림이 울리면 바로 따끈따끈한 애도와 두툼한 봉투를 가지고 조문을 와주세요.

문제는 독고 씨가 현수가 예상한 기한 내에 죽지 않았다는 것이다. 감사 카드를 보낼 곳도 더 이상 없었다. 현수가 아는 독고 씨의 지인 중에 감사 카드를 받지 못한 사람은 두 명뿐이었다. 순정 씨와 민영. 두 사람은 애도를 받을 유족이니까 독고 씨의 감사 카드 같은 건 필요 없다고 생각했다. 그때 현수는 감사 카드를 받지 못한 한 명이 더 있다는 건 잊고 있었다. 현수 자신이었다. 그러나 그런 걸 생각할 틈도 없었다. 크라우드 펀딩의 유효 기간이 끝나가고 있었던 것이다.

애초에 장례식을 D-day로 정한 이 크라우드 펀딩은 약속일 뿐 모금이 완료된 게 아니었다. 시간이 지날수록 애도와 감사의 기억은 엷어질 게 분명했다. 동그랑땡이 식기 전에, 모두에게 공평히 나누어진 애도의 마음이 금세 잊히기 전에, 장례 세일은 마무리 지어져야 했다. 하지만 독고 씨는 죽지 않았다. 끈질기게, 산 것도 아니지만 죽었다고는 할 수 없는 상태로, 그렇게 연명 중이었다. 그사이에 현수의 계약 기간도 끝나고 말았다. 병원의 장례식장을 30퍼센트 할인가로 이용할 수 있는 혜택도 사라졌다. 죽음에도 유통기한이 있다면, 독고 씨의 죽음은 유통기한을 지나 소비 기한을 지나, 이제 다시 폐기 처리되어야 할 시기에 도달한 것 같았다.

독고 씨는 늘 이런 식이었다. 한 번도 타이밍을 제대로 맞춘 적이 없었다. 늘 시장의 유행이 끝날 무렵, 뒤늦게 유행 아이템으로 세일즈를 시작했다가 막차도 타지 못하고 마지막에 물린 사람으로 남곤 했다. 그렇게 모두의 수익률을 보장해줄 가장 밑바닥의 세일된 맨으로 존재하다가 90퍼센트 할인된 떨이로 판매되거나 그냥 폐기되고 마는 존재, 그것이 독고 씨였다. 그러니 현수가 아무리 애써봐야 독고 씨는 그래도 싼 죽음을 맞이할 운명인지도 몰랐다. 그것이 독고 씨의 죽음에 대한 공정한 가격인 것이다. 아무리 플러스로 만들려고 해봐야 어쩔 수 없는 마이너스 떨이 인생. 할인된 죽음. 세일된 맨의 죽음은 그런 식으로 완료될 것이다.

토끼몰이는 끝났는데 왜 이놈의 토끼는 죽지도 않나. 현수는 개새끼답게 이렇게 중얼거려도 보는 것이다.

8

독고 씨의 장례는 현수의 계약직 근무가 끝나고도 두 달가량 지난 후에 치러졌다. 당연히 직원 할인은 받지 못했다. 그러나 사실 그것은 현수의 과한 욕심이었을 뿐, 할인 가격을 적용한다 해도 그 병원의 장례식장은 독고 씨의 장례를 치르기에는 지나치게 크고 비싼 곳이었다. 다행히 경선의 도움으로 그보다 작고 저렴한 장례식장을 빌려 클래식한 장례를 치를 수 있었는데, 대성황은 아니었지만 그래도 너무 한산해서 쓸쓸해 보이지 않을 정도는 되었다. 조문을 온 독고 씨 과거의 동료와 고객과 동창과 이웃과 친구와 친지들은 순정 씨와 현수에게 위로의 말을 건네며 독고 씨와 자신이 어떤 사이였는지를 들려주기도 했는데, 현수는 그들이 기억하는 추억의 대부분이 자신이 보낸 감사 카드의 내용이라는 것을 알았지만 모른 척했다.

동그랑땡은 경선의 어머니 장례식장에서 먹었던 것만 못했지만 다행히 육개장은 맛있었다. 조문객들이 식당에 앉아 소주에 동그랑땡과 편육과 땅콩 같은 걸 먹으며 독고 씨에 대한 추억을, 그 감사의 기억들을 나누는 걸 옆에서 듣고 있으면 현수의 마음속에도 괜히 감사가 차올랐다. "나는 기억도 못 하는데, 나는 다 잊어버렸는데, 세상에 그런 기억을 여태 간직하고 있었다지 뭐냐. 현수야, 네가 아주 큰일했다. 나는 그런 것도 모르고 그때 내가 보험 부탁하는 거 안 들어준 것 때문에 계속 원망하고 서운해 하고 있을 줄만 알았지." "돌아가신 양반이 참 호인이었어요. 그러니 그 어려운 와중에도 그렇게 감사하는 마음을 품고 살았지. 현수야, 네 아빠 편하게 눈감으셨을 거다. 얼마나 감사한 일이니." 그런 말들, 그런 감사의 기억들의 절반은, 아니 절반 이상이 현수가 만들어낸 일화고 감사라 해도 그 이야기를 듣고 있으면 독고 씨의 삶은 그야말로 감사로 가득 찬 삶이 되었다. 감사로 가득한 그의 죽음은 얼마나 품위 있고 고결한가. 그를 감사한 마음과 함께 기억하는 조문객들의 애도는 또 얼마나 따뜻하고 은혜로운가. 거짓으로 뿌린 감사는 적절한 애도로 회수되었다. 현수는 장례 첫날 받은 조의금을 정리하며 자신이 기획한 크라우드 펀딩이 이 정도면 꽤 성공적으로 마무리되어 간다고 자축했다.

둘째 날 밤, 현수가 조문객이 뜸한 틈을 타 식당에서 저녁을 먹고 있는데 빈소를 지키던 민영이 오더니 현수의 지인이 조문을 왔다고 전했다. 조문을 올 만한 현수의 인맥은 서너 명뿐이었고 이미 다 온 터라 누구지, 생각하며 빈소로 가서 조문객을 맞았다. 그러나 아무리 봐도 누군지 알 수 없었다. 절을 올린 후 현수에게 다가온 조문객이 말했다.

"이주경입니다. 낮에 전화했던 물류센터의."

누군지 알게 되니 더 당혹스러웠다. 그는 결코 조문을 올 사이가 아니었다. 사실 현수와는 일면식도 없는 사이로 단지 전화만 한 통 했을 뿐이었다. 그것도 매우 화가 난 상태로.

며칠 전 구직 활동을 시작하며 물류센터에서 긴급 인력을 구한다는 공고를 보게 되었다. 바로 면접 일정이 잡혔는데 당일, 독고 씨가 위급하다는 연락을 받고 병원에서 임종을 지키고 장례 준비를 시작하면서 까맣게 잊고 말았다. 그런데 오늘 오후 모르는 번호로 전화가 와서 받아보니 그게 물류센터의 관리자 주경이었다. 주경은 매우 화난 목소리로 현수를 다그쳤다. 말도 없이 면접 약속을 어긴 것뿐 아니라 자신의 연락마저 고의로 피했다고 생각하는 것 같았다. 장례 준비로 정신없는 와중에 누군가, 아마도 민영이 현수의 휴대폰을 건드려서 착오가 생긴 모양이었다. 미리 연락도 없이 면접 약속을 어긴 건 자신의 불찰이어서 현수는 사과했다. 그러나 고의로 연락을 피하고 잠수를 탔다는 건 오해라서 억울한 마음이 들었다. 그러나 주경은 현수가 어떤 말을 해도 비겁한 변명이라고 생각하는 것 같았다. 무책임한 거짓말쟁이라고, 비난을 들어도 싼 사람이라고 생각하는 것 같았다. 그래도 싼. 그것이 틀리지 않기 때문에, 현수는 깊은 피로감을 느꼈다. 왜 나는 아버지의 장례식장에서마저 이런 오해를 받고 해명을 해야 하는 걸까. 이 모든 게 너무 피곤하게 느껴졌다. 현수는 그냥 다 그만두고 싶었다. 성실한 삶, 커리어, 그런 게 애초에 있지도 않았지만 조금이라도 가능했다면, 조금이라도 더 나은 삶으로 나아갈 수 있는 가능성이란 게 있었다면, 더 이상 아무 기대도 못 하게 싹을 밟아버리고 싶었다. 인생의 한 구석에 균열이 생기고 물이 새고 어딘가 망가지고 있다면 더 완전히 망가뜨리고 싶었다.

"사람이 살다보면 피치 못할 사정이라는 것도 있는 법입니다. 저보고 더 이상 도대체 뭘 어쩌란 말입니까?"

사실 그건 주경에게 하고 싶은 말이 아니었다. 현수가 스스로에게, 죽은 독고 씨에게 하고 싶은 말이었다. 기대만큼 흥행에 성공하지는 못했지만 이 정도면 나쁘지 않은 장례였다. 그런데 나는 왜 이토록 마음이 무거운가. 왜 나는 계속 독고 씨에게 공정하지 못했다는 기분이 드는 걸까. 왜 나는 여전히 그래도 싼 인생을 벗어날 수 없다는 생각에서 벗어날 수 없는 걸까. 독고 씨의 죽음을 팔아먹을 생각이나 한 것으로, 결국 독고 씨의 그래도 싼 유산을 스스로 착실히 넘겨받은 것은 현수 자신이었다. 그러니 탓할 수 있는 건 자신뿐이었다. 나는 왜 이딴 식으로 싸구려인가. 왜 나는 아버지의 죽음 앞에서 제대로 슬퍼하지도 못하고 장례식 비용과 화장 비용과 장지 비용, 경선에게 얼마의 수고비를 주어야 적당할지와 조의금의 최종 액수 따위를 계산해보고 있는 것일까. 도대체, 내가 더 이상 뭘 어떻게 해야 슬플 때 제대로 슬퍼만 하고 애도해야 할 때 제대로 애도만 할 수 있는, 애도 앞에서 가성비나 따지는 이따위 그래도 싼 인생에서 벗어날 수 있게 되는 걸까. 그러니까.

"네? 말씀 좀 해보세요. 제가 도대체 뭘 어떻게 해야 한단 말입니까? 아니 그러니까 씨발, 누구나, 누구나 피치 못할 사정이란 게 있는 거 아닙니까?"

저도 모르게 격앙된 현수의 음성에 주경도 발끈해버린 것 같았다. 휴대폰 너머에서 역시 성난 목소리가 건너왔다.

"피치 못할 사정이라니, 누가 죽기라도 했나요? 그런 게 아니면 약속은 지키셨어야죠."

짧은 침묵 끝에 흡, 하고 숨을 들이키는 소리가 들렸다. 그것은 현수의 상황을 모르고 한 말이겠지만 그런 말은, 어떤 가능성만으로도 절대 해서는 안 되는 말이었던 것이다. 현수보다도, 그 말을 내뱉은 주경이 무신경하게 튀어나와버린 자신의 말에 더 놀라 어쩔 줄 몰라 하고 있다는 것을 현수는 느낄 수 있었다.

"아니 제가 방금 한 말은……."

사과를 하려는 것 같았다. 그러나 현수는 그런 말을 내뱉고는 사과하는 것으로 그 실수를 덮을 수 있는 기회를 주고 싶지 않았다. 어떻게 말해야 주경을 더 자책하게 할지 현수는 알았다. 그래서 주경이 말을 잇기 전에 얼른 대답했다.

"제가 지금 아버지 상중이라서요, 이만 전화를 끊어야겠네요."

그게 끝이었다. 혹시 다시 전화가 오거나 사과 메시지가 오지 않을까 했는데, 더 이상 연락은 오지 않았다. 차라리 마음이 편했다. 섣불리 사과하려 했다면 더 나쁜 말들을 돌려줄 생각이었다. 그런데 어떻게 알고 여기까지 온 걸까. 이력서에 적힌 과거의 근무처들을 보고 수소문해서 알아낸 걸까. 계약직으로 근무했던 곳에는 부친상을 당했다고 별도로 알리지도 않았는데 도대체 어떻게 여기까지.

"삼가 고인의 명복을 빕니다."

주경이 현수의 앞에서 아주 깊숙이 고개를 숙여 인사를 건넸다. 현수는 한참을 숙인 채 고개를 들지 못하는 주경의 목덜미와 그 아래 고양이가 그려진 양말을 보았다. 그리고 하늘색 체크무늬 셔츠와 베이지색 면바지도. 퇴근 후에 바로 달려왔는지 조문객으로서는 적절하지 못한 차림이었다. 물류센터에서 이 외진 곳의 장례식장까지 오려면, 자기 차량이 없다면 최소한 한 시간 반 넘게 버스를 두 번은 갈아타며 와야 했을 것이다. 저녁은 당연히 못 먹었겠지. 피곤하고 배도 고플 텐데. 시계를 보니 저녁 8시가 넘어 있었다. 현수는 신발을 신는 주경을 보며 말했다.

"저녁 드시고 가세요. 여기 육개장이 먹을 만해요."

그러나 주경은 괜찮다며 고개를 저었다. 그렇다면 굳이 더 권유하고 싶은 생각은 없었다. 주경을 배웅하러 로비로 나가는데 소파에 기력 없이 앉아 있는 민영이 보였다. 민영이 오늘 하루 종일 아무것도 먹지 않은 게 생각났다. 순정 씨가 몇 번 부탁하다가는 포기하고 조문 온 현서 이모를 배웅하러 자리를 비운 터였다.

"너도 뭘 좀 먹어야지."

현수의 말에 민영은 대답도 하지 않고 불안정하게 몸을 흔들며 손톱만 물어뜯었다.

"제발 좀. 먹는 것 정도는 네가 알아서 해주면 안 되겠니."

독고 씨의 죽음에 대해 제대로 애도하지 못한 슬픔이, 이런 식으로 급작스러운 분노로 차오른다는 것을 현수는 알았다. 그러나 참아지지 않았다. 참고 싶지도 않았다. 제 생명을 저 혼자 감당하지 못하는 민영의 무게가, 온전히 현수가 짊어져야 할 무게처럼 느껴졌다. 생명이 두 개가 되면 그 생명 가격은 더 올라야 할 텐데 민영의 무게만큼, 자신의 생명의 공정가격은 더 형편없이 낮아지는 것만 같았다. 중저가에서 저

가로, 초저가로. 그러다가 그렇게 똥이 인생이 되어버리겠지. 자꾸만 그런 생각만 들었다. 생각해보면 독고 씨의 묘비명으로 생각했던 토사구팽에서 팽당해야 하는 사냥개는 독고 씨가 아니라 현수였다. 토끼몰이가 끝났으니 이제 사냥개를 잡아야 하는 시간인지도 몰랐다.

"그러고 보니 배가 고픈데, 밥을 먹고 갈까 봐요."

옆에서 머뭇거리던 주경이 불쑥 그렇게 말하더니 민영에게 다가가며 부탁했다.

"혼자 먹기는 좀 그런데, 저 밥 먹는 동안 같이 있어줄래요?"

주경이 민영의 팔짱을 끼며 일으키자 민영도 어쩔 수 없다는 듯 따라 일어섰다. 두 사람이 같이 식당으로 들어가는 모습을 현수는 뒤에서 가만히 바라보았다.

잠시 후, 경선에게 들었는지 뒤늦게 조문을 온 이전 병원의 관리팀장을 데리고 현수가 식당에 가보니 주경이 민영과 나란히 앉아 육개장을 먹고 있었다.

"먹을 만해요?"

현수가 묻자 주경이 웃으며 말했다.

"제가 먹어본 장례식장 음식 중에 제일 맛있어요."

그게 뭐라고, 이상하게 그 말이 그 어떤 말보다 위로가 되었다. 주경은 독고 씨가 어떤 사람인지도 모를 텐데, 그 말이 꼭 독고 씨의 죽음이 좋은 죽음이었다고, 가치 있는 죽음이라고 말해주는 것 같았다. 그러니 너무 미안해 하지 않아도 괜찮다고. 동그랑땡을 싸주며 맛있게 먹어주면 나야 고맙지, 했던 경선의 마음에 대해 현수는 생각했다. 누군가의 무덤에 꽃을 피워주고 싶었던 마음 또한. 돌이켜보면 감사 카드를 쓰던, 독고 씨가 아는 모든 인연들에게 감사 인사를 전하던 수고로움은 현수의 진심이었다. 거짓된 감사라 해도 현수가 생각할 수 있는 세상의 모든 감사를 모아 독고 씨의 삶과 죽음을 축복하고 애도하고자 했던 현수의 마음만큼은, 진심이었다.

"이 동그랑땡도 정말 맛있네요. 민영 씨도 먹어봐요."

주경이 민영에게 동그랑땡을 건네주자 주경의 휴대폰으로 무언가를 정신없이 보던 민영이 무심결에 그것을 받아서는 입에 넣었다. 그리고 꼭꼭 씹어 먹기 시작했다.

그날 밤, 조문객들도 모두 떠나고 어두운 식당 한구석에서 동그랑땡을 안주 삼아 혼자 소주를 마시며 조의금을 정리하는데 주경에게서 문자가 왔다. 혹시 괜찮으면 장례식장 건물 밖 벤치로 민영과 함께 잠깐만 나와달라는 거였다. 밤 11시를 막 넘긴 시간이었다. 갑자기 무슨 일인가 싶어 민영에게 넌 무슨 일인 줄 아니? 했더니 민영은 테루가 왔나 봐, 했다.

"테루라니?"

"주경 언니 고양이 말이야. 내가 아까 영상 보고 딱 한 번만 쓰다듬어보고 싶다고 했거든."

"넌 무슨 그런 부탁을."

현수의 타박에 금세 풀이 죽은 민영이 덧붙였다.

"일부러 아니고. 데리고 집에 가는 길에 잠깐 들를 수도 있다고 그랬단 말이야."

그렇다 해도 이 밤중에, 이 시간에 여기까지 일부러 다시 온다고? 설마 하며 현수가 민영과 함께 나가 보니 벤치 곁에 위아래 검은 옷으로 갈아입고 온 주경이 고양이가 든 가방을 안고 서 있었다.

"어떻게 여길 다시?"

현수가 묻자 주경이 별거 아니라는 듯 가방 속 고양이를 가리키며 말했다.

"집에 보일러가 고장 나서 친구네 맡겼었거든요. 데려오는 길에 마침 지나는 길이어서 잠깐."

지나는 길이라니. 이 외진 곳의 장례식장이 지나는 길이었을 리가 없었다. 아니, 그 말을 믿는다 해도 굳이 옷까지 갈아입고 다시 들를 이유는 더욱 없었다. 민영이 허리를 굽혀 가방 안을 들여다보자, 주경이 가방의 지퍼를 좀 더 열고는 민영이 고양이를 잘 볼 수 있도록 해주었다. 민영이 물었다.

"쓰다듬어봐도 돼요?"

"그건 저도 모르겠어요. 테루가 허락해줄지 테루한테 한번 물어볼까요?"

두 사람이 벤치에 나란히 앉아 고양이를 보며 속닥이는 모습을 현수는 가만히 바라보았다. 테루가 허락했다고 생각했는지 민영이 고양이를 쓰다듬으려 손을 올렸다가는, 고양이가 가르릉거리는 소리에 얼른 손을 거두었다. 두 사람은 다시 허락을 구하는지 고양이 위로 머리를 맞대고 작게 키득대며 속삭이기 시작했다.

이런 애도는 현수가 생각도 해본 적 없는 것이었다.

세상에는 이런 애도도, 이런 생각해본 적도 없는 선의도 있는 거라는 걸 현수는 처음 알게 되었다. 아무 대가를 바라지 않는, 그렇게까지 할 이유가 없는데 애써 하는, 어떤 가격을 매겨도 공정하지 않은 완벽히 불공정한 선의.

어쩌면 누군가의 '그래도 싼' 인생은, 본인이 무언가를 이루어서가 아니라 이렇게 아무 관계 없는, 이유 없는 타인의 완전한 선의에 의해서 다른 의미의 '그래도 싼' 인생이 될 수도 있는 게 아닐까, 현수는 먹먹히 그런 생각을 하기 시작했다. 아무리 비싼 가격을 매기더라도 그래도 싸다, 그래도 싸, 라고 중얼거리게 되는 한 사람 몫의 공정. 그러니 현수뿐 아니라 그 누구도 타인과 자신의 인생에 함부로 싸구려 인생이라는 가격표를 붙여서는 안 되는 것이다. 그런 것은 결코 누구에게도 허락되어서는 안 되는 것이다. 그렇게 독고 씨의 죽음은 오늘 밤, 낯설고 온전한 선의에 의해 새로운 의미를 부여받은 '그래도 싼' 죽음이 된다.

자신의 삶과 죽음에 가능한 애도[4]란 없을 거라고 현수는 생각했다. 그러나 어쩌면, 90퍼센트 파격 할인된 애도라면, 더 많은 사람들이 싼값에 소유할 수 있는 애도라면 가능할지도 몰랐다. 그것을 위해서는 지금부터 천천히 사냥개의 공정가를 높이는 장례 세일을 준비해야 하는 건지도. 여전히 가격 경쟁에서 벗어날 줄 모르는 순응적인 이런 성급한 긍정이 지긋지긋해질 날은 또 올 터였다. 사적 깨달음에 그치는 삶, 그럼에도 더 나은 공적 애도를 꿈꾸는 삶, 무언가를 외면하는 것으로 가능해지는 '어쩔 수 없는' 안도감과 선생님께 참 잘했어요 도장을 받기 위해 쓰는 교훈 가득한 감사 일기 같은 감상주의의 허무함과 부정의. 그런 거라면 현수도 알고 있었다. 너무 잘 알았다. 그러나 오늘 밤만큼은 독고 씨의 죽음과 함께 세상의 모든 '그래도 싼' 죽음을 모르

---

4 '가능한 애도'라는 표현은 주디스 버틀러의 『지금은 대체 어떤 세계인가』에서 빌려온 것으로, 현수는 장례가 끝난 후 그 책을 읽고 애도 가능성에 대한 자신의 생각을 정리할 수 있었기에, 이곳에 참고자료로 남겨둔다. 주디스 버틀러, 『지금은 대체 어떤 세계인가』, 김응산 옮김, 창비, 2023.

는 자의 선의로 다만 애도해보고 싶어지는 것이다. 그러니 순정 씨처럼 이렇게 말해봐도 좋으리라. 토 달지 마, 내 애도의 값은 내가 결정한다.

마침내 테루가 허락했는지 민영이 조심스레 고양이의 등을 쓰다듬기 시작했다. 주경이 그 모습을 보다가 현수에게도 가까이 오라고 손짓했다. 현수는 두 사람과 한 고양이가 만들어내는 고요한 애도의 풍경 속으로 들어가며 내일 발인이 끝나고 나면 조문객들에게 감사 인사를 전하고, 마지막으로 순정 씨와 민영, 그리고 자신을 위한 긴 감사 편지를 써야겠다고 결심했다. 그것이 독고 씨의 죽음 비용을 가장 공정하게 정산하는 마지막 감사 세일이 될 터였다. ▪

백온유

회생

1993년 경북 영덕 출생.
2017년 〈MBC 창작동화대상〉 수상.
장편소설 『유원』 『페퍼민트』 『경우 없는 세계』.
〈창비청소년문학상〉 〈오늘의작가상〉 수상.

회생

1

수영은 손톱 밑의 거스러미를 뜯었다. 이렇게 이른 시간에 외출한 게 오랜만이라 약간 몽롱했지만 피곤한 기색을 드러내고 싶지는 않았다. 아니, 드러내고 싶었던 것인가. 연지를 기다리는 동안 에스프레소 한 잔과 아이스 아메리카노 한 잔, 얼음물 한 잔을 마셨다. 테이블 위에 빈 잔들과 흘린 커피를 닦은 티슈가 어지럽게 놓여 있었다.

반갑게 인사해야지. 그 어느 때보다 반갑게. 입을 크게 벌리고 아에이오우, 아에이오우, 하고 근육을 풀었다. 건조한 피부가 갈라지는 느낌이 들었다. 시계를 보니 약속 시간이 오 분 지나 있었다. 핸드폰을 확인했다. 어젯밤 10시 15분, 카페 주소를 수영에게 공유한 이후로 연지에게서 온 연락은 없었다.

[난 카페 도착! 창가 쪽에 자리 맡아뒀어. 어디까지 왔]

메시지를 보내려다가 괜히 재촉하는 느낌이 들어 그만두었다. 연지를 위해 준비한 선물을 다시 한번 점검하려고 바닥에 내려둔 쇼핑백을 테이블로 올렸다. 그런데 쇼핑백 바닥이 약간 젖어 있었다. 수영은 오픈 시간에 맞춰 이른 시간에 카페에 도착했다. 물걸레로 바닥을 닦은 지 얼마 안 되어 바닥에 아직 물기가 남아 있던 모양이었다. 다행히 선물은 괜찮았다. 어차피 겹겹이 포장되어 있으니 상관없을 것이다. 박스 안에 든 것은 3개월 할부로 산 접시 세트였다. 수영은 살면서 들어본 적도 없는 고가의 브랜드지만 왠지 연지라면 수영이 무리하면서까지 준비한 선물이라는 것을 알아봐줄 것 같았다. 그 애가 집에서 가격을 검색해본다면 더없이 좋으리라. 연지가 '이거 현백에만 들어온 브랜드 아니니? 내가 이런 걸 받아도 되는지 모르겠다. 생일도 아닌데' 하고 말하면 수영은 '그냥 받아주라. 너 집 이사했는데 화분 하나도 못 보내줬잖아. 내내 마음에 걸렸어. 너한테는 가장 좋은 것으로 주고 싶었어' 하고 말할 것이다.

연지는 수영의 선물에 크게 기뻐하지 않을 것이다. 엄청나게 감동하지도 않을 것이다. 진심을 다해 잠깐 고마워했다가 금세 잊을 것이다. 연지의 눈동자에 비쳤다가 순식간에 휘발되는 그 감정에 수영은 집착했다. 필요 이상으로 무리했다. 무리한 지출을 했고, 무리하게 감정 소모를 했다. 접시는 원래 집들이에 초대하면 가져가려고 연지가 이사했다는 소식을 들은 다음 날 사둔 선물이었다. 하지만 이사한 지 한 달이 지나도록 아무 소식이 없었다. 준희가 어린이집에 들어갔으니 경황이 없겠지, 새 동네에 적응하려면 시간이 필요하겠지, 이해하려고 노력하니 충분히 이해가 되고도 남았다.

그렇게 계절이 지났다. 그동안 연락을 아예 안 하고 지낸 것은 아니었다. 연지는 SNS에 일상적인 사진을 자주 올리는 편이었고 수영은 꼬박꼬박 하트를 눌렀다. 연지가 울상을 짓는 셀카와 함께 '독박 육아는 힘들어'라는 글을 올리면 수영은 카톡으로 종합 비타민 선물 세트를 보냈다.

[뭐 이런 걸 자꾸 보내! 잘 먹을게. 너도 건강 잘 챙겨!]

연지가 선물을 거절하지 않아 다행이었다. 준희가 그네를 타고 있는 뒷모습을 사진으로 찍어 올렸을 때 수영은 '잘생긴 아들 앞모습도 찍어주세요~ 이모가 보고 싶어♥'라고 댓글을 달았다. 수영은 조마조마하며 기다렸지만 연지는 그 댓글에 답글을 달지 않았다.

화장실에 한 번 다녀온 후 얼그레이 티를 또 한 잔 주문했다.

[미안해. 거의 다 왔어. 준희 어린이집 차 놓쳐서 데려다주고 오느라 정신이 없었네.]

약속 시간보다 20분이 더 지나서야 연지에게서 메시지가 왔다.

[괜찮아. 천천히 와. 나도 방금 왔]

수영은 조금 망설이다가 방금 왔다는 말은 지웠다.

[괜찮아. 천천히 와. 난 괜찮으니까 운전 조심하고.]

오래전, 아기가 걸음마를 뗐다는 소식을 듣고 운동화를 보냈는데 아기가 그 운동화를 신은 모습은 보지 못했다. 준희가 어린이집에 다닌다니 새삼 마음이 서늘했다.

2

수영과 연지는 같은 대학 같은 과였다. 서로 오가며 인사를 하고, 학

생 식당에서 우연히 마주쳐 몇 번 식사를 함께하긴 했지만 친해지진
못했다. 겹치는 수업이 일주일에 한두 번 정도 있어서 자료 공유를 한
적이 있긴 하지만 그뿐이었다. 수영은 대학 생활 내내 학업과 아르바
이트를 병행하느라 동아리는 커녕 과 활동에도 적극적으로 참여하지
못했다. 휴학률이 높은 과에서 둘 다 휴학을 하지 않고 4년 만에 졸업
을 했기 때문에 그동안 계속 얼굴을 봤다는 점이 유일한 연결고리라
고 할 수 있었다. 연지를 다시 만난 건 수영이 졸업을 하고 지금 살고
있는 동네로 이사 온 후였다.

　수영은 그 당시 공무원 준비를 하고 있었다. 아니, 공무원 준비를 하
고 있다고 말하고 다녔다. 하지만 실제로는 시험을 거의 포기하다시
피 한 상태였고 늘 불안하고 빈곤했다. 연고도 없는 동네로 이사를 한
유일한 이유는 당시 나온 매물 중에서 계약한 집이 그나마 가장 상태
가 괜찮고 집세가 쌌기 때문이었다. 공무원 시험을 1년 준비했지만 몇
과목을 빼고는 대부분 과락이었다. 아르바이트와 공부를 같이 하려니
그 어느 것에도 집중할 수가 없었다. 부모님에게 반년 만이라도 지원
을 받아볼까 며칠 동안 고민하고 있을 때 아버지에게서 뜻밖의 전화
가 걸려왔다. 아버지는 혹시 모아둔 돈이 있냐 물었다. 웬만해서는 딸
에게 그런 부탁을 할 사람이 아니라서 수영은 당황했고 저도 모르게
몇백 정도는 마련할 수 있을 것 같다고 대답해버렸다. 아버지는 사정
을 구체적으로 설명하지 않은 채 그럼 가능한 만큼만 우선 보내달라
고 말한 후 전화를 끊었다.

　수영은 노량진 원룸의 보증금을 빼 절반을 아버지에게 보낸 다음
보증금이 훨씬 싼 동네로 이사했다. 그 후로는 보증금을 까먹으며 공
부를 하지도, 일을 하지도 않고 멍하니 시간을 흘려보냈다. 이사 온 동

네에는 아무런 흥미도 기대도 없었지만 곧 소소한 장점을 발견하게 되었다. 집주인 추천으로 부동산 정보나 맛집, 세일 정보를 공유하는 동네 카페에 가입했는데, 유독 '나눔방'이 활발하게 운영되고 있었던 것이다.

'나눔방'에서는 집에서 키운 상추와 깻잎, 고추, 방울토마토 등을 나눔하는 글이 자주 올라왔다. 운이 좋으면 명절에 선물로 들어온 통조림 세트를 얻을 수 있었고 햇고구마를 받을 수도 있었다. 통장 잔고가 바닥을 보여 끼니 걱정을 해야 하는 지경이었으므로 수영은 매일 그 카페에 상주하며 글이 올라오자마자 '안녕하세요! 저 가능할까요?' 하고 댓글을 달았다. 댓글을 다는 순서대로 나눔을 받을 수 있었고 간발의 차로 멸균우유 한 박스와 쌀 한 포대를 놓치기도 했기에 수영은 '안녕하세요! 저 가능할까요?'를 미리 복사해놓고 게시글이 올라오면 본문 내용을 읽지도 않고 댓글란에 붙여넣었다. 1순위로 댓글을 다는 바람에 얼떨결에 메주 한 덩이를 받아와 집 한편에 놓고 퀴퀴한 냄새를 맡으며 지낸 적도 있었다. 50회 넘게 나눔을 받다 보니 '나눔방' 이용자들의 닉네임과 패턴이 어느 정도 읽혔는데 유독 나눔의 질이 좋은 이용자가 있었다. 작성글 조회를 해보니 지금까지 나눔을 받은 적은 없고 나눔을 한 횟수만 30회가 넘었다.

수영은 닉네임 '요술램프'에게 여섯 번 정도 나눔을 받았고 그에게 받은 것들은 올리브, 포도씨유 세트, 스팸 세트, 선풍기와 토스트기…… 죄다 좋은 물건이었다. 그래서인지 '요술램프'의 게시글에는 유독 댓글이 많이 달렸다. 누군가가 먼저 댓글을 달면 아무리 물건이 탐나도 예의상 물러서기 마련인데 '요술램프'의 글에는 '줄 서봅니다.' '계약 파기되면 연락주실 수 있을까요.' '작성자님 계신 곳으로 갈 수 있습니다.' 등의 댓글이 줄줄이 달렸다. '요술램프'가 사는 더퍼스트로 얄팰리스파크뷰1차는 근방에서 가장 높은 아파트였고 8차선 도로를 사이에 두고 아파트 단지와 빌라촌의 분위기가 사뭇 달라 수영은 도로를 건너 나눔을 받으러 갈 때마다 위축되었다. 1층에서 19층 벨을 누른 뒤 기다리면 '요술램프'가 아파트 현관문을 열어주었다.

"올라오셔서 문 앞에 있는 거 가져가시면 돼요."

"네. 감사합니다."

'요술램프'와는 그렇게 인터폰으로 짧은 대화를 주고받았다. 엘리베이터 문이 열렸을 때, 수영은 한 층 전체를 한 가구가 사용한다는 사실에 깜짝 놀랐다. '요술램프'는 항상 수영이 도착하기 전 미리 물건을 문밖에 내놓았다. 그래서 여섯 번이나 '요술램프'에게 나눔을 받는 동안에도 얼굴을 본 적이 없었다. 대면하지 않고 나눔을 받을 수 있다는 것은 나눔을 받는 입장에서 마음 편하고 좋은 일이었다. 수영은 그리 대단치도 않은 육수용 멸치 따위를 나눔 하면서 온갖 생색을 내는 사람들에게 질려 있었다.

그날 '요술램프'가 올린 물건은 곡물 효소 60포였다. 수영은 효소가 뭔지도 모르면서 습관처럼 '안녕하세요! 저 가능할까요?' 하고 댓글을 달았다. 수영과 거의 동시에 댓글을 달았지만 2순위로 밀린 닉네임 '재광초총동문회장'은 수영만큼이나 '나눔방'을 자주 이용했기 때문에 닉네임이 눈에 익었는데 그날따라 곡물 효소에 꽂혔는지 수영에게 댓글을 남겼다.

―거의 동시에 댓글 단 것 같은데 30포씩 나누는 거 어떠신지요.

수영은 뭐라고 댓글을 달아야 이 버러지가 단념할지 고민하고 있었다. 수영이 댓글을 썼다 지웠다 하는 사이, '재광초총동문회장'은 대댓글 하나를 더 남겼다.

　—내가 올해 환갑인데 4년 전에 위암 수술을 해서 소화 기능이 많이 떨어져 있는 상탭니다. 소화에 도움이 된다고 해서 먹어보려고 해요. 양해 바랍니다.

　수영은 그제야 곡물 효소가 무엇인지 검색해 알아보았다. 대부분의 사람들은 그런 댓글을 본다면 병력이 사실이든 아니든 간에 양보했을 것이다. 평소라면 수영도 마찬가지로 양보했을 것이다. 곡물 효소 같은 것은 먹어봤자 배가 부르는 것도 아니고, 당장 필요한 생필품도 아니니까. 사실 효소의 효과도 '재광초총동문회장'이 말해서 방금 안 것이니까. 그러나 그날따라 양보하기가 싫었다. 자신이 노력해서 쟁취한 무언가를 '재광초총동문회장'이 동정심을 유발해 손쉽게 강탈해가려는 것만 같았다. 수영의 어디에 그런 고약한 마음이 숨어 있었던 것인지 모르겠지만 '재광초총동문회장'에게 무안을 주고 싶었다. 수영은 호흡을 고르고 한 자 한 자 차분하게 댓글을 달았다.

　—임신을 하니 소화도 안 되고 변비도 심해져서 효소 도움이라도 받아보려고 했습니다. 인터넷을 찾아보니 효과를 보려면 적어도 한 달 이상 꾸준히 섭취하는 게 좋다고 하네요.

　맥락을 파악할 수 있는 성인이라면 충분히 거절로 받아들이리라 여겼지만 '재광초총동문회장'은 이해하지 못한 듯했다.

　—아이고, 임신 축하드립니다. 저도 자식이 셋입니다. 막내를 낳을 때는 육아휴직도 했고요. 우리 때는 흔한 일은 아니었지요. 별나다고 주위에서 시샘도 많이 받았고요. 제 경험상 임신을 하셨다면 효소보다는 키위를 자주 섭취하시길 추천합니다. 키위에는 엽산이 많고 비타민과 미네랄이 다량 함유되어 있습니다.

어쩌라고. 그래서 효소 내놔라 이거 아니야. 수영은 신경질적으로 휴대폰을 집어던졌다가 금방 다시 주워들었다. 액정이 깨지지 않았는지 확인하고는 멀쩡한 화면을 쓰다듬으며 안도의 한숨을 내쉬었다. 그때 갑자기 제삼자가 수영의 댓글에 대댓글을 달았다.

—'보물섬' 님은 '나눔방' 자주 이용하시는 듯한데 나눔을 행하시는 모습은 못 본 것 같습니다. 일부러는 아닙니다만 '보물섬' 님 작성 글 목록을 보니 게시글은 없고 댓글을 단 기록만 남아 있네요. '재광초 총동문회장'님이 병력을 밝히고 양해를 구했음에도 나눔 받은 물건을 나눔 할 생각이 없으신 것 같습니다. 우선적으로 댓글을 단 분께 나눔하는 것이 카페의 암묵적인 룰이니 제가 참견할 부분은 아니지만 '보물섬' 님께서 명심하셨으면 좋겠습니다. 우리 카페는 이웃 간에 정을 나누고 화합하기 위해 모이는 곳이지 일부 회원들이 물품들을 독점하는 곳이 아니라는 것을요.

어떻게 해야 '일부러'가 아니라 '우연히' 타인의 작성글 목록을 확인할 수 있는지 모르겠지만 닉네임 '체게바라'가 댓글을 달자마자 기다렸다는 듯이 동조하는 댓글이 달리기 시작했다. 카페 회원들은 저도 두고 보고 있었는데 말 잘해주셨다, 소수가 나눔 물품 독점하는 현상이 갈수록 심해지고 있다, 예전에는 놀이터 앞에 상추나 귤을 두면 모두 조금씩 가져가서 여러 사람이 먹을 수 있었는데 언제부턴가 상자째로 들고 가버리니 나눔 하기도 꺼려진다, 누구라고 말은 안 하겠지만 나눔 받을 목적으로 카페에 상주하는 분들 때문에 게시글이 부쩍 줄었다, 댓글을 남길 수 있는 횟수를 하루에 한 번으로 제한하자, 하루에 한 번도 많다, 일주일에 한 번으로 제한하자 등의 의견을 활발히 주고받았다.

상추와 방울토마토, 귤 박스를 통째로 들고 온 건 수영이었다. 먹으라고 내놓은 걸 먹은 것뿐인데 모두가 자신을 비난하는 것 같아 수영은 눈물이 날 것 같았다.

간간이 여기서 이러지 말고 새로운 게시글에서 본격적으로 규칙을 정하는 게 어떨까요, 하고 권하는 댓글이 올라오기도 했으나 기하급수적으로 몰려드는 사람들에 의해 묵살되었다. 수영의 댓글 밑으로 수십 명의 사람들이 조롱하는 댓글을 달았다. 그리고 몇 시간도 안 되어, 회원 중 누군가가 지금까지 수영이 달았던 댓글들을 일자별로 정리해 〈우리 동네 이모저모〉 게시판에 올렸다. 제목은 〈나눔방 거지 구걸 목록〉.

새벽녘에 효소 나눔 글은 지워졌다. 진작 지웠으면 몇 시간 동안 댓글에 시달리는 일은 없었을 텐데, 수영은 '요술램프'가 원망스러웠다. 일부러 흥미롭게 관망하다가 사태가 잠잠해지자 발을 뺀 것 같아 분노가 치밀었다. '요술램프'는 나눔 글을 지운 뒤, 몇 분 후에 수영에게 쪽지를 보냈다.

─안녕하세요, '보물섬' 님. 저 요술램프입니다. 외출했다가 방금 귀가 해서 카페 알림을 뒤늦게 확인했어요. 상황을 파악한 후 저도 당황했는데, 보물섬 님은 오죽하셨을까요. 제가 글을 쓴 만큼 빨리 정리를 해드렸어야 했는데, 자리를 비운 사이 곤란한 상황에 처하신 것 같아 죄송하다는 말씀드리고 싶었습니다. 게시글에서 '재광초총동문회장' 님께 곡물 효소를 양보하시기로 하고 얘기가 마무리된 건 알지만 그러면 제 마음이 편치 못할 것 같아서요, '보물섬' 님께도 60포 한 박스 드리고 싶습니다. 그리고 임신 진심으로 축하드려요. 집에 석류즙이 있는데 오시면 함께 드리겠습니다. 백 프로 원액이니까 괜찮으실 거예

요. ('재광초총동문회장' 님께는 다른 날 따로 전달하기로 쪽지 드렸습니다. 염려 마세요.)

수영은 다음 날 8차선 도로를 건너 더퍼스트로얄팰리스파크뷰1차로 갔다. 날씨가 더워 얇은 반팔 티셔츠를 입고 집을 나섰다가 1층 상가 유리문에 비친 자신의 모습을 보고 도로 집으로 들어와 도톰한 후드 집업을 걸쳤다. 임신부라기에는 푹 꺼진 배가 자신이 보기에도 수상해 보였기 때문이다. '요술램프'는 늘 문 앞에 물건을 두었기에 대면할 일은 없겠지만 혹시 모르니 몸을 최대한 가려야겠다고 생각했다.

도착해 아파트 1층에서 19층 벨을 누르니 응답이 없었다. 혹시나 해서 경비실 문고리를 돌려보았으나 잠겨 있었다. 수영은 이러지도 저러지도 못하고 경비실 앞에서 서성거렸다. 20분 정도 지났을까. '요술램프'에게서 쪽지가 왔다.

―보물섬 님. 혹시 아파트 도착하셨을까요? 제가 아침에 분주하다 보니 깜빡했네요. 엘리베이터 타고 19층으로 올라오시겠어요?

―아, 네! 올라갈게요.

수영은 19층으로 올라가는 동안 엘리베이터 거울 앞에서 자신의 모습을 점검했다. 밤에 머리를 감은 뒤 말리지 않고 자는 바람에 머리가 뻗쳐 있었다. 최대한 단정해 보이기 위해 잔머리를 귀 뒤로 넘겼다. 넓은 이마, 다듬지 않아 지저분해 보이는 송충이 눈썹, 생기가 없어 보이는 눈빛, 눈 밑에 넓게 퍼진 주근깨. 자신이 몇 살로 보일지 궁금했다. 그리고 '요술램프'는 몇 살일지 궁금했다. 수영은 '요술램프'의 게시글 전부를 밤새 확인했다. 나눔 물품 중 대다수는 식료품과 주방 용품이었고, 테스트 후 쓰지 않을 것 같아 나눔 한다는 화장품과 유행이 지나 정리하려 한다는 가방 모두 상당한 고가의 제품이었기 때문에 그가 삼십 대 후반에서 사십 대 후반의 여성일 거라고 짐작했다. 초인종을 누르고 십 초 정도 기다렸지만 인기척이 없었다. 한 번 더 초인종을 누르자 먼 곳에서부터 발소리가 타닥타닥 가까워졌다. 그리고 벌컥 문이 열렸을 때,

"어……."

"생각보다 빨리 오셨네요. 제가 방금 머리를 감아서요. 잠깐만 기다려주실래요?"

"아, 기다릴게요."

"5분, 아니 3분만요! 죄송해요!"

수건으로 대강 머리를 감싼 여자는 금세 다시 문을 닫고 들어갔다. 수영은 한눈에 알아봤는데 연지는 수영을 전혀 알아보지 못했다. 시간이 지난 후 정말 몰랐냐고 물어보니 경황이 없어서 얼굴을 제대로 보지 못했다고 연지는 말했다. 당장 그 자리에서 벗어나야 한다는 걸 머리로는 알면서도 몸이 움직여지지 않았다. 그것은 정말 이상한 경험이었다. 효소가 그리 탐났던 것도 아닌데 수영은 연지가 시킨 대로 문 앞에 얌전히 서서 기다렸다. 삼 분만 기다리라고 했던 연지는 십 분이 훌쩍 지나서야 나왔다. 연지가 헐레벌떡 문을 열고 나왔을 때 수영은 고여 있던 시간이 마침내 정상적으로 흐르는 것 같은 느낌을 받았다.

"어? 맞지?"

연지는 수영을 한참 뚫어지게 쳐다보더니 손뼉을 마주쳤다.

"수영이 아니야? 이수영. 맞지? 너 나 알아보겠어? 나, 연지."

"연지구나. 반가워."

"네가 보물섬이었어? 무슨 이런 일이 있지? 잠깐 들어와."

"아니야. 나는 그냥 받기로 한 물건만 받아서 가려고."

수영은 연지의 발밑에 놓인 에코백을 바라보며 말했다.

"그냥 이렇게 간다고? 잠깐 들어와. 점심 먹었어? 밥 먹고 가."

버티는 것도 우스워 어쩔 수 없이 연지의 집에 들어섰다. 현관에서 거실로 들어가는 복도가 지나치게 길어서 수영은 세상에는 이런 집도 있네 하고 순수하게 놀라워했다. 거실에 들어섰을 때, 실례되는 행동이라는 것은 알면서도 저절로 집 안을 훑어보게 되었다. 너무 넓어 구석구석까지는 시선이 닿지 않았다. 의외로 인테리어 하나하나에는 크게 신경을 쓰지 않은 것 같았다. 큼직큼직한 가구들 —소파, 식탁— 빼고는 별게 없었다. 곳곳에 택배 박스가 쌓여 있어 눈길을 끌긴 했지만 드라마에서 본 장식장이나 샹들리에 혹은 비싼 조명 같은 것은 없었다.

"이사 온 지 얼마 안 됐어?"

"아니. 곧 2년 돼. 집이 좀 휑하지."

연지는 수영을 식탁에 앉힌 후 냉동실에 얼려놓았던 밥을 꺼내 전자레인지에 돌렸다. 그리고 냉장고에서 김치와 장조림, 더덕무침 등 몇 가지 반찬을 예쁜 접시에 덜어서 차려냈다. 수영이 자신이 도울 건 없냐고 묻자 웃으며 손님은 그냥 앉아 있으라고 말했다. 얼떨결에 마주 앉아 함께 점심을 먹게 된 상황이 수영은 낯설고 당황스러웠다.

"근데 난 너 결혼했는지도 몰랐어. 하긴 노는 친구들이 안 겹쳤으니까."

대학에 다닐 때는 강의를 듣고 밥을 같이 먹는 친구들이 두어 명 있긴 했지만 수영은 깊은 관계를 맺지 못했다. 졸업 후에는 당연하다는 듯 연락이 끊겼다.

"언제 했어? 어디서 만난 사람이야?"

"결혼…… 안 했는데."

"아. 혼인신고만 했구나. 요즘 그렇게 많이 하더라."

수영이 대답을 하지 않자 연지는 분위기를 읽기 위해 눈알을 굴리며 눈치를 봤다.

"아, 내 정신 좀 봐. 밥 먹기 전에 물어봤어야 했는데. 입덧은 안 해?"

"안 해."

"겉으로는 아직 별로 티 안 나네. 참, 나한테 오메가 3 영양제 있는데 그거 줄게. 좋은 거래."

수영은 곤란한 기분에 휩싸였다.

"아니야. 너 먹지, 왜."

"비린내 나서 별로 안 좋아해. 집에 루이보스 티도 있어. 그게 노폐물 빼는데 좋아서 임신부들 많이 마신다더라. 너 오렌지 좋아해? 오렌지 좀 싸줄게."

수영은 연지가 원래 이렇게 살가운 아이였나 궁금해졌다. 연지는 밥을 먹다 말고 일어나 영양제와 바디 크림, 루이보스 티를 가지고 나와 커다란 에코백에 차곡차곡 담았다. 그렇게 친하지도 않았던 자신에게 뭐라도 더 챙겨주려고 하는 모습이 낯설면서도 고마웠지만 그보다 난처한 마음이 훨씬 더 커졌다.

"너 혼자 들고 가기 힘들 것 같은데, 혹시 남편 이쪽으로 오라고 할 수 있어? 내가 차가 있으면 데려다줄 텐데, 없어서."

임신했다는 거짓말은 왜 한 걸까. 연지를 속이려고 한 거짓말이 아닌데. 수영이 속이고자 한 건 '재광초총동문회장'이었다. 그때는 효소를 지키는 게 우선이어서 거짓말을 하면서도 전혀 껄끄럽지 않았다. 이제 와서 결혼도, 임신도 거짓이라고 말하면 연지가 자신을 뭐라고 생각할지 수영은 아찔해졌다. 이 일이 소문이라도 나는 날에는 어떻게 살아야 할지 막막했다. 사실 연지가 소문을 낸다고 해봤자 대학교 친구들 정도일 테고 수영은 대학 생활 내내 존재감 없이 다녔으니 그 소문이 퍼져봤자 무슨 파급력이 있겠냐만 수영은 거기까지 생각할 겨를이 없었고, 초조하고 자괴감이 들었다. 소고기 장조림을 씹으면서도 아무 맛을 못 느낄 만큼.

"저기 있잖아. 음, 그게,"

"편하게 얘기해."

"나, 남편이 없는데."

에코백을 어깨에 메고 무게를 가늠해보던 연지는 조금 당황한 듯 가방을 내려놓았다. 그리고 수영에게 다가왔다. 연지는 곰곰이 생각하더니 조심스럽게 물었다.

"그럼 아이 아빠는?"

그게 아니라 제대로 설명해야지. 나 임신 안 했다고! 거짓말이었어! 효소 때문이었어. 효소를 뺏기기 싫어서 어쩔 수 없이! 하지만 수영은 왜인지 말이 입 밖으로 나오지 않았고 자기도 모르게 고개를 숙였다.

"없어? 아니, 너, 혹시, 누군지 모르는 거야?"

연지는 수영이 대답을 피하자 설마 했는데 진짜였구나, 하는 식으로 난처한 표정을 짓더니 수영의 옆자리로 자리를 옮겨 앉았다. 그리고 수영의 손을 두 손으로 소중하게 감싸 쥐었다.

"그동안 너 많이 힘들었겠네."

눈을 피하는 수영을 이해한다는 듯 연지는 고개를 주억거리며 사정이 있었겠지, 그러더니 더 이상의 설명을 요구하지 않았다.

"내가 도울 수 있는 일이 있으면 도울게."

그제야 수영은 고개를 들어 연지를 살폈다. 연지는 연보랏빛이 도는 짧은 커트 머리를 하고 있었다. 아직 다 마르지 않아 머리끝이 촉촉했다. 대학을 졸업한 지 3년이 지났는데 연지는 별로 달라진 게 없는 것 같았다. 연지는 1학년 때부터 4년 내내 탈색을 해서 머리가 금발이었다가 백발에 가까운 은발이었다가 봄에는 벚꽃색이었다가 애쉬그레이였다가 했다. 친하지는 않았지만 100미터 뒤에서도 연지는 다른 아이들과 구분이 됐고 그 발랄한 뒷모습을 보며 수영은 연지 강의 들으러 가나 보다, 연지 밥 먹으러 가나 보다, 연지도 이 강의 듣나 보다, 하고 생각했던 기억이 났다.

"고마워. 근데 나 여기 몇 번 왔었는데 혹시 알아?"

"아, 나눔? 너라는 거 진작 알았으면 그렇게 안 보냈을 텐데."

수영은 오기 전에 '요술램프'의 작성글을 하나하나 조회하고 왔는데 연지는 자신이 누구에게 어떤 물건을 나눴는지 관심을 두지 않는다는 게 기분을 오묘하게 했다. 오묘하다는 단어 외에 어떤 말로 자신의 감정을 표현할 수 있을지 알 수 없었다. 대부분의 사람이라면 이런 순간에 수치심을 느끼겠지? 왜냐하면 연지와 자신은 같은 학교 같은 과를 다녔고 같은 해에 졸업을 했는데 둘의 처지는, 뭐 속사정까지 자세히 알지는 못하지만 눈에 보이는 경제 사정은 확연하게 차이가 나는 게 사실이니까. 카페에서 연지는 30회 넘게 나눔을 하는 반면 수영은 누군가의 베풂을 받지 않고서는 연명하기가 어려웠다. 어떻게든 살아남는다고 쳐도 궁핍한 생활을 면치 못하는 신세인 것이 분명했다. 하지만 이상하게도 그렇게까지 부끄럽지는 않았다. 오히려, 잘됐다는 생각이 들었다. 터무니없는 거짓말을 계속하게 되었다는 게 마음에 걸리긴 했지만 연지의 호의가 반가웠고 어쩌면 처음으로 도움이 되는 인맥을 만든 것일지도 모른다는 생각이 들었다. 수준이 너무 차이 나면 질투도 안 느껴진다고 하니 그런 것일지도 몰랐다. 연지를 부러워하고 시기해봤자 그 질투심이 삶의 원동력이 될 리 없으니 수영의 깊은 마음 한구석에서 필사적으로 그 감정을 밀어낸 것일지도.

3

그날 이후 수영은 연지의 부름이 있을 때마다 거절하지 않고 응했다. 연지의 집에 한 번 다녀올 때마다 수영은 일주일은 거뜬히 버틸 수 있을 만큼의 식료품을 얻어 왔다. 연지는 골드키위와 망고, 멜론과 한라봉 같은 비싸고 귀한 과일을 수영에게 주었다.

연지가 튼살 크림을 선물해주며 아끼지 말고 골고루 바르라고 조언했을 때 수영은 울컥할 뻔했는데 마음을 추스르고 간신히 고맙다는 말만 전했다. 그저 시혜적인 태도로 자신을 돕는 건지, 가난함을 감추지 않고 오히려 드러내는 자신을 연민하는 건지, 단도직입적으로 묻고 싶은 충동이 불쑥 고개를 들곤 했지만 한편으로는 그게 그렇게 중요한가 싶어 관두었다. 설사 그렇다고 해도 연지의 동정은 값싸지 않았으니까.

짐작과는 다르게 연지는 자기 얘기 하는 것을 그다지 즐기지 않았다. 수영이 실례가 되는 질문이 아닌지 고민하다가 물어보면 아주 담백하게 대답해주곤 했다. 부모에게 미리 유산을 상속받았다는 것, 외동딸이라는 것, 부모님은 바닷가가 있는 도시에 산다는 것(그곳이 어딘지는 말하지 않았다), 대학을 졸업한 후 물류 무역 쪽 대기업에 입사하기 위해 무역영어 유통관리사 자격증을 땄다는 것, 취업 스터디를 하며 바쁘게 살던 중 공황장애 증상을 느끼고 잠시 모든 것을 쉬게 되었다는 것. 그 밖에 수영이 파악한 것은 연지가 꽤 심각한 쇼핑 중독이라는 것이었다.

연지의 집에는 항상 택배 박스가 가득했다. 외출을 하지 않아 모든 생필품을 배달 주문하는 탓도 있지만 목적이 불분명한 소비가 많은 게 사실이었다. 예를 들어 연지는 요리에 필요하다는 이유로 참기름 열 병을 한 번에 구입하곤 했고, 천연 수세미를 만들어서 쓰겠다며 수세미 씨앗을 500립이나 산 뒤 그 씨앗을 파종하기 위해 화분과 배양토 20킬로그램, 모종삽과 물조리개를 샀다. 어디에서 좋다는 소리를 들었는지 차전자피 분말을 2킬로그램이나 사서 결국 입맛에 맞지 않아 카페에 올려 나눔했다. 그놈의 효소도, 올리브유도, 다 그런 식으로 사서 그런 식으로 이웃에게 나눴을 거라는 것이 머릿속에 그려졌다.

연지는 언제부턴가 충동적으로 물건을 사놓고 너에게 필요할 것 같아서 샀다는 식으로 수영 핑계를 댔다. 불필요한 물건들이 많았지만 수영은 고맙게 받았다. 수영의 눈에는 무의미해 보이는 소비가 연지에게는 스트레스 해소가 되는 걸까. 그 기분이 일시적이라고 할지라도 수영 자신이 참견할 권리는 없었다. 쌓아둔 물건 중에 한두 개를 몰래 가방 안에 넣어 가도 연지는 몰랐다. 수영은 죄책감 없이 참기름과 휴지와 클렌징 폼을 챙겼다.

연지는 수세미를 심을 만반의 준비를 해놓고 정작 파종은 기약 없이 미뤘다. 수영이 두 손을 걷어붙이고 베란다 한구석에 화분을 가져다 배양토를 붓자 그제야 슬금슬금 다가왔다.

"우선 스무 개만 심어볼까?"

"오백 개 샀는데?"

"인터넷에 찾아보니까 그게 자라면 꽤 커지던데? 일단 키워보고 더 심는 게 낫지 않아?"

연지는 수세미 씨앗을 손에 올려두고 가만히 들여다봤다.

"그거 친환경 수세미 만드는 거 말고도 꽤 쓸모가 있더라. 몰랐는데 볶아서 먹기도 하고, 튀겨서 먹기도 하고, 데쳐서 먹기도 하고 그런대. 키워서 다 먹자. 수세미도 만들고."

"오백 개 다?"

"먹다 보면 금방 먹겠지, 뭐."

연지가 푸핫, 하고 크게 웃음을 터뜨렸다.

"말도 안 돼. 이걸 언제 심어서 언제 키워서 언제 따서 껍질 벗기고 요리해."

"내가 다 먹지, 뭐."

수영과 연지는 나란히 앉아 흙을 조몰락거리면서 장난을 치며 놀았다. 아무런 근심이 없었고, 소꿉장난을 하는 것처럼 마냥 좋았다. 씨앗을 다 심고 흙이 물을 흠뻑 머금을 때까지 물을 주었다. 창밖을 보니 벌써 어둑어둑했다. 더퍼스트로얄팰리스파크뷰1차 지하주차장으로 자동차가 꼬리에 꼬리를 물고 들어가고 있었다. 수영은 그 광경을 물끄러미 바라보았다.

연지는 흙 묻은 손을 씻고 동네 카페에 수세미 씨앗 나눔 글을 올린 후 몇 분 뒤 드럼 세탁기 세제 나눔 글을 이어서 올렸다. 수영은 익숙하게 냉동실에서 얼린 밥을 꺼내 전자레인지에 돌리고 레토르트 곰탕을 간단히 조리했다. 몇 가지의 반찬을 접시에 덜어 식탁에 올리자 연지가 와서 앉았다. 단 몇 주 만에 연지의 주방까지 들어와 요리를 하고 익숙하게 마주 앉아 밥을 먹는 일상이 수영은 믿기지가 않았다. 연지의 집은 안락하고 쾌적했다. 수영은 이곳이 마음에 들었다.

4

"생각해봤는데 말이야. 너 그냥 여기로 들어오는 건 어때?"

저녁은 피자로 하는 게 어때, 라고 묻는 것처럼 심상한 투로 연지가 물었다. 자신의 귀를 의심하며 수영이 베란다로 걸어왔을 때 연지는 수세미에 시선을 고정한 채 돌아보지 않았다. 싹이 난 후로 연지는 틈만 나면 화분 앞에 앉아 수세미를 들여다봤다. 얼핏 보면 잡초 같기도 하지만 줄기가 자라 벌써 작은 덩굴손이 달린 모습이 앙증맞았다.

"무슨 뜻이야?"

"말 그대로지 뭐. 어차피 요즘은 거의 같이 있으니까. 그리고……."

연지가 수영을 돌아보았다.

"너 좀 이상해."

"뭐가?"

수영은 가슴이 덜컥 내려앉았다. 연지는 물끄러미 바라보다가 수영의 배에 가만히 손을 댔다. 후드 집업을 입고 있어서 손길이 배에 직접적으로 닿진 않았지만 수영은 심장박동이 빨라지는 것이 느껴졌다.

"이제 5개월 차 아니야? 티가 하나도 안 나잖아. 너, 너무 말라서 그래."

연지가 조금 걱정스럽다는 듯 중얼거렸다. 무위도식하는 동안 순간순간마다 불안함과 후회가 수영의 마음을 짓눌렀다. 시간을 돌릴 수만 있다면 절대로 바보 같은 거짓말을 하지 않으리라 다짐했지만 이미 너무 오래 연지를 속이고 있었다. 그러나 불안함과는 별개로 사실 수영에게는 현실적인 문제들이 산재해 있었다. 월세가 밀리자 집주인은 보증금에서 제하겠다고 통보했는데, 그 보증금마저 바닥이었다. 단기 아르바이트라도 하면 마련할 수 있겠지만 임신부는 무리하지 않아야 한다는 게 연지의 의견이니까……. 수영은 주저앉아 연지의 어깨에 머리를 기댔다.

"정말 그래도 되는 건가?"

"응."

"마음에 안 든다고 쫓아내고 그러지는 않을 거지?"

"뭐? 안 그래. 그냥…… 여기에서 컸으면 좋겠어. 네 아기."

연지는 다시 수세미의 자그마한 덩굴손에 집중했다. 수영은 연지의 고요하고 천진해 보이는 얼굴을 바라보며 말할 거야, 말해야 하니까, 곧이야, 곧, 하고 생각했다.

애초에 짐이 별로 없기도 했지만 웬만한 것은 모두 연지의 집에 있었기에 선풍기와 에어프라이어는 동네 카페에 올려 나눔 했다. 수영은 효소 사건 이후로 카페 활동을 하지 않았다. '나눔방'에 처음으로 올린 게시글이었다. 글을 작성하자마자 댓글이 달렸다. 기분이 썩 괜찮았다. 나눔까지 모두 끝내고 나자 옷을 담은 캐리어 하나, 공무원 시험을 준비할 때 썼던 문제집 몇 권이 수영의 짐 전부였다. 수영은 이틀 만에 월세방을 정리하고 더퍼스트로얄팰리스파크뷰1차로 들어왔다. 캐리어를 끌고 8차선 도로를 지나며 수영은 자신이 어딘가 조금 뻔뻔하고 모질어졌다는 느낌을 받았다.

수영과 연지는 서로의 미래 계획에 대해 묻지 않았다. 두 사람 다 어느 정도 대책 없이 지냈으므로 서로에게 무슨 말을 하면 고통을 느낄지 알고 있었다. 둘만 있으면 안심이 되었다. 수영은 연지가 무슨 일을 하든 훼방을 놓지 않았고 연지는 수영이 무슨 일을 하든 다그치지 않았다. 수영으로서는 일을 하지 않고 빌붙어 사는 것이 분명한데도, 빌붙어 살면서 미래를 대비하지도 않는 것이 뻔히 보이는 데도 연지가 자신을 비난하지 않고 한심해 하지 않는 것이 좋았다. 뿐만 아니라 자신도 연지의 외로움을 달래주는 존재로서 충분히 기능하고 있으므로, 서로가 서로를 보완하고 있는 것이 분명하다는 생각도 들었다. 그렇게 생각하면 마음이 편했다.

"저 방 치우고 아기방으로 꾸밀까."

수영이 낮잠을 자고 일어나니 연지가 기다렸다는 듯 물어왔다. 연지가 아무리 자주 나눔을 한다 해도 쇼핑을 하는 속도를 따라잡을 수는 없었다. 방 한 칸을 산더미처럼 쌓인 택배 박스가 차지하고 있었다. 연지는 그 방을 치우고 아기방으로 꾸미자고 하는 것이었다. 수영은 조금 아연했지만 겉으로는 티 내지 않았다.

"가끔 나보다 네가 더 아기를 기다리는 것 같아."

연지가 피식 웃었다.

"그러는 너는 왜 그러는데? 넌 기대가 별로 없어 보여. 아니면 일부러 티 내지 않는 건가? 두려워서?"

수영은 직감적으로, 잘못을 고백할 마지막 기회가 있다면 바로 지금이라는 것을 알았다. 물론 이미 많이 늦었지만 지금이야말로 마지노선이라고, 양심이 속삭였다. 하지만 수영은 또다시 입을 다물고 말았다. 수영은 대답하는 대신 화장품 뚜껑을 열어 크림을 듬뿍 덜어냈다. 그리고 튼살 크림을 납작한 배에 넓게, 골고루 발랐다.

그날 후 연지의 쇼핑 목록은 아기방을 꾸밀 재료들로 편중되었다.

처치 곤란인 물건들을 빠르게 나눔 해서 없애기로 했다. 연지가 동시에 열 개 넘는 품목을 카페에 올리니 관심이 쏟아졌다. 하루 종일 초인종을 누르는 소리가 한 시간 간격으로 이어졌는데 문득 수영은 연지의 독특한 버릇을 발견했다. 연지는 수영의 시선을 눈치채지 못하고 인터폰에 시선을 고정하고 있었다. 연지는 나눔을 받으러 온 이웃이 문 앞으로 다가오는 모습부터 문 앞에 내놓은 박스를 열고 물건을 확인하는 모습과 물건을 챙겨 엘리베이터를 타고 내려가는 모습을 물끄러미 지켜보고 있었다. 무언가에 꽂히면 자주 넋을 놓고 바라본다는 걸 알았지만 수영은 연지가 그 정도로 집중하는 모습은 처음 보았다. 나눔 받는 사람을 관찰하는 것, 그게 연지가 넋을 놓을 만큼 흥미로운 일인가, 수영은 의아했다.

나머지 물건들은 베란다와 다용도실로 적절히 분배해 옮겼다. 깨끗해진 방에 연지는 노란색 커튼을 달았다.

수영은 연지가 달아둔 모빌을 손으로 툭 쳤다. 반짝거리는 노란 꿀벌과 나비, 꽃들이 빙그르르 돌았다. 자신의 몸을 거울에 비춰 보았다. 일부러 몸피가 드러나지 않도록 집에서도 헐렁한 옷만 입고 있기는 하지만 연지가 지나치게 눈치가 없는 게 아닌가, 하고 생각했다. 주방으로 가니 연지는 처음으로 수확한 수세미로 수세미전을 부치고 된장찌개를 끓이고 있었다.

현관 앞에는 연지가 며칠 사이에 산 물건들이 수십 박스나 쌓여 있었다. 안으로 들여놓을 시간이 없을 정도로 택배가 밀려들어오는 것 같았다. 왜인지 모르겠지만 고삐가 풀린 것처럼 연지는 사치하고 있었다.

"어서 와서 먹어."

"응."

"집이 박스로 가득 차겠다. 그치. 좀 치워야겠어."

수영이 자신도 모르게 박스를 힐긋거리자 연지가 조금 멋쩍게 말했다.

"난 상관없어. 네 집이잖아. 아직도 이렇게나 넓고."

수영이 얼른 말했고, 연지는 기분이 나아진 듯 표정이 풀렸다.

"있잖아. 나는 뭔가 탕진하고 싶은 것 같아. 돈이든, 시간이든, 마음이든 말이야. 빨리빨리 쓰고 싶어. 뭐든 나에게 주어진 걸 다 소진하고 나면 뭔가 달라지지 않을까, 이 지루함도 끝나지 않을까, 그런 마음이 들어."

연지가 깊은 속내를 이야기한 것은 처음이었다. 수영은 마음이 흔들렸다. 연지가 마음을 쏟을 대상을 벌써 정했으면 어쩌지. 그게 아기라면 어떡하지. 연지가 수영의 속에 있다고 철석같이 믿고 있는 그 아기. 수영은 처음으로 정말 두려워졌다. 거짓말의 무게를 감당하기가 어려울 것 같았다.

*

수영은 거실에서 공무원 시험 문제집을 다시 보고 있었다. 자신이 풀었던 문제가 맞나 싶을 정도로 내용이 가물가물했고 치열하게 살았던 시간들이 전생의 기억처럼 아득하게 느껴졌다. 몸이 무겁고 가슴이 답답했다. 진짜 임신부라도 된 것처럼 몸이 늘어졌다. 깜빡 졸아 거실 소파에서 자다 일어나 방으로 들어가려 했을 때, 수세미를 다듬고 있던 연지가 다급하게 수영을 불러 세웠다.

"수영아! 너!"

"왜 그래?"

연지의 얼굴이 새하얗게 질려 있어서 수영은 덩달아 오싹해졌다.

"너 가만히 앉아 있어. 119 부를게. 너무 당황하지 마. 괜찮을 거야. 너도, 아기도 괜찮을 거야. 걱정하지 마."

연지는 자기 자신에게 주문을 걸듯 중얼거리며 핸드폰을 들었다. 번호를 누르는 손이 덜덜 떨렸다. 무슨 일인데, 말을 해줘야 알지, 소리치는 순간 수영은 자신에게 무슨 일이 일어났는지 깨달았다. 자신이 자다 일어난 소파에 생리혈이 묻어 있었다. 그제야 바지를 확인하니 아랫부분이 젖어 있었다.

"여기, 더퍼스트로얄팰리스파크뷰1차인데 빨리 와주셔야 될 것 같아요. 임신부가 하혈을,"

수영은 연지의 핸드폰을 뺏어 호흡을 고르고 침착하게 말했다.

"아니요. 괜찮아요. 안 오셔도 됩니다. 착각한 거예요. 네. 정말 안 오셔도 돼요."

전화를 끊고 수영이 연지의 손을 잡아끌자 연지는 혼란스러운 표정으로 끌려 왔다. 수영은 연지를 소파에 앉히고 면피에 묻은 생리혈을 물티슈로 닦았다. 물티슈에 새빨간 피가 묻어나오자 연지는 얼굴을 찡그렸다.

"이거 생리혈이야."

연지는 잠깐 멍한 표정을 짓더니 곰곰이 생각에 잠겼다. 사실을 알게 되었을 때 연지를 덮칠 절대적인 감정은 무엇일까, 수영은 상상해본 적이 있었다. 황당함일지, 기만당했다는 좌절감일지, 속았다는 무력감일지. 제각기 다른 온도의 분노를 표출하는 연지를 상상하며 그애 앞에 어떻게 사죄할지 준비해왔지만 막상 사실이 밝혀지니 수영의 머릿속은 텅 비어버렸다. 연지 또한 마찬가지인 듯했다. 지독히 차분한 반응에 수영은 아랫배에 통증이 퍼져나가며 다리가 후들후들 떨려 제대로 서 있기가 힘들었다.

"거짓말이었어?"

"응."

"처음부터?"

"응."

"그래서 배가 안 나왔던 거구나."

"미안해."

"일단 씻고 옷부터 갈아입어."

수영은 연지의 말대로 했다. 씻고 옷을 갈아입고 나오니 연지가 앉아 있던 자세 그대로 멍하게 소파에 앉아 있었다.

"왜 그런 거짓말을 했던 거야?"

"지금 와서 설명해봤자 너는 이해 못 할 거야. 그냥 그때, 잠깐 내가 미쳤었나 봐."

"아니야. 설명해봐, 한번."

한참 머뭇거리다가 결국에는 수영이 하라는 대로 설명이라는 것을 했다. 거슬러 올라가니 그동안 잊고 있던 효소가 나왔다. 결국 다 먹지도 못하고 버린 곡물 효소. 그리고 '재광초총동문회장'. 카페에서 나눔 거지로 통하던 자신. 궁핍한 생활을 하게 된 계기. 그리고 연지를 만난 후 달라진 생활. 시간이 가면 갈수록 고백하기가 더욱 어려워졌다는 얘기.

"그러면 적어도 아기방을 만들기 전에는 말해줬어야지. 언제까지 속이려고 했니?"

사실이 밝혀진 후 생각해보니 수영은 하루 전의 자기 자신조차 이해가 되지 않았다. 어쩌려고 그랬을까. 어쩌려고 연지가 모빌을 고를 때 곰돌이보다는 꿀벌이 예쁘다고 했을까. 어쩌려고 아기 침대를 같이 고르고, 어쩌려고 연지가 사다리에 올라가 커튼을 달 때 아래에서 나사를 하나하나 건네주었을까. 주문 제작한 아기 침대는 다음 주에 올 것이다.

"나가줘. 가능하면 이번 주 내로."

"내일 나갈게. 어차피 짐도 없으니까."

"그래."

연지는 무표정한 얼굴로 수영을 잠시 응시하더니 방으로 들어가 수영이 짐을 챙겨 집을 나설 때까지 꼼짝도 하지 않았다.

5

수영은 아버지에게 사정을 말하고 3개월 치 고시원비를 받았다. 베이커리 오전 아르바이트를 구해 일을 하면서 다시 공무원 시험 준비를 시작했다. 쉬었다가 오랜만에 공부를 해서 그런지 열의가 불타올랐고 금방이라도 시험에 합격할 것 같았다. 일을 하면서 시험 준비를 해야 했지만 시간 관리만 잘하면 못할 것도 없겠다는 생각이 들었다.

그렇게 2년을 도전했고 1년에 국가직, 지방직 9급 시험 두 번, 7급 시험 두 번을 쳐 총 여덟 번 시험에 낙방한 후 시험을 포기했다. 아버지는 고향으로 내려오면 인맥을 동원해 최대한 괜찮은 일을 구해주겠다고 했지만 수영은 믿지 않았다. 대신 수영은 독서지도사 자격증을 따 방과후교실에서 아이들을 가르치기 시작했다. 일이 익숙해지자 수영을 좋게 보는 사람들이 생겨났고 지역 문화센터와 도서관에서도 일을 할 수 있게 되었다.

그리고 그사이, 수영은 연지를 종종 찾아갔다. 연지는 처음에 찾아갔을 때는 문도 열어주지 않고 냉대했지만 시간이 지나자 조금씩 마음이 열리는 것 같았다.

하지만 무언가 달랐다. 조금 달라졌는데 그게 무엇인지는 정확하게 알 수가 없어서 늘 답답했다. 솔직히 말하면, 수영은 연지에게 잘 사는 모습을 보여주고 싶어서 안달이 나 있었다. 과시욕이라기보다는 건실하게 사는 모습을 보여주고 싶었다. 자신의 질 나쁜 장난을 오랜 시간 동안 후회했고 심하게 자책했다. 변명할 여지가 없었다. 왜 하필, 삶에서 가장 건강하지 않았던 시기에 연지를 만난 걸까. 그건 내가 아니었어. 그렇게 의뭉스러운 건, 본래의 내 모습이 아니야. 연지에게 번듯한 모습을 보여주겠다는 목표가 있어 포기하지 않을 수 있었다고 수영은 속으로 생각했다.

약속 시간 사십 분이 지난 후, 연지가 카페 문을 열고 들어왔다. 두리번거리는 연지 쪽으로 수영은 벌떡 일어나 달려갔다. 연지가 수영을 보며 활짝 웃었다.

"주차장을 못 찾아서 이 근처 빙빙 돌았어. 저기 시청에 대놓고 걸어오느라. 이 동네는 다 좋은데 주차가 진짜 문제야."

"괜찮아. 뭐 마실래?"

"내가 사야지. 너 케이크 좋아하잖아. 골라봐. 여기 직접 만들어."

수영은 바스크 치즈 케이크를 골랐다. 자리에 놓인 빈 컵들을 보고 연지는 깜짝 놀라며 언제 도착했느냐고 물었다.

"오픈 시간 맞춰서."

"그럼 두 시간 넘게 기다린 거네. 왜 그랬어."

"헤맬까 봐 일찍 나왔어. 책 읽고, 수업 준비하고. 구경도 하고, 좋았어."

두 사람은 밀린 이야기를 몰아서 했다. 수영은 내년부터 대안학교 교사로 일하게 됐다는 소식을 전했다. 사실 아직 제안만 받은 상황이었지만 확정이 된 것처럼 말했다. 이번에 대안학교 교사로 들어가게 되면 2년 단위로 계약을 하게 되고, 수업 일수도 보장되어서 훨씬 상황이 나아지리라는 기대가 있었고 연지에게도 자랑하고 싶었다. 연지는 정말 잘됐다, 하고 기뻐해주었다. 연지는 준희가 반 아이들 중에서 언어 구사 능력이 가장 좋다는 이야기, 영재 테스트를 해보라는 권유를 여러 차례 받았지만 아직은 할 생각이 없다는 이야기, 남편이 승진했다는 이야기를 전했다.

"너무 잘됐네. 축하 파티 해야되는 거 아니야?"

"파티는 무슨."

수영은 이참에 연지의 결혼식 이후로 보지 못한 남편과도 인사를 나누고, 준희도 만나고 싶었다. 그러나 연지는 대수롭지 않게 웃어넘겼다. 조금 가까워졌다고 느끼면 연지 쪽에서 의식적으로 그만큼 거리를 벌리는 것 같았다. 수영은 자신이 착각을 하는 게 아니라고 생각했다.

"연지야. 내가,"

"아, 잠깐만, 어린이집에서 전화 왔어. 미안."

자리에서 받아도 될 전화 같은데 연지는 굳이 카페 밖으로 나가서 통화를 했다. 한참 심각한 표정으로 대화를 주고받더니 굳은 표정으로 돌아왔다.

"여기까지 왔는데 미안해. 준희가 미열이 있다고 선생님한테 전화가 와서 가봐야 할 것 같아. 다음에 진짜 내가 맛있는 밥 살게."

"난 괜찮으니까 어서 가봐."

"너는 딱 지금처럼 살아. 애 낳을 생각하지 말고."

수영은 말없이 웃었다.

"선물 고마워. 집 가서 풀어볼게."

"응. 별거 아니니까 너무 기대는 하지 말고!"

연지는 수영이 건넨 종이백을 검지에 걸고 서둘러서 카페를 벗어났다. 별거 아니라는 말은 왜 덧붙였지. 충분히 별건데. 너를 위해 준비한 거 라고 말했어야 했는데. 수영은 한숨을 내쉬며 후회했다.

카페 유리창을 통해 멀어지는 연지의 뒷모습을 따라갔다. 서둘러 일어난 것치고 발걸음이 느릿했다. 바람이 불자 낙엽이 우수수 떨어졌다. 그 순간 연지가 들고 있던 쇼핑백에서 선물 상자가 떨어졌다. 종이가 너덜거리는 것을 보니 젖은 바닥이 찢긴 모양이었다. 연지는 떨어진 상자를 보고 어쩔 줄 몰라 했다. 그럴 리 없는데도 유리 깨지는 날카로운 소리가 환청처럼 수영의 귓가에 울린 듯했다.

수영은 문득, 자신이 훼손한 것이 정확히 무엇일까 궁금해졌다.

수영은 가만히 연지를 보았다. 접시가 그리 쉽게 깨질 리는 없다. 포장을 그렇게 대충 하지는 않았을 것이다. 연지는 쪼그려 앉아서 상자를 내려다보다가 몸을 일으키더니 선물 상자를 그대로 두고 다시 가던 방향으로 걸어갔다. 사람들이 지나다니는 인도 한복판에 떨어진 그 상자는 한참 동안이나 그렇게 우두커니 놓여 있었다. ▪

이주혜

이소 중입니다

©신나라

2016년 『창작과비평』 등단.
소설집 『그 고양이의 이름은 길다』 『누의 자리』, 중편소설 『자두』,
장편소설 『계절은 짧고 기억은 영영』.
〈신동엽문학상〉 수상.

이소 중입니다

그 여름 그들은 육지 끝에 당도해 한낮에 배추씨를 심고 밤이 내리면 해변에 나가 큰 소리로 시집을 읽을 것이다. 그들이 고른 시집은 앤 카슨의 『빨강의 자서전』이나 김영미의 『맑고 높은 나의 이마』일 것이다. 앤 섹스턴이나 실비아 플라스의 시집은 고르지 않을 것이다. 그들은 살아 있는 시인들의 시부터 읽을 것이다. 같은 이유로 그들은 미즈노 루리코와 마리나 츠베타예바의 시집을 육지 끝까지 가져가지는 않을 것이다. 그들이 이 여성 시인들의 시를 몹시 사랑하고, 특히 한 시인의 시집 제목은 무려 '끝의 시'이며 또 다른 시인의 시집에는 "그렇게 짧은 여름의 끝에 그이는 죽었다"[1]와 같은 아름다운 문장이 실려 있는데도, 그들은 오직 산 사람의 목소리로 채워진 시집을 고집스럽

---

1 미즈노 루리코, 「헨젤과 그레텔의 섬」, 『헨젤과 그레텔의 섬』, 정수윤 옮김, 인다, 2022, 21쪽.

게 골라 육지 끝에 다다를 것이다. 낮에는 들판 가득 겨울을 대비하는 배추씨를 뿌리고 밤이면 겨울처럼 아득한 밤바다를 마주한 채 용감한 목소리로 시를 낭독할 것이다. 한 사람의 목소리로 시작한 시는 어느새 다른 목소리들이 슬며시 끼어들면서 파도처럼 몰려왔다 몰려가는 즉흥곡을 닮아갈 것이다. 간혹 으르렁거리며 달려오는 물마루가 누군가의 떨리는 목소리를 집어삼키겠지만 그들은 낭독을 중단하지 않을 것이다. 한 낭독과 다음 낭독 사이에 누구는 모래밭에 묻어둔 캔맥주를 들이켜고 누구는 바람과 싸워가며 담배를 피울 것이다. 빈 캔이 날아가지 않게 쓰레기봉투에 따로 담아 큰 돌멩이로 단단히 눌러놓을 것이다. 담배꽁초는 꼼꼼히 불씨를 단속하고 휴대용 재떨이에 담아 빈 캔들 옆에 잘 놔둘 것이다. 그들은 어느 순간이고 욕먹을 짓은 하지 않을 것이다. 그들에게 자기 검열은 자기 연민보다 훨씬 쉬운 자동 반사 같은 일이었다. 낭독이 무르익고 밤이 이슥해지면 누군가 흥에 겨워 밤바다에 뛰어들 것이다. 누구는 개척자의 뒤를 따라 조금은 조심스럽게 물에 들어갈 것이고 수영을 못하는 누구는 뒤에 남아 요란하게 환호성을 지르며 손뼉을 칠 것이다. 응원자로 남은 이들은 목이 쉬도록 웃고 소리칠 것이다. 그러다 문득 깜짝 놀랄 고요가 찾아오면 누군가 절정의 끝을 마무리하는 사람처럼 속삭일 것이다. 아, 모처럼 실컷 웃었어. 내일이 없는 사람처럼. 그 여름 그들에게 과연 내일은 있을까? 그건 우리도 그들도 알 수가 없다. 유일하게 알 수 있는 것은 그들이 '지금' 그 여름을 준비하며 각자의 시집을 고르고 있다는 것, 그 여름이 오늘의 그들에게 내일이라는 것, 그러므로 그 여름의 일은 모르겠고 적어도 오늘의 그들에겐 내일이 있다는 것 정도가 아닐까?

　오늘 아침 번역가와 소설가와 시인이(가나다순) 낡은 SUV 차량에 짐을 실었다. 차는 번역가의 것이었고 짐은 소설가의 것이 가장 많았다. 시인은 운전하는 번역가 옆에 앉아 손수 싸 온 도시락을 열고 간간이 번역가의 입에 방울토마토나 김밥을 넣어주었다. 소설가는 뒷자리 오른쪽에 앉았고 왼쪽에는 세 사람의 여행용 가방과 배낭, 숄더백, 아이스박스가 자리했다. 자동차 트렁크에는 베이지색 담요로 둘둘 싸인 커다란 뭔가가 놓여 있어서 다른 짐을 실을 수가 없었다. 물컹할 것 같기도 하고 단단할 것 같기도 하며, 따뜻해 보이기도 하면서 어딘가 싸늘한 기운을 풍기는 그 짐이 언제부터 거기 실려 있었는지는 아무도 몰랐다. 아니, 소설가와 시인과 번역가(나이순) 중 누군가는 알 것도 같았지만, 이제 막 장면을 목격하기 시작한 우리는 저 불온해 보이는 짐이 무엇인지, 하다못해 누구의 것인지 전혀 알 수가 없다. 세 사람은 모처럼 시간을 맞춰 육지 끝에 살고 있는 철학자를 만나러 가는 길이다. 누구는 철학자가 보고 싶고 누구는 철학자가 어렵게 지었다는 새집이 궁금하고 누구는 그저 이곳을 벗어나기 위해 어렵사리 시간을 냈다. 궁금한 대상이 다른 만큼 세 사람이 꾸려 온 짐의 구성도 조금씩 달랐다. 누구는 캔맥주를 가득 채운 아이스박스를 가장 소중히 여겼고 누구는 밤에 낭독할 시집을 확정하지 못해 배낭에 무거운 책만 잔뜩 담아 왔으며 누구는 매일 갈아입을 원피스와 수영복만 넣은 커다란 숄더백을 따로 챙겨 왔다. 가장 남다른 짐은 역시 서울톨게이트를 지나면서부터 비릿한 냄새를 풍기기 시작하는 트렁크의 짐이겠으나 셋 중 누구도 그 짐에 대해 말하거나 묻지 않았다. 대신 그들은 서로에게 가장 짐이 된다고 짐작되는 존재에 대해 안부를 물었다.

상훈이는 좀 어때? 소설가가 묻자,

맨날 똑같지, 뭐. 번역가가 대답했다. 상훈은 번역가가 10년 넘게 키우고 있는 커다란 개의 이름이다. 상훈의 털은 연한 베이지색에 가깝고 동그란 눈동자는 의외로 날카로운 송곳니의 인상을 가릴 만큼 순박하기 그지없다. 보신탕집에 팔려 가기 직전 구조된 개는 번역가에게 오기 전의 생애가 지워져 있으므로 정확한 나이를 알 수 없지만, 수의사의 추정에 의지해 올해 열네 살이라고 번역가는 말한다. 노견이라고 할 수 있는 상훈은 2년 전부터 당뇨를 앓고 있고 번역가는 매일 상훈에게 인슐린을 주사하고 있다. 10년째 제자리걸음인 번역료만으로는 생각보다 비싼 상훈의 병원비와 약값을 감당할 수 없어서 번역가는 '놀이 삼아' 운영해왔던 변두리의 작은 동네 책방 수익을 올리는 일에 골몰하고 있다. 사람을 상대하기가 버거워 정오가 지나 책방 문을 열면서도 '오늘은 손님이 한 명도 안 왔으면 좋겠다'라고 생각하기 일쑤이던 번역가가 작가 북토크며 독서 모임, 글쓰기 강의 등의 행사를 기획하고 진행하는 이유는 순전히 상훈을 위해서라고 번역가 자신은 믿고 있다. 그러나 사람을 상대하는 일은 누구에게나 치사한 면이 있기 마련이고 특히 극내향형인 번역가는 영혼을 다치는 일이 빈번해 요즘은 오직 상훈을 위해 버티자는 마음마저 구겨질 때가 많다. 가령 책방에 들어와 무람없이 번역가 혼자 사흘을 페인트칠한 인디언 핑크색 벽을 배경으로 셀카를 수없이 찍고 반듯하게 정리해둔 책을 조심성 없이 훌훌 넘겨 보다가 책은 사지도 않고 나가는 손님을 하루에 세 명 넘게 만나면 누구라도 영혼을 다치지 않을 도리가 없을 것이다. 물기가 뚝뚝 떨어지는 아이스 아메리카노 플라스틱 컵을 종이책 바로 옆에 함부로 놔두고 다른 서가로 옮겨 가 한참 책을 고르고 고르다 결국 한 권도 사지 않고 얼음이 다 녹아버린 플라스틱 컵까지 그대로 두고 나가는 손님을 보면 상훈의 병원비고 나발이고 다 그만두고 싶어지는 것이다. 그런 날이면 번역가는 서점 문을 일찍 닫고 상훈과 오래오래 천변을 산책하며 책방을 그만두고 오직 번역료로만 자신과 상훈의 생활비를 감당하려면 1년에 몇 권의 책을 번역해야 할지 헤아려보곤 했다. 눈치가 빠르고 예민한 상훈은 늘 번역가의 속도에 맞춰 걸어주었다. 발랄한 소형견이 깜찍한 동작으로 달려들어도 크게 반응하지 않고 처음의 속도를 지켰다. 가끔 술에 취한 중년 남자가 불쾌한 냄새를 풍기며 '아가씨는 좋겠어. 이렇게 늠름한 개 애인도 있고' 하며 역한 말을 건넬 때면 번역가는 서점에서 받은 상처까지 더해 그 취객을 최대한 잔혹하게 찔러 죽이고 싶었지만 그런 감정의 동요까지 눈치챈 상훈은 좀처럼 하지 않는 재촉을 하며 번역가를 앞으로 끌어당겼다. 자신의 성격을 꼭 닮아 웬만하면 동요하지 않고 조용히 상대의 눈치를 보기 일쑤인 상훈을 보며 번역가는 상훈을 살리겠다고 데려와놓고 오히려 상훈에게 몹쓸 짓을 하고 있지는 않은가, 자책하곤 했다. 상처가 곱절인 날에 번역가는 곱절의 시간을 들여 천변을 걸었고 집에 돌아오면 상훈을 꼭 끌어안고 불면의 시간을 건너갔다. 늙어가는 상훈이 다음 날 아침 자신의 품 안에서 딱딱하게 굳은 채 발견될지도 모른다는 불안을 있는 힘껏 밀치면서.

노인은 어때? 번역가가 묻자,

그 말 알아? 아기는 자고 나면 예쁜 짓, 노인은 자고 나면 미운 짓이라는 말. 시인이 비스듬하게 대답했다. 사실 세 사람 중 아기를 낳고 키워본 사람은 소설가뿐이었으므로 번역가는 시인의 대답이 어딘가 미덥지 못하다고 생각했지만, 입 밖에 내지는 않았다. 아니나 다를까, 소설가가 이 틈을 놓치지 않고 퉁을 주었다. 쟤는 아기도 안 키워봤으면서. 소설가의 입은 뇌와 직선으로 연결되어 있어서 어떤 말도 속에 담아두는 법이 없었고 그런 성정을 잘 알기에 시인도 번역가도 소설가의 직설에 상처를 입지는 않았다. 아니, 상처를 입지 않기로 결정했다. 오늘 여행을 위해 가장 무리한 사람은 시인이었다. 시인은 이혼한 전남편의 아버지를 '모시고' 살았다. 그러니까 전 시아버지와 단둘이 살고 있었는데, 그 이상한 동거 형태를 두고 소설가는 '변태적이고 기형적'이라고 표현했고 번역가는 '난 언니가 걱정돼'라고 에둘러 말했지만 정작 시인은 어디까지나 '직업적인' 생활이라고 주장했다. 이혼 전 시인에게 불임 문제가 있었다는 것은 나머지 두 사람도 알고 있었다. 시인이 자세한 이야기를 하지는 않았지만, 시인의 불임은 이혼 원인 중 하나였다. 직접적인 원인은 남편이 다른 여자를 사랑했다는 것이었지만, 남편의 외도를 모른 척했던 시인이 결국 이혼 서류에 도장을 찍은 것은 자신보다 한참 어린 그 여자가 남편의 아이를 임신했기 때문이었다. 이혼을 결정하고 마지막 인사차 시아버지를 찾아갔을 때 (이때 소설가는 '너 참 비위도 좋다'라고 시인을 나무랐다) 노인은 시인의 손을 꼭 붙잡고 울음을 터뜨리며 시인의 남편도 하지 않았던 용서를 빌었다. 전남편의 아이가 태어나고 부모의 사랑을 받으며 무럭무럭 크는 동안 전 시아버지의 암세포도 찬찬히 자랐다. 말기 암 진단을 받고 얼마 남지 않은 살날을 집에서 보내기로 결정했을 때 전 시아버지는 시인에게 연락했다. 시인은 전남편에게서 다달이 '시세'대로 노인의 간병비를 받고 노인이 죽은 뒤에는 지금 사는 강북의 스물네 평 아파트를 상속받는다는 조건의 계약서에 서명하고 전 시아버지의 집

에 들어갔다. 소식을 들은 소설가는 노발대발하며 시인에게 '정신 나
간 년'이라고 소리쳤지만, 번역가는 불특정 고객들에게 상처받는 자
신보다 노인에게 '예쁨'을 받으며 돈까지 버는 시인의 근무 환경이 좀
더 나은 게 아닐까 생각했다. 물론 이런 생각을 입 밖에 내지는 않았
다. 그랬다간 소설가에게 '쌍으로 정신 나간 년들'이라는 소리나 들을
테니까. 시만 써서 먹고살 수는 없는 나라였으므로 시인은 그동안 학
원 강사며 입시 과외로 생계를 꾸려왔는데, 전남편에게 간병비를 받
으면서부터는 적성에 안 맞게 어린애들을 상대하지 않아도 되어서 좋
았다. 아직 성장 중인 아이들은 늘 시인의 마음에 미세한 실금을 그었
다. 선생님이 뭘 알아요? 애도 안 낳아봤으면서. 누구도 이런 말을 입
밖에 내지는 않았지만, 시인은 아이들이 풍기는 비릿한 풋것의 냄새에
서, 묘하게 소매 길이나 목둘레가 맞지 않는 어설픈 옷차림에서, 심지
어 좌우가 틀어진 머리카락의 비대칭에서 요란한 비난의 아우성을 들
었다. 당신은 몰라! 당신은 우리에 관해 아무것도 몰라! 태어나고 자
라는 것들에 대해 아는 게 없어! 시인은 노인과 함께 살기 시작하면서
자신이 의외로 죽어가는 자들을 상대하는 일에 적성이 있음을 깨달았
고 사람들의 걱정 어린 추측과 달리 노인이 최대한 오래 살아 자신 곁
에 머물러주길 바랐다. 바람이란 원래 불안과 쌍둥이라서 시인은 아침
마다 뻣뻣하게 굳어 있는 노인을 발견하게 될까 봐 가없는 두려움에
시달리며 노인의 방문을 노크했다.

소리는 어때? 시인이 묻자,

그년이야 맨날 지랄이지, 소설가가 기다렸다는 듯 대꾸했다. 소리는
소설가가 대학교 2학년 때 낳은 딸이었다. 항구 출신의 소설가는 선주
의 아들인 동문 선배를 대학에서 만나 신입생 시절부터 연애를 시작

했다. 동문회 신입생 환영회 자리에서 선배를 점찍은 것도 자신이고 선배의 하숙집에 놀러 간 날 먼저 키스를 한 것도 자신이라고, 그게 당시 바닷가 출신 '까진 년'의 스웩이었다고 술에 취한 소설가는 자랑과 한탄을 반씩 섞어 말하곤 했다. 그랬던 소설가도 남자친구의 불성실한 피임 때문에 '임신하고 말았음'을 깨달았던 날에는 적잖이 당황해 밤새도록 한숨도 못 자고 자신의 미래를 걱정했다. 임신 소식을 들은 남자 친구는 '가오'를 잃지 않으려고 끝까지 '오빠가 책임질게'를 연발했지만, 결국 어린 연인과 그들의 아기를 책임진 것은 비바람도 불사하고 새벽마다 난바다로 출항을 감행했던 선주의 배들이었다. 선주의 배가 잡아들인 조기와 서대와 주꾸미가 대학생 부부의 학비와 어린 아기의 분윳값, 기저귓값이 되어주었다. 고향에서 꼬박꼬박 돈은 도착했지만, 사람은 오지 않아 어린 아기는 소설가가 휴학하고 혼자 키웠다. 소설가가 학교 앞 원룸에서 밤새 배앓이로 우는 아기를 달래며 함께 울고 있을 때 남자 친구는 억병으로 취해 동아리 친구 등에 업혀 와서는 아기 목욕통에 토를 했다. 소설가는 그때 어린 남편을 죽이지 않은 것을 살면서 제일 잘한 일로 꼽는다.

삼십 대 중반에 남편 쪽의 실책으로 두 사람은 이혼했고 소설가는 딸의 양육권과 큼직한 배 한 척을 위자료로 받았으니까. 소설가는 홀로 키운 딸이 알아주는 외국계 은행에 취직하자마자 모든 경제활동에서 손을 뗐다. 내 청춘을 갈아 넣어 너를 키웠으니까 이제 네가 나를 먹여 살리렴. 소설가는 딸에게 이렇게 말하고 오직 읽고 쓰고 가끔 마시는 일에 몰두했다. 소설가의 입담을 물려받은 딸은 자신의 엄마를 '착취자'라고 불렀지만 엄마에게 월급의 대부분을 빼앗기면서도 굳이 독립을 도모하지는 않았다. 누가 딸이 요즘 애들 같지 않게 착하고 효녀라고 하면 소설가는 코가 터지도록 콧방귀를 뀌며 말했다. 그년이 아주 영악해. 독립해봐야 지가 손해라는 걸 알거든. 그 월급으로 언제 돈을 모아 이만한 아파트를 장만하겠냐고. 그냥 생활비 조금 내고 내 집에 얹혀살며 잔소리나 참아주면 나 죽고 마포 서른두 평 아파트가 제 것이 된다는 걸 아는 거지. 애저녁에 계산을 끝낸 거야. 그렇다고 그년이 한 번이라도 고분고분한 줄 알아? 제 아빠 쏙 뺀 얼굴로 모진 소리 하면서 꼬챙이로 내 속을 휘저어놓을 때면 자식이고 뭐고 진심으로 (여기서 소주 한 잔을 급히 들이켜고 한껏 드라마틱한 어조로) 죽여버리고 싶어. 말은 저렇게 하면서도 소설가가 딸의 신용카드로 백화점에서 비싼 옷을 망설임 없이 결제하는 것을 볼 때마다 시인은 힘들게 아이를 낳고 키운 자의 뒤늦은 수확인가 내심 부러워했고 번역가는 소설가도 그 딸도 평생 자립이라는 걸 생각해본 적이 있을까, 두 여자는 너무도 공고한 결탁자가 아닌가 하고 의문했다.

*

예정대로라면 그들은 곧 육지 끝에 당도할 것이다. 다같이 철학자가 새로 지은 단층집을 구경하고 허물없이 마당을 어슬렁거리는 고양이들을 쓰다듬을 것이다. 편안한 옷으로 갈아입고 나와 철학자의 집 뒤쪽에 있는 생각보다 넓은 밭에 배추씨를 뿌릴 것이다. 철학자는 배추가 튼실하게 자라면 초겨울에 또 와서 함께 배추를 수확해야 한다고 말할 것이다. 내친김에 김장도 함께 해서 나눠 가지자고 할 것이다. 누구도 싫다는 소리를 하지 않을 것이다. 누구도 철학자의 겨울을 의심하지 않을 것이다. 그들은 마당 수돗가에서 흙 묻은 손을 씻고 에어

컨이 있는 집 안으로 들어갈 것이다. 통유리 창 너머로 어느새 해가 지기 시작할 것이다. 한 사람이 고기를 굽기 시작하면 또 한 사람은 텃밭에서 뽑아 온 상추를 건들건들 씻을 것이다. 누군가 성급하게 캔맥주를 딸 것이다. 철학자는 시인의 배낭에 실려 온 수십 권의 시집을 꺼내 만져볼 것이다. 가끔 반가운 책을 만나면 품에 살짝 안아볼 것이다. 고기와 맥주와 상추와 철학자가 담갔다는 싱거운 열무김치가 금세 동이 날 것이다. 설거짓거리를 개수대에 쌓아놓고 그들은 바닷가를 향해 나란히 행진할 것이다. 저마다 한 손에 앤 카슨의 시집을 들고 다른 손에는 맥주와 담배와 모기약과 손전등을 들고 좁은 국도변을 따라 걸을 것이다. 이따금 자동차가 빠른 속도로 지나가며 이들의 머리카락을 흔들 것이다. 맥주를 많이 마신 사람의 발걸음도 함께 휘청일 것이다. 밤바다는 검게 일렁이며 그들을 맞아줄 것이다. 곧 간간이 폭죽이 터지는 여름 밤바다에 『빨강의 자서전』이 방점처럼 찍힐 것이다. 빨강 날개를 갖고 태어난 소년 게리온이 화산 같은 검은 바다를 향해 날아오를 것이다. 이것은 소설인가 시인가. 게리온과 헤라클레스 중 누가 더 괴물인가. 더 괴물이라는 표현은 성립하는가. 더 많이 사랑하는 사람은 늘 약자일 수밖에 없는가. 게리온이 처음으로 날개를 펴고 화산 입구로 날아간 것은 살고자 함인가, 죽고자 함인가. 무수한 논쟁과 대화와 때론 독백이 이어질 것이다. 파도는 끊임없이 밀려왔다 밀려갈 것이다. 살고자 하는 사람도 죽고 싶은 사람도 하릴없이 그 소리와 박자에 몸을 맡길 것이다. 여름이니까. 밤이니까. 마법 같은 여름밤이니까. 그러기로 약속했으니까. 그러려면 일단 그들은 무사히 육지 끝에 당도해야 할 것이다. 우회하지 않고 후퇴하지도 않고 철학자가 일러준 길을 똑바로 따라가야 할 것이다.

*

시인과 번역가와 소설가는(데뷔 연도순) 점심을 먹으려고 낯선 도시 톨게이트로 들어섰다. 소설가가 그 도시의 맛집을 검색했다. 사실 점심보다는 커피와 담배가 시급해서 간단히 샌드위치를 곁들여 요기까지 할 수 있는 카페를 찾아가기로 했다. 도시 중심가까지 들어갈 필요가 없도록 톨게이트 근처 카페를 검색했다. 호수 뷰. 베이커리 카페. 로스터리 카페. 데이트 명소. 인스타 핫플. 이런 해시태그가 잔뜩 붙은 카페가 현 위치에서 200미터도 안 되는 곳에 있었다. 번역가는 뒷자리 소설가의 안내에 따라 좁은 비포장 언덕길로 차를 진입시켰다. 카페는 언덕 한 귀퉁이를 허술하게 깎아 만든 빈터에 자리했다. 호수 뷰라더니 2층 통유리 창에서 나무들 틈새로 손바닥만 한 호수 언저리가 보였다. 카페 분위기는 검색 화면에서 본 것과는 딴판이었다. 해가 잘 들지도 않았고 유리창 곳곳에 뿌연 얼룩이 묻어 있었으며 바깥쪽 나무에서 옮겨 왔는지 창문 귀퉁이마다 커다란 거미줄이 노린재나 나방 따위의 시체를 매달고 바람에 흐느적거리고 있었다. 번역가와 시인과 소설가는(노출되지 않은 욕망의 크기순) 제대로 관리되지 않는 게 분명해 보이는 카페 내부를 보고 입맛이 달아나버렸다. 셋이 나눠 먹기에 샌드위치의 크기는 작아 보였지만 그나마도 반 넘게 남길 정도로 음식 맛이 형편없었다. 로스터리 카페라면서 원두 회전율이 낮은지 커피에서 묵은 냄새가 풍겼다. 세 사람은 결국 들어온 지 십 분도 안 되어 카페를 나왔다. 주차장에는 단 두 대의 자동차가 세워져 있었는데, 카페 안에 다른 손님이 없었던 것으로 보아 나머지 한 대의 자동차는 카페 주인 혹은 직원의 것으로 짐작되었다. 소설가가 먼저 담배를 꺼내 물었

다. 주차장 곳곳에 커다란 붉은 글씨로 쓴 '금연' 표지판이 으르렁거렸
다. 시인이 소설가에게 금연 표지판을 가리켜 보였다. 씨발. 소설가가
입에 물었던 담배를 다시 뱉어내고 앞장서서 걸었다. 시인과 번역가는
어떤 말도 보태지 않고 소설가 뒤를 따라 걸었다. 소설가는 주차장 한
귀퉁이에 보이는 좁다란 오솔길로 들어섰다. 길 입구에 '호수 산책로'
라고 쓴 작은 이정표가 보였다. 호수까지 걸어가 물을 보며 담배를 피
우자, 소설가가 말했다. 호수라면 역시 물수제비지. 우리 납작한 돌멩
이를 주워 물수제비 내기하자. 꼴등이 휴게소에서 커피 사기! 시인이
오랜만에 기운찬 목소리로 말했다. 번역가는 아무 말 없이 언니들 뒤
를 따라갔지만 자기도 모르게 주먹을 살짝 쥐고 스냅을 연습했다.

　생각보다 울창한 활엽수림을 통과하자 갑자기 공간이 탁 트이며 물
이 나타났다. 그러나 눈앞의 물은 호수라기보다는 저수지나 방죽에 가
까웠다. 물은 탁했고 가장자리에 물풀이 잔뜩 엉겨 있었다. 물을 향해
고개를 축 늘어뜨린 버드나무가 바람에 머리채를 흔드는 모습이 어딘
가 괴이했다. 음기가 강한 곳이네. 소설가가 선무당처럼 말하고 서둘
러 담배를 피웠다. 번역가가 주머니에서 담배와 라이터를 꺼내자 시
인이 말없이 손바닥을 내밀었다. 세 사람은 잠시 아무 말도 하지 않
고 물을 향해 나란히 서서 담배를 피웠다. 물가의 바람이 의외로 셌다.
담배는 금세 필터 끝까지 타버렸다. 세 사람은 곧 두 번째 담배에 불
을 붙였다. 나는 탁 트인 곳에서 담배를 피우는 게 싫어. 번역가가 말
했다. 절반은 내가 아니라 바람이 피우거든. 소설가가 맞장구쳤다. 누
군가의 주머니 속에서 핸드폰 벨 소리가 들렸다. 누구도 자기 핸드폰
을 확인하지 않았다. 벨 소리는 끈질기게 이어지다가 끊겼다. 번역가
가 물과 숲의 경계선을 뒤져 납작한 돌멩이를 몇 개 주워 왔다. 물수제

비를 뜨자. 소설가가 먼저 돌멩이를 골랐다. 소설가의 손을 떠난 돌멩이는 한 번, 두 번, 세 번 물 위를 스치고 가라앉았다. 어디선가 또 벨소리가 들렸다. 번역가가 돌멩이를 들고 물 앞에 섰다. 번역가가 언더핸드로 돌멩이를 던지다 휘청거렸다. 돌멩이는 딱 한 번 물 위를 스치고 곧바로 가라앉았다. 소설가가 큰 소리로 웃었다. 소설가와 번역가가 시인 쪽을 보았다. 벨 소리는 시인의 주머니에서 들렸다. 시인이 잠시 주춤하다가 주머니에서 핸드폰을 꺼내 화면을 보았다. 전화부터 받아. 소설가가 말했다. 시인은 전화기를 들고 곧장 물 앞으로 다가서더니 번역가의 언더핸드보다 더 낮은 자세로 아직도 벨 소리를 울려대는 핸드폰을 물에 던졌다. 시인의 핸드폰은 물 위를 한 번도 스치지 못하고 그대로 가라앉았다. 소설가와 번역가는 눈을 휘둥그레지게 뜨고 시인을 보았다. 시인은 숲을 향해 돌아서며 호기롭게 말했다. 내가 꼴등이니까 커피 살게. 됐지? 어느새 오솔길에 들어선 시인의 야윈 등을 보며 소설가가 번역가 귀에만 들리게 속삭였다. 미친년, 성질머리하고는. 쟤가 은근히 또라이라니까?

주차장에는 세 사람이 타고 온 번역가의 차만 남아 있었다. 세 사람은 카페 쪽을 올려다보았다. 통유리 창은 바깥의 풍경만을 비출 뿐 안을 보여주지는 않았다. 번역가가 주차장 휴지통에 휴대용 재떨이를 비우러 갔다. 소설가는 자동차 문을 활짝 열고 그새 차 안을 가득 메운 열기와 한껏 비릿해진 냄새를 뺐다. 시인은 카페 2층을 물끄러미 올려다보았다. 악! 번역가 쪽에서 비명이 들렸다. 소설가와 시인은 얼른 그쪽으로 달려갔다. 번역가가 겁에 질린 얼굴로 바닥의 무언가를 가리켰다. 거기 새 한 마리가 떨어져 있었다. 새는 까치 같기도 하고 비둘기 같기도 하고 커다란 참새 같기도 했다. 완성되지 않은 어설픈 모양

새가 아무래도 성장 중인 어린 새 같았다. 죽었나? 소설가의 조심성 없는 말에 반응이라도 하는 것처럼 새가 한쪽 날개를 꿈틀거렸다. 다쳤나 봐. 시인이 속삭였다. 어떡하지? 번역가가 발을 동동 굴렀다. 카페 주인에게 알릴까? 그러나 카페에는 아무도 없어 보였다. 119에 신고해야 하나? 번역가의 말에 고작 새 한 마리 때문에? 인력 낭비 아닌가? 하고 소설가가 대꾸했다. 번역가는 오랜만에 소설가의 매정함을 원망했다. 번역가가 무릎을 꿇고 조심스럽게 새를 들어 올렸다. 번역가의 손안에서 새가 파르르 몸을 떨었다. 그 박동은 따뜻했다. 저길 봐. 시인이 열 발자국 정도 떨어진 곳에 있는 커다란 나무를 가리켰다. 거기 줄기 위에 손글씨로 쓴 종이가 한 장 붙어 있었다. 종이 가장자리가 바람에 펄럭였다.

어린 새가 이소 중입니다

종이에 그렇게 쓰여 있었다. 이소가 뭐야? 소설가가 물었다. 시인은 검색을 위해 핸드폰을 꺼내려다가 주머니가 빈 걸 깨닫고 멋쩍게 웃었다. 번역가가 까끌까끌한 모랫바닥에서 숲 가장자리의 보드라운 풀밭 위로 어린 새를 옮겨주었다. 그리고 핸드폰을 꺼내 '이소'를 검색했다. 떠날 이離, 새집 소巢. 새의 새끼가 자라 둥지에서 떠나는 일. 어쩌라고? 소설가가 무정하게 말했다. 번역가는 소설가를 향해 번지는 미움을 지그시 누르고 내처 검색한 내용을 읽어주었다. 이소 단계의 어린 새들은 비행 능력이 서툴고 낯선 환경 때문에 잘 날지 못해 땅에 앉아 있는 경우가 많다. 이런 상황을 잘 모르고 섣불리 새를 구조하면 새들은 생존을 위해 배워야 할 것들을 놓치게 되고 나중에 자연으로 복귀해도 야생에서 살아남기 어려울 수 있다. 번역가는 검색한 문장을 읽으면서 동시에 아직 손에 남은 새의 박동을 감각했다. 그냥 가라는 말이네. 괜히 사람 손 타게 하지 말고. 소설가는 번역가가 들으라는 듯 얄밉게 말하고 먼저 자동차 쪽으로 걸음을 옮겼다. 번역가는 핸드폰을 손에 쥔 채 소설가의 뒤통수를 노려보았다. 시인이 자기보다 한창 높고 넓은 번역가의 어깨를 어루만졌다. 사람 손이 제일 무서워, 그치? 시인의 손길과 말투는 다정했지만 그 말뜻은 무심함을 넘어 무서울 지경이었다. 번역가는 부르르 어깨를 떨었다. 새를 풀밭에 놔두고 가려니 발길이 떨어지지 않았다. 시인은 벌써 소설가 다음으로 자동차에 올라탔고 주차장 모랫바닥에 서 있는 사람은 번역가뿐이었다. 상훈아, 널 버리고 가서 미안해. 번역가의 입에서 뜻밖의 말이 흘러나왔다.

다시 고속도로에 들어서자마자 조수석의 시인과 뒷자리의 소설가는 잠이 들었다. 번역가는 껌을 꺼내 씹기 시작했다. 환기를 시켰는데도 자동차 안에 물풀 썩는 냄새가 떠돌았다. 번역가는 손을 하나씩 핸들에서 떼어내 코에 대고 냄새를 맡았다. 어린 새의 깃털 냄새가 날 줄 알았는데 의외로 고소한 상훈의 발바닥 냄새가 풍겼다. 내비게이션이 육지 끝까지 두 시간이 남았다고 알려주었다. 갈 길이 멀었다. 번역가는 그 두 시간을 어떻게 버틸까 생각했다. 번역가의 상념은 상훈의 발바닥 냄새에서 철학자의 가슴에 박힌 사과 한 알 쪽으로 옮겨 갔다.
어느 봄밤에 철학자가 불쑥 책방으로 찾아왔다. 철학자는 번역가와 같은 구에 살았다. 번역가의 작은 책방 근처에 대학교가 하나 있었는데 철학자는 그 대학교에 출강했다. 철학자는 가끔 번역가의 책방에 들러 책을 사거나 함께 저녁을 먹고 맥주를 마셨다. 번역가는 도무지

적응되지 않는 '진상 손님'을 욕했고 철학자는 비인기 과목 시간강사를 쥐어짜는 교육계의 부조리를 욕했다. 그러니까 그들은 욕의 공동체였다. 나아가 모욕의 공동체였을 수도 있고. 그날도 그런 밤 중 하나였을 텐데 유난히 기억에 남는 건 천변을 산책하던 중 철학자가 불쑥 자신의 엑스레이 사진을 보여주었기 때문이다. 푹한 봄밤이었다. 두 사람은 책방 근처 소바집에서 늦은 저녁으로 청귤소바를 먹고 상훈을 데리고 천변으로 산책을 나갔다. 늘 그렇듯이 상훈의 목줄을 번갈아 잡고 서로의 근황을 주고받으며 천천히 물가를 걸었다. 그러다 시민들을 위해 구에서 설치한 운동기구를 만나 잠깐 걸음을 멈추고 장난처럼 건들건들 운동기구를 만지작거렸다. 번역가가 커다란 원반 모양 핸들을 돌리며 양팔 운동을 하는데 철학자가 이제야 생각났다는 듯 핸드폰을 꺼내 무슨 사진을 보여주었다. 가슴 엑스레이 사진을 핸드폰으로 다시 찍은 것이었다. 까만 바탕 한 귀퉁이에 하얗고 둥근 모양이 보였다. 꼭 사과 같지? 철학자는 자신의 가슴에 박힌 매끈한 사과를 자랑하듯 조금 수줍게 말했다. 정말 그랬다. 그때 철학자는 그 하얗고 둥글고 예쁘기까지 한 그것이 무엇을 의미하는지 전혀 알지 못했다. 그것이 삶과 죽음 사이를 무자비하게 가르는 날카로운 칼날이 될 거라곤 번역가 역시 당연히 몰랐다. 의사가 이렇게 큰 동그라미는 처음 본대. 보통 이 정도 크기의 종양이면 당연히 증상이 있어야 하는데 아무 증상이 없는 걸 보면 촬영에 실수가 있었던 게 아닐까 싶을 정도래. 자세한 건 다음 주에 CT를 찍어보고 생각해보자더라. 그때 번역가는 아무것도 모르면서 괜한 예감으로 이렇게 말해버렸다. 언니, 걱정하지 마. 아무 일도 아닐 거야. 지금 자동차 안을 떠도는 수상한 냄새를 견디며 그 봄밤을 돌이켜보니 아무 일도 아닐 거라는 자신의 말이 철학자에게 어떤 위로도 되지 않았을 거라는 확신이 들었다. 그건 큰일 났어! 큰일! 이라고 외치는 것보다 못한 헛말이었다. 그 후 철학자는 폐암 4기 진단을 받고 입원과 퇴원을 반복하며 치료를 받았다. 수술을 받고 방사선 치료와 항암 치료를 받는 동안 철학자의 외모는 몰라보게 변했지만, 자신의 불행과 고통을 남 말하듯 가볍게 전하는 특유의 유머 감각은 사라지지 않았다. 철학자는 살아남았고 면역력과 체력을 기르겠다며 연고도 없는 육지 끝으로 이사했다. 그리고 1년 후 그곳에 집 한 채를 지었다며 번역가와 소설가와 시인을 초대했다. 저만치 보이는 '땅끝까지 100킬로미터' 녹색 표지판을 올려다보며 번역가는 자기도 모르게 혼잣말을 내뱉었다.

철학자는 왜 육지 끝에서 멈추었을까?

자는 줄 알았던 시인이 눈을 감은 채 중얼거렸다.

추락하지 않으려고.

뒷자리의 소설가가 말짱한 목소리로 말했다.

다시 말해 살려고.

순간 번역가의 차 앞으로 검은 세단 한 대가 깜빡이도 켜지 않고 훅 끼어들었다. 번역가가 놀라 핸들을 급히 꺾었다. 세 사람이 탄 자동차가 중앙분리대를 들이받았다. 번역가의 이마가 핸들 한가운데에 부딪히면서 경적이 짧게 울렸다. 빵! 그 소리가 흡사 추락하는 새의 비명 같았다.

*

낭독의 빨강 날개는 폭죽보다 오래 밤바다를 떠돌 것이다. 밤 수영을 마치고 나온 누군가가 와들와들 몸을 떨면 물에 들어가지 않은 누군가가 용케 모닥불을 피울 것이다. 그들은 모닥불 주위에 둘러앉아 낭독을 이어갈 것이다. 간혹 누군가의 입에서 노래가 흘러나올지도 모른다. 노래는 여러 겹의 목소리로 여름 밤하늘을 누빌 것이다. 누군가가 소설가에게 두 번째 소설집이 언제 나오냐고, 나오기는 하냐고 물으면 소설가는 호기롭게 닥쳐! 외치고 옆자리의 시인을 일으켜 세워 엉망진창으로 탱고를 출 것이다. 유난히 파도 소리가 높아지면서 주변 소리를 빨아들이려고 하면 번역가는 물을 향해 달려가 뜬금없이 상훈아! 미안해! 하고 외칠 것이다. 술이 약한 시인은 고작 캔맥주 하나에 취해 걸핏하면 모래밭에 드러누워 아이, 씨발, 나도 좀 살자! 나도 좀 살자고! 소리를 지르다 배시시 웃다가 할 것이다. 이 모든 소란 중에 유일하게 말짱한 철학자는 끝까지 정신을 차리고 불이 꺼지지 않게 모닥불을 보살필 것이다. 술에 취한 세 사람은 그래도 마지막 한 줄기 정신을 놓치지 않고 철학자에게서 멀리 떨어진 곳까지 걸어가 담배를 피우고 돌아올 것이다. 그 담배의 절반은 바람이 피울 것이지만 아무도 바람을 원망하지 않을 것이다. 누구라도 무엇이라도 원망하기에 그들은 모처럼 즐겁기만 할 것이다. 내일이 없는 사람들처럼 웃고 떠들 것이다. 그사이 철학자의 새집 개수대에 쌓아놓은 그릇이 슬슬 고약한 냄새를 풍기기 시작할 것이고 번역가의 자동차 트렁크에서 달큰한 무른 과일 냄새가 새어 나올 것이다. 빈집 마당을 고양이들이 차지할 것이고 간혹 수상쩍음을 감지한 동네 개들이 컹! 하고 짧게 짖을 것이다. 그리고 그 모든 것과 상관없이 시간은 내일을 향해 무심히 걸어갈 것이다. ▪

정선임

이후, 우리

2018년 〈중앙신인문학상〉 수상.
소설집 『고양이는 사라지지 않는다』.
〈젊은작가상〉 수상.

이후, 우리

0

사람들은 일주일 만에 돌아왔다. 승희가 아는 한 돌아오지 않은 사람은 없었다.

1

오승희 님 확진입니다. 오늘 오후 4시까지 서울 중구지부 생활치료센터에 7일간 입소해주십시오. 자세한 내용은 링크를 확인 바랍니다.

목요일 아침 9시, 승희는 확진 문자를 받았을 때 다소 의아했지만 어떤 후련함도 있었다. 코로나19도 걸린 적이 없어 내심 불안했던 터였다. 계약직과 프리랜서를 전전하다 일을 쉬고 있던 승희는 자신이 이 공동체의 구성원이었음을 새삼 깨달았다. 어디에서 무엇을 했는지 추적당하고 기록되고 있었다는 사실이 불쾌할 법도 한데 승희는 이상하게 싫지 않았다. 오히려 든든했다. 아마도 이런 게 일종의 소속감인 모양이라고, 그 생경한 마음에 적당한 이름을 찾아냈다.

마스크를 놓고 나오는 바람에 다시 집으로 뛰어 들어가지 않아도 되는 날들에 사람들이 익숙해지고 있던 차였다. 물론 코로나 이후 새로운 감염병이 등장할 거라는 예상은 있었다. 그러나 이 병은 병명조차 없었다. 예방법도 원인도 증상도 밝혀진 바가 없었다. 아니, 밝히지 않았다. 그동안 코로나에 걸리지 않은 사람들이 주로 걸린다는 얘기도 있었지만 확인되지 않은 정보였다. 어제 승희는 감염이 의심되니 PCR 검사를 받아보라는 문자를 받고 보건소를 찾았다. 면봉으로 콧속을 깊이 찌르자 눈물이 찔끔 났다. 질병관리본부에서 밝힌 유일한 치료법은 일주일간의 격리였다. 다만 코로나와 달리 집에서의 격리는 효과가 없다고 했다. 그래서 한때 운영이 중단되었던 생활치료센터가 도로 문을 열었다. 승희는 확진 문자를 받은 뒤 인터넷으로 입소자들의 후기를 검색했다. 감염자 수가 워낙 적어서인지 SNS에서 겨우 두세 개의 글을 발견했고 그마저도 생활치료센터 시설 내부와 도시락 사진을 올리거나 일주일이 지나 집으로 돌아왔다는 싱거운 내용이 전부였다.

승희는 아픈 데가 없었다. 사십 대여서 겪는 불면증과 체력 저하, 생리 불순은 일상이었다. 집에서 오래간만에 벗어난다는 생각에 여행용 캐리어를 꺼내 짐을 챙길 때는 살짝 설레기까지 했다. 재작년에 암 수술을 한 데다 고령으로 고위험군에 속하는 엄마는 승희가 감염 의심 소식을 전한 이후로 방에서 나오지 않았다. 승희는 확진 결과가 나오기 전에 장을 봐서 냉장고를 가득 채우고 미역국을 잔뜩 끓여놨다. 담당자가 알려준 대로 집 앞으로 나가 기다렸다. 전화가 걸려왔다. 좁은 골목이라 차가 들어갈 수 없다며 큰길로 나오라는 담당자의 목소리는 긴장감 없이 느슨했다. 캐리어를 끌고 큰길로 걸어 나가자, 건널목 건너편에서 방호복을 입은 사람이 앰뷸런스 앞에서 승희를 향해 두 팔을 흔들었다. 이렇게 멀쩡한데 앰뷸런스는 오버라는 생각을 하며 차 안에 올랐다. 아마도 확진자인 듯한 외국인 남자가 앉아 있었다. 그 남자도 어디가 아파 보이지는 않았다.

요란한 사이렌 소리와 함께 오 분도 채 안 돼 목적지에 도착했다. 승희의 집과 가장 가까운 지하철역 근처의 오래된 호텔이었다. 코로나 때 관광객이 줄면서 경영난에 시달린다는 이야기가 들렸던 곳인데 지원금을 받고 치료센터로 객실 일부를 내놓은 것이다. 주차장 입구부터 바닥에 비닐이 깔려 있었다. 방호복을 입은 안내자가 간략하게 주의 사항과 생활 수칙을 설명한 뒤 자세한 내용은 참고하라며 책자를 나눠줬다. 외국인 남자는 망설이는 듯하더니 유창한 한국어로 말했다.

라마단 기간이라 아침과 점심에는 먹지 못합니다.

개수가 맞아야 해서요.

잠시 당황했던 안내자는 융통성 없게도 아침과 점심 도시락을 저녁에 한꺼번에 지급하겠다는 해결책을 내놨다. 그리고 남자에게 카드 키를 건네며 말했다.

이미 한 분이 먼저 들어와 계실 겁니다.

이를 지켜보던 승희는 놀라 쭈뼛거리며 안내자에게 말을 붙였다.

1인실을 쓸 수 없을까요?

안내자가 빤히 쳐다봤다.

제가 좀 많이 예민해서요.

승희가 변명하듯 덧붙이자 안내자는 나른하게 답했다.

모두 2인실입니다. 규정이 그래요.

사실은 제가 코를 많이 골아서요.

승희는 다급해졌다. 일주일간 낯선 타인과 한방을 쓰면 없던 병이 생길지도 모를 일이다.

얼마 전에 혼자 방을 쓰시던 분이 집으로 돌아가지 않으려고 하는 문제가 발생해서요.

안내자는 아랑곳하지 않고 카드 키를 건네며 말했다. 절망한 듯한 승희 얼굴을 보다가 한마디 덧붙였다.

다행히 오늘까지는 혼자세요. 더 이상 확진자가 없다면요.

승희는 찜찜한 기분으로 외국인 남자와 함께 엘리베이터에 올랐다. 7층에서 엘리베이터 문이 열리자 남자는 먼저 오른편으로 성큼성큼 걸어갔다. 승희의 방은 왼편 복도 끝이었다. 안내자가 준 카드 키로 문을 열었다.

나란히 놓인 싱글 침대 두 개가 먼저 눈에 들어왔다. 침대 맞은편에는 55인치 벽걸이 TV가 걸려 있고 작은 냉장고가 하나 보였다. 냉장고 옆에는 500밀리리터 생수병과 컵라면이 상자째로 쌓여 있었다. 비닐장갑과 소독제도 잔뜩 있었는데 1년은 더 쓰고도 남을 분량이었다. 오버야 오버, 너무 과해. 승희는 중얼거리며 창문 쪽에 있는 침대 옆에 캐리어를 두고 블라인드를 올렸다. 시원스러운 전망을 기대했는데 건너편 빌딩이 통창 삼분의 이를 가리고 있었다. 거리가 가까운 데다 빌딩 전체가 통유리로 되어 있어 안이 고스란히 다 보였다. 사람들의 표정까지 보이지는 않아도 전화를 받거나 컴퓨터를 하고 커피를 마시며 바쁘게 일하고 있음을 알 수 있었다. 창문 가까이 얼굴을 바짝 대고 고개를 한껏 빼서 보니 창 모서리에 반쯤 걸린 남산타워가 보였다. 승희는 창가에 있는 침대에 다이빙하듯 누웠다. 하얗고 폭신한 침구는 안락했고 향긋했다. 시설은 낡았어도 호텔은 호텔이구나. 이런 게 호캉스라는 건가. 승희는 엎드려 베개에 얼굴을 깊이 묻었다.

전화벨 소리에 승희는 벌떡 일어났다. 승희의 핸드폰은 아니었다. 그제야 침대와 침대 사이 협탁에 놓인 유선 전화기 한 대를 발견했다. 수화기에서 차분한 저음의 목소리가 흘러나왔다. 그 어떤 감정도 느낄 수 없이 건조했다.

오승희님, 컨디션은 어때요?

좋아요.

증상이 있으면 약을 요청하세요.

어떤 증상이요?

평상시와 다른 증상이요.

목소리는 이어 자가 진단 평가지를 매일 제출해야 한다고 알려줬다. 혈압과 체온, 산소포화도를 검사할 것을 당부하고 그 밖에 남은 음식물 처리하는 방법, 입고 온 옷과 운동화는 돌아갈 때 소독해야 한다는 내용 등등을 하나하나 일러주었다.

오후 6시가 되자 스피커에서 사이렌이 울렸다. 뒤이어 흘러나오는 목소리는 명랑했다.

복도에 저녁이 준비되어 있습니다. 사랑하는 가족과 행복한 일상으로 돌아가기 위해 입소자들은 식사를 맛있게 하세요.

문을 열고 빼꼼 고개를 내밀자 요란한 경보음이 울렸다. 마음대로 나갈 수 없도록 감시 센서를 각 방문에 설치한 듯했다. 다른 방문들은 열리지 않았고 복도는 고요했다. 승희는 불안해졌다. 더 살펴보고 싶었지만 경보음이 시끄러워 얼른 도시락을 집어 들고 문을 닫았다. 창가에 있는 탁자 겸 책상에 자리 잡고 앉았다. 음식이 조금 따뜻했으면 좋겠다고 생각했지만 별 불만 없이 먹었다. 입맛도 좋았다. 아무리 생각해도 아픈 곳이 없었다.

D-7
아침: 달걀부침, 토스트, 바나나 우유
점심: 김치찌개(어제 먹다 남은 것), 밥 반 공기
저녁: 직화 제육 불고기, 소시지, 어묵볶음, 김치볶음, 콩나물국, 팥밥

남은 음식물을 처리하고 느긋하게 샤워를 한 뒤 승희는 블로그 앱을 열어 하루 동안 먹은 것을 적었다. 기록을 시작한 건 3년 전부터였다. 마흔을 넘기면서 휘발되고 있다는 느낌이 들었다. 매일매일 읽고 보고 경험하거나 배운 것을 꾸준히 기록하는 사람들을 보면서 승희는 자신이 할 수 있는 것은 무엇일지 고민했다. 그나마 하루도 빼놓지 않고 할 수 있는 건 먹는 거였다. 날짜와 음식 이름만을 기록했다. 그날의 기분이라든가 맛에 대한 의견이나 평가 없이. 지난 기록을 살펴봤다. 김밥 한 줄에서는 허기를 느낄 사이도 없이 정신없이 바빴던 날이 스쳐갔고, 와인 한 잔과 치즈는 함께했던 설렘을 상기시켰고, 앙버터는 달콤함으로 달랬던 헛헛함을 떠올리게 했다. 아무것도 먹지 못한 날은 없었다.

승희는 굳게 닫혀 있던 안방 문을 떠올렸다. 냉장고에 가득 채워놓은 음식을 엄마가 과연 제대로 챙겨 먹을지 의문이었다. 가족 단톡방에 방 사진을 올리고 몸은 괜찮다고 시설도 너무 좋아 호강한다는 말

과 함께 최대한 신나 보이는 이모티콘을 보냈다. 그리고 가끔 엄마가 잘 있는지 통화도 해보고 주말에는 집에 들러달라는 말도 덧붙였다. 오빠와 여동생이 연달아 'ㅇㅇ' 두 개를 올렸고, 엄마는 애교 있는 포즈로 하트를 가득 보내는 이모티콘 하나를 남겼다. 승희는 TV 리모컨으로 채널을 이리저리 돌리다 이내 꺼버렸다. 고작 일주일인데 별일 없겠지. 승희는 스멀거리는 불안을 다독였다. 창문 모서리에 걸려 있는 남산타워의 깜박이는 불빛을 바라보다 잠이 들었다.

2

다음 날 아침, 승희는 휴대전화 알림음에 눈을 떴다. 자가 진단 평가지가 도착해 있었다. 혈압과 체온, 산소포화도를 검사해 적어 보냈다. 모든 것이 정상 수치였다. 전화벨이 울렸다. 어제와는 다른 사람이라 톤이 조금 높을 뿐 여전히 감정을 배제한 목소리가 물었다.

어떠세요?

괜찮아요. 잠도 아주 잘 잤어요.

그렇군요.

목소리는 한숨을 살짝 내쉬었다. 실망한 걸까. 수화기 너머로 분주한 소음들이 들려왔다. 아마도 통창 건너편 사무실 풍경 같은 곳에서 일하고 있을 거라고 승희는 짐작했다. 아침 식사를 마치고 커피를 마시며 통창 너머를 바라봤다. 빌딩 안, 분주해 보이는 사람 중 이쪽을 쳐다보는 이는 없었다. 노트북을 꺼내 유튜브 동영상을 이것저것 보다가 블로그로 들어갔다. 이곳은 끼니마다 무엇을 먹을까 고민하지 않고 매일매일 먹은 것을 기록하기에 최적의 장소였다. 끼니를 건너뛰는 일도, 누락할 일도 없을 테니까.

D-6

아침: 햄치즈샌드위치, 요거트, 바나나 한 개, 샐러드(소스: 발사믹)

여기까지 썼을 때 문이 열리더니 여자가 들어왔다. 보자마자 든 생각은 어리다, 였다. 대학생일까. 엉거주춤 마주하고 묵례로 인사를 나눴다. 자기소개를 해야 할까. 그래도 먼저 왔으니 공간을 소개해줘야 하나. 승희는 고민했다. 상대방이 어리다고 해서 함부로 말을 놓는 어른이 되고 싶지 않았다. 그래서 승희는 어린아이에게도 존댓말을 썼다. 그런 거리감을 부담스러워 하는 사람도 있었다. 여자는 성큼성큼 통창으로 다가왔다. 승희가 했듯 고개를 바짝 붙였다. 여자도 모서리에 반쯤 보이는 남산타워를 찾아냈을 것이다. 나이부터 물어보면 꼰대처럼 보일 텐데. 무슨 일을 하는지를 물어볼까. 하지만 그런 대화를 이어가려면 승희도 인적 사항을 밝혀야 한다는 게 내키지 않았다.

대학 졸업 이후로 가족도 연인도 아닌 사람과는 같은 방을 써본 적이 없었다. 한 공간에 사람이 있다니 어느 정도 거리를 유지해야 할지 몰랐다. 감염병이 유행했을 때 자연스레 혼자 있을 수 있다는 사실이 나쁘지 않았다. 달라질 것이 없었다. 늘 혼자 있었으니까. 얇은 칸막이 하나를 사이에 두고 동료들과 다닥다닥 붙어 일할 때도, 엄마와 같이 살고 있으면서도 승희는 늘 혼자라고 느꼈다.

여자 또한 환자로 보이지 않았다. 혼자에 익숙한 사람들에게 일주일간의 합숙을 통해 사회화시키는 게 혹시 목적인가. 엉뚱한 생각을 하는데 전화벨이 울렸다. 승희는 얼른 전화를 받았다.

저는 오승희입니다. 서유정 씨요?

승희와 유정의 눈이 처음으로 마주쳤다. 어쩌다 보니 의도치 않게 통성명을 한 셈이다. 유정에게 수화기를 건넸다.

두통 같은 증상이 있나요? 그럼, 기침이나 설사는요?

유정은 좀 더 구체적으로 물었고 승희와 같은 대답을 들은 모양이다. 고개를 갸웃거리며 전화를 끊더니 승희에게 물었으니까.

언니, 증상은 어때요?

승희는 다짜고짜 언니, 라고 부르는 유정에게 어깨를 으쓱하며 한 걸음 물러났다. 유정의 목소리 톤은 수시로 오르락내리락하며 기분을 솔직하게 드러냈다. 잔뜩 쌓인 컵라면을 보고는 흥분을 감추지 못하고 '대박'이라고 중얼거리더니 다시 창가로 향했다. 유정은 건물 저편을 향해서 힘차게 손을 흔들다가 승희를 보며 말했다.

우리가 안 보이나 봐요.

우리, 라는 말에 승희는 한 걸음 더 멀어졌다. 유정이 욕실에 간 사이에 내선 번호를 누르고 혹시라도 들릴까 봐 속삭이듯 말했다.

도저히 안 되겠어요.

잘 들리지 않습니다. 몸 상태가 안 좋으신가요?

건조한 목소리는 여전히 감정이 느껴지지 않는 어조로 물었다.

방을 바꿀 수는 없을까요?

안 됩니다.

목소리는 처음으로 감정을 실었다. 그 단호함에 승희는 체념하고 전화를 끊었다. 욕실에서 나온 유정은 침대에 누워 TV를 틀고 채널을 이리저리 돌리기 시작했다. 점심 사이렌이 울렸다. 사랑하는 가족과 행복한 일상으로 돌아가기 위해…… 멘트가 채 끝나기 전에 유정은 웃으며 개뿔, 이라고 중얼거렸다. 승희는 문을 열고 도시락 두 개를 들고 왔다. 유정에게 창가에 있는 책상 겸 식탁을 가리키며 말했다.

의자가 하나밖에 없으니까 먼저 먹어요. 나는 나중에.

유정은 허기졌는지 승희의 권유를 사양하지 않고 의자에 앉았다. 비닐봉지를 풀고 도시락 뚜껑을 여니 음식 냄새로 방 안이 가득 찼다. 아마도 돈가스인 것 같다고 승희는 메뉴를 짐작하며 이어폰을 꽂고 노트북 화면에서 눈을 떼지 않았다. 그동안 밀린 드라마와 영화나 몰아 볼 생각이었다. 어서 남은 날들이 지나가길 바라며.

3

반나절 하고도 하룻밤이 지나자 승희와 유정은 서로의 루틴을 어느정도 파악했다. 유정은 오전에 머리를 감았고, 승희는 잠들기 전에 머리를 감았다. 아침은 7시, 점심은 12시, 저녁은 6시에 사이렌이 울린 뒤 지급되었다. 의자가 하나여서 마주 앉을 수 없다는 건 승희에게는 다행한 일이었다. 시차를 두고 책상 겸 식탁에 번갈아 앉아 각자 식사했다. 밥을 다 먹으면 남은 음식물을 봉지에 싸서 내놓고 일회용기는 폐기물 봉투에 넣었다.

유정은 식사 시간 이외에도 종종 통창 쪽으로 다가왔다. 티를 내지는 않았지만 승희는 유정이 가까이 다가올 때마다 영역을 침범받은 고양이처럼 신경이 곤두섰다. 아예 침대를 바꿀까도 잠시 생각했으나 창가 옆을 사수하기로 마음먹었다. 밤이면 창 끄트머리로 보이는 남산타워의 불빛을 양보하고 싶지 않았다.

유정은 아침을 먹은 뒤 오전 11시가 되자 500밀리리터 생수병 두 개를 들고 운동을 시작했다. 홈트를 꼭 한다고 묻지도 않은 말을 했다. 운동을 끝내고 나면 유정은 창에 바짝 붙어 손을 흔들었다. 그러고는 승희가 이어폰을 끼고 있어도 불쑥불쑥 언니라고 부르며 수시로 다가왔다.

언니도 앰뷸런스 타고 왔죠? 아빠가 술에 취해 쓰러져서 앰뷸런스를 부른 적은 있는데 그때 이후로 타본 거 처음이에요.

어차피 며칠 후면 보지 않을 사이인데 자세한 가족사는 듣고 싶지 않아 승희는 고개만 끄덕이는 정도로 반응했다. 유정은 다행히 승희의 몸 상태가 어떤지만 궁금해 했다.

몸이 너무 개운해요. 언니는 어때요?

샤워를 마치고 나온 유정이 물었다. 사십 대가 된 뒤로는 아침에 일어나 개운한 적이 없기도 했지만 어젯밤 승희는 잠을 잘 자지 못했다. 유정의 숨소리가 낯선 데다 자신이 코를 골까 봐 신경을 쓴 탓이었다. 그뿐 아니라 화장실에 들어갈 때도 마음이 편치 않았다. 소리가 나지 않을까, 냄새가 남아 있지는 않나 조심했다. 반면 유정은 욕실을 사용한 뒤에도 정돈하지 않았다. 승희는 수챗구멍에서 유정의 긴 머리카락을 걷어내야 했다. 바닥은 미끈거렸고 욕조 밖으로 물이 잔뜩 튀어 있었다. 며칠만 참으면 되는데, 라는 생각에 승희는 흐린 눈으로 하고 싶은 말을 삼켰다.

여기 호텔이잖아요. 남산타워도 보이고, 밥도 잘 나오고, 몸도 멀쩡해요. 엄마, 잘 챙겨 드세요.

승희가 엄마와 통화를 마치자 유정이 말했다.

엄마랑 친한가 봐요. 다정하네요. 언니는.

그 말을 들은 뒤로 승희는 되도록 욕실 안으로 들어가 통화했다. 유정은 통화할 때도 승희를 신경 쓰지 않았다.

안녕하세요. 저 없어요. 백 살까지요? 대단하네요. 그런데 제가 그때까지 살 수 있을까요? 네 맞아요. 미리 조심해야죠. 걱정해주셔서 감사합니다. 보험은 들지 않으려고요. 사실은 못 들어요. 보험료 낼 형편이 안 돼서요. 죄송합니다. 즐거운 하루 보내세요.

어떤 내용인지 충분히 짐작할 수 있었다. 보험 권유 전화를 저렇게나 정성스럽게 받다니. 유정은 일관된 솔 톤으로 밝고 친절했다. 승희는 유정에게 처음으로 호감을 느꼈다.

3년 전까지 승희는 콜센터에서 일했다. 전자제품 AS센터, 홈쇼핑 회사, 카드사 등에서 일하다 그만두기 직전까지는 보험 상담 업무를 맡았다. 고장이 난 기계에 대한 분노나 너무 크거나 작은 옷에 대한 불만, 혹은 근심 가득한 목소리로 대출 한도에 관한 질문을 듣는 일보다는 미래를 이야기할 수 있어서 좋았다. 그러나 가족들과 지인들은 부담스러워 했다. 혹시라도 보험을 권유할지 몰라 그렇다는 것을 알면서도 내심 서운했다. 승희는 목소리의 톤과 온도로 사람을 파악했다. 제일 싫어하는 것은 막말하는 무례함보다는 다정하지만 우아한 무시였다. 유정의 목소리는 다소 경박해도 진심이 담겨 있었다. 누군가와 얘기하고 싶어 하는 외로움과 절박함도. 수화기 너머로 들리는 것만으로 짐작되는 것들이 있었다. 상대방이 지금 여유가 있는지, 조급한지, 고독한지, 행복한지, 가난한지. 승희는 그런 기미를 예민하게 느꼈다. 그래서 전화를 걸거나 받을 때면 최대한 감정을 드러내지 않으려고 노력했다. 어쩌면 유정이 솔 톤을 유지하며 밝게 전화를 받는 것도 감추고 싶은 게 있어서일지 몰랐다.

땅이요? 저 정말 관심 많아요.

유정이 반색을 하며 또 전화를 받았다.

어디쯤 있는데요? 제 고향이랑 가깝네요. 정말 좋을 것 같아요. 꿈이에요. 한적한 곳에 마당 있는 집 짓고 작은 텃밭에 감자랑 파, 상추도 심어놓고요. 역이 들어선다고요? 레저타운까지요? 그럼, 조용하지는 않겠네요. 땅값은 오른다고요. 먼 훗날의 이야기겠죠. 아주 나중에요. 지금은 여유가 없어요. 아주 나중에 살게요. 다음에 꼭 다시 전화해주세요.

유정이 모든 전화를 밝고 성실하게 받는 것은 아니었다. 오후 늦게 걸려온 전화에 대고는 낮은 어조로 빠르게 속삭였다.

내 번호를 어떻게 알았어요? 다시는 전화하지 말아요.

전화를 끊고도 한참을 씩씩거리며 방을 돌아다니던 유정은 침대로 들어가 이불을 머리끝까지 뒤집어쓰고 한동안 미동 없이 누워 있었다. 워낙 가냘픈 체구라 그렇게 누워 있으면 이불을 들춰도 그 아래 아무도 없을 것 같아 신경이 쓰였다. 승희는 노트북 화면에서 눈을 떼지는 않으면서도 유정이 이불 속에서 고개를 내미는 순간을 내심 기다렸다.

4

와이파이는 따로 신청하지 않고 옆방 것을 사용하고 있어요. 결합상품이요? 집에 TV가 없어요. 그건 얼마나 하는데요. 비싸네요. 제가 유튜버를 하고 있는데 아직 구독자 수가 열 명도 안 돼서 벌이가 시원치 않아서요. 혹시 구독해주실래요? 여보세요? 여보세요?

아침부터 유정은 정성스럽게 전화를 받느라 바빴다. 상대방이 먼저 전화를 끊어버렸는지 유정은 할 말이 더 있었다며 아쉬워했다. 그때 승희의 전화가 울렸다. 오빠였다. 서둘러 욕실 안으로 들어가서 받았다. 웬일로 걱정이 돼서 전화했나 반가웠는데 볼멘소리가 들려왔다.

너는 주말에 엄마 혼자 두고 어디를 간 거니?

승희는 목소리를 낮춰 답했다.

격리 중이야. 아프다고 했잖아.

아프다고 말해놓고 나니 실제로도 아픈 것 같았다.

왜 너는 남들 아플 때 아프지 않고. 이제야.

엄마가 왜? 어떤데? 어제도 통화했는데.

네가 없으니까 며칠 약을 안 먹은 거 같더라. 이럴 때 어느 병원으로 가야 하지.

오빠의 목소리 뒤로 엄마의 목소리가 들렸다. 깔깔거리는 웃음소리와 한층 높아진 톤과 빨라진 말의 속도. 승희는 심장이 덜컥 내려앉았다. 승희의 목소리가 평정을 잃고 높아졌다.

번호 알려줄게. 전화해봐. 주말이라 입원은 어려울 텐데.

엄마는 지금은 곁에 없는 것을 바라보며 살았다. 절제해버린 가슴을, 들어낸 자궁을, 빛났던 미모를, 멀쩡했던 다리를, 죽은 남편을, 그리고 딸보다 살가웠던 아들을. 그러다 조증과 울증을 오갔다. 차라리 울증이면 감당할 수 있었지만 조증이 올 때마다 강제로 폐쇄 병동에 입원시켜야 했다.

되도록 강제로는 하지 말고.

네가 나올 순 없어? 이런 상황에서 꼭 규정을 지켜야 하는 건 아니잖아.

요즘 반차 쓰는 것도 눈치 보인다는 오빠의 말을 묵묵히 들었다. 오빠는 승진을 앞두고 있었고 여동생은 둘째를 임신했다. 10년 전, 아빠가 돌아가신 뒤 승희가 엄마와 함께 사는 건 당연한 수순이었다. 오빠와 동생에게는 가족이 있었고 승희는 혼자였으니까. 3년 넘게 뇌출혈로 투병한 아빠는 엄마 외에 다른 사람이 간병하기를 원하지 않았다. 긴 간병에 지친 엄마는 예전과 달랐다. 엄마가 건강하고 젊었을 때 집은 깨끗했고 밥솥에는 항상 밥이 있었고 반찬은 짜지도 맵지도 않고 간이 맞았다. 과하지도 부족하지도 않고 모든 것이 적당했다. 승희는 세상에서 소중하게 생각하는 가치들을 지키며 살고 싶었다. 그런 것을 잊어버리는 어른이 되고 싶지 않았다. 엄마는 평생 가족을 돌봤는데 엄마를 돌보는 사람이 없다는 건 이상한 일이니까. 승희의 선택이기도 했다.

아니다. 아픈데 나와봐야 뭐하니. 짐만 되지. 우리가 어떻게든 알아서 할게. 엄마, 대체 뭐 하는 거야.

뭔가 부서지는 소리가 나고 오빠가 소리 지르면서 전화를 끊었다. 가족들이 모인 단톡방 안에서 오가는 이야기를 볼 때마다 승희는 우리, 라는 교집합 안에 자신이 없다고 느꼈다. 아이러니하지만 그럼에도 승희는 우리 안에 있기를 원했다. 우리를 벗어나는 게 두려웠다. 그런데 순식간에 우리에서 배제되고 짐으로 전락했다. 유정은 통화하는 소리를 들었을 것이다. 욕실 밖으로 나가서 유정을 마주할 자신이 없었다. 승희는 변기 뚜껑을 덮고 앉아 한참을 나가지 못했다.

점심이 도착했다는 사이렌이 울렸다. '사랑하는 가족과 행복한 일상으로……' 유정은 지금쯤 개뿔이라고 비웃고 있을 것이다. 벌떡 일어나 욕실에서 나간 승희는 캐리어에 짐을 말없이 욱여넣었다. 문을 열자 경보음이 요란하게 울렸다. 유정이 당황해서 승희를 불렀다.

언니, 어디 가요?

705호는 점심 도시락을 가져간 후 문을 닫아주세요.

경보음이 계속되자 방송이 나오고 전화벨이 울렸다.

승희는 문을 닫지도, 복도로 나가지도 못하고 문 앞에 멈춰 있었다. 유정이 다가와 물었다.

언니, 이게 맞아요?

승희는 그 와중에도 비닐에 쌓여 있는 점심 도시락 메뉴가 궁금했다. 그리고 엉뚱하게도 옛 연인이었던 현준을 떠올렸다. 일주일에 한 번씩 마라탕을 먹던 날들이 있었다. 승희는 매운 음식을 잘 먹지 못했으나 현준이 좋아했으니까. 승희에게 사랑이란 어깨가 끊어질 듯한 무게와 코를 찌르는 악취, 남부끄러운 소리와 추한 행동 같은 것들까지도 기꺼이 껴안는 것이었다. 그러니 입맛에 맞지 않는 음식쯤은 별거 아니었다. 정작 상대방은 자신의 소리와 냄새를 견디기를 바라지 않았다. 사랑이라 여겼던 것들이 어느 순간 무거운 짐이 되어버린다는 것을 알아버렸기 때문이다. 어서 목적지에 도착해 서둘러 내려놓고, 가벼워지고 싶은. 승희는 이 방에서 나가기 싫었다. 집으로, 일상으로 돌아가고 싶지 않았다. 그런 마음을 들키지 않으려 애썼다. 다른 누구보다도 자신에게. 다시금 욕실로 뛰어 들어간 승희는 길게 울었다. 우는 내내 유정이 틀어놓은 음악 소리가 들렸다.

5

승희는 늦잠을 잤다. 눈을 뜨자 유정이 〈동물농장〉을 보며 킥킥거리고 있었다. 그러고 보니 일요일이었다. 기척을 느낀 유정이 미안한 듯 뒤를 돌아봤다.

제가 꼭 챙겨 보는 거여서요.

탁자 위에 아침 도시락이 놓여 있었다. 승희는 식사를 하는 둥 마는 둥 하고 침대에 누워 유정과 함께 무해한 영상을 봤다. 집사의 말을 잘 듣지 않는 고양이들을 보고 웃다가 도로 위에서 처량하게 자신을 버린 보호자를 기다리는 개들을 바라보며 눈시울을 붉혔다. 어제의 일들은 모두 꿈이었던 것처럼 평화로웠다.

일요일인데 출근한 사람들이 있어요.

TV를 보고 있던 유정은 창가로 다가가더니 손을 힘껏 흔들었다.

저 사람들 말이에요. 우리가 진짜 안 보이는 걸까요? 일부러 보지 않는 거 같아요.

승희도 궁금할 때가 있었다. 어쩌면 자신이 보이지 않는 건 아닐까. 승희와 통화를 하는 사람들은 기계가 응답하고 있다고 착각하고 있는 건 아닐까. 실제로 그렇기를 바랐다. 승희가 같은 사람이라고 생각했다면 할 수 있는 말들이 아니었으니까. 그런데 이제 승희가 엄마를 못 본 척했다. 엄마가 말을 걸어올까 봐 무서워 일찍 잠든 척했다. 거실을 서성이는 발소리를 듣지 못 한 척했다. 눈을 마주치지 않고 긴 대화를 피했다. 가족 단톡방은 아직 잠잠했다.

〈동물농장〉이 끝나고 돌린 24시간 뉴스 채널에서는 감염병 관련 보도가 나오고 있었다. 코로나에서 변종이 된 바이러스이긴 하지만 확진자 수도 적고 증상도 가벼워 감염 원인이나 경로와 관련된 연구가 이루어지는 것은 예산 낭비라는 지적이었다. 재발률은 높아도 치사율 0퍼센트며 감기보다도 위험하지 않은 병에 생활치료센터를 운영하는 것은 혈세 낭비라는 것이 요지였다. 입소자 수가 비록 소수여도 꾸준히 늘고 있고, 병의 원인이라도 밝혀야 한다는 원론적인 견해도 있었다. 그러나 겨우 살아나고 있는 내수 시장과 외국인 관광객 유치를 위해서라도 감염병에 대한 공포를 심어주는 것은 바람직하지 않다는 쪽이 우세한 듯했다.

우리가 여기에 있는 거죠?

유정이 화면으로 다가가 현재 높이가 한 눈금도 안 되는 막대그래프를 가리켰다. 승희가 느낀 소속감이라는 것은 참으로 짧았다고 생각하고 있는데 갑자기 어지럽고 숨이 가빴다. 멀쩡하던 사람도 병원에 가면 환자가 된다는 엄마 말이 생각났다. 정말 그런 걸까. 진짜 아픈 것 같았다. TV를 끄고 승희는 천장을 보고 바로 누웠다. 유정도 컨디션이 좋지 않은지 평소라면 생수병을 들고 운동을 할 시간인데도 잠시 일어났다가 침대에 도로 누웠다.

각자도생해야 한다는 얘기 같은데요. 그런데 정말 어쩌다 걸렸을까요? 나는 친구도 없는데.

승희 역시 마찬가지였다. 생활치료센터, 이전부터 승희는 참 이상한 말이라고 생각했다. 생활을, 일상을 치료한다는 뜻일까. 일상으로 돌아가기 위해 뭔가 바뀌어야 한다는 건가. 그렇다면 돌아간 뒤에는 똑같이 살아도 되는 건지. 확진 문자를 받기 직전의 상황을 떠올려봤다.

혹시 하루 세끼를 허겁지겁 때우던 사람들이 걸리는 걸까요?

언니, 나는 밥을 진짜 천천히 먹어요. 활동량이 적은 사람들이 걸리는 병일까요?

유정은 갑자기 핸드폰으로 만 보 걸음 수를 확인했다.

저는 평균 105보거든요.

승희는 어이가 없었다. 그래도 궁금해져서 핸드폰을 살폈다.

나는 평균 5,020보.

언니는 저보다 훨씬 많이 걸었네요. 평균 독서량은 얼마나 되나요?

유정은 십 대 때부터 책을 한 권도 읽지 않았다고 했다. 점점 더 초점이 엇나간 이야기로 흐르는 것 같아 누운 채로 고개를 돌려보니 유정의 앞머리가 땀으로 젖어 있었다. 승희의 등도 어느새 식은땀으로 푹 젖었다. 너무 더웠고 판단력이 흐릿해지는 기분이었다. 남들 다 걸릴 때 걸리지 않고 뭐 했냐는 오빠의 말이 떠올랐다.

나잇값을 못해서일까.

딸이 있으니 좋네. 딸이 몇 살이에요. 결혼을 안 했어요? 어쩐지 애 같더라. 승희는 엄마를 따라다니며 그런 말들을 묵묵히 들었다. 코로나로 콜센터가 폐쇄되면서 재택근무를 하다가 엄마가 암 수술을 하게 되면서 간병을 도맡았다. 혼자 산다고 제대로 이룬 것도 없잖아. 소변통을 비우고 병실로 들어오자 결혼을 재촉하던 엄마가 말했다. 혼자 산다면 뭔가를 이루어야 했던 걸까. 승희는 유정에게 묻기보다 혼잣말 하듯 중얼거리고 있었다. 유정은 놓치지 않고 꼬박꼬박 대답했다.

언니, 저는 제 또래보다 앞서서 했어요. 뭐든지 다. 아직 돈은 많이 못 벌고 있지만요.

3년 전 일을 그만둘 때까지 승희는 쉬지 않았다. 오빠와 여동생이 카카오톡으로 간병비를 송금해줬다. 받기 완료 버튼을 누를 때면 작아졌고, 처음에 미안해 하던 오빠와 여동생은 액수가 올라갈수록 당당해졌다.

학교에도 가족에도 그 어디에도 속하고 싶지 않다면 그건 잘못된 걸까요?

유정도 점점 더 질문이라기보다는 혼잣말로 중얼거리듯 말했다.

그렇게 도망가다 보면 끝이 없어.

도망이 아니에요. 다르게 살기 위한 도전이죠.

자신도 모르는 사이 유정에게 말을 놓았다는 것을 깨달은 승희는 사과하려다가 유정의 얼굴을 보고 놀랐다.

괜찮아? 지금 얼굴이 너무 빨개.

언니도요.

승희는 몸을 일으켜 체온계를 꺼냈다. 승희도 유정도 39도가 넘었다. 전화를 걸었다.

우리, 약이 필요해요.

약을 올려 보낼게요.

여전히 건조한 목소리는 심드렁하면서도 어딘가 안도한 듯 들렸다.

잠시 후 노크 소리가 들렸고 문을 열자 죽과 함께 약봉지가 문 앞에 놓여 있었다.

오승희 (여, 44) / 서유정 (여, 18)

승희는 약봉지에 적힌 나이를 보고 놀랐다. 유정은 나이를 들킨 게 못내 부끄러운 듯했다. 승희는 아픈 중에도 조금 놀리고 싶었다.

청소년이었어? 첫사랑에 실패하지만 않았어도 내가 너만 한…….

나이를 알게 되면 그럴 줄 알았다니까.

유정은 질색하며 약을 삼키더니 이불을 머리끝까지 뒤집어쓰고 누웠다. 승희도 약을 먹고 나란히 누웠다.

언니, 혹시 제가 과거만 생각하며 살고 있어서일까요?

유정이 이불 속에서 말했다. 그래서인지 가까이 있는데도 여기가 아닌 먼 과거에서 들려오는 목소리 같았다. 엄마가 지금 곁에 없는 사람들에 대해 이야기할 때면 같이 무기력해졌다. 승희는 과거를 추억하면 후회가 가득하고 미래를 생각하면 불안해서 되도록 오늘만을 생각했다. 약 기운 때문인지 몽롱해지는 가운데 유정에게 물었다.

우리 이런 질문은 언제까지 해야 할까?

계속해야죠. 의문을 가진 채 앞을 향해 나아갈 수는 없으니까요.

유정의 목소리가 아득하게 들렸다. 승희가 다음 질문을 이어가려는데 고통이 시작됐다.

6

밤새 앓았던 승희는 새벽이 되어서야 잠이 들었고 정오를 넘겨서야 눈을 떴다. 가끔 열을 재는 듯 이마에 얹는 손, 침대 주위를 서성이는 발소리 같은 것들을 꿈결처럼 느꼈다.

밥 먹고 약 먹어야 해요. 그래야 나아요.

유정은 중간중간 승희를 깨워 죽을 먹이고 약을 먹였다. 유정은 어제 점심때 약을 먹은 이후로 열이 금방 내렸다고 했다.

언니, 괜찮아요? 십 대의 체력은 다르죠.

유정은 생수병을 들고 운동을 시작하며 말했다. 승희도 어쩐지 몸이 가뿐해 생수병 두 개를 들고 유정을 따라 스트레칭을 했다. 전화벨이 울렸다. 오늘 엑스레이를 찍으니, 유정과 함께 지하 1층으로 내려오라고 했다. 차례대로 내려가서인지 가는 길에 다른 방 사람들과는 마주치지 않았다. 엑스레이실은 주차장 입구 안쪽에 간이로 만들어놓았다. 엑스레이 촬영을 마치고 돌아가는 길에 유정은 주차장 입구 바깥쪽을 주의 깊게 살펴봤다. 승희는 유정이 빨리 나가고 싶은가 보다고 단순하게 생각했다.

오늘 여느 때랑 좀 다르지 않아요?

방으로 돌아온 유정이 말했다. 마침 저녁 도시락을 가져가라는 방

송이 나왔다. 문을 열고 도시락을 집어 든 유정은 승희를 보며 환하게
웃었다.

알았어요. 경보음이 안 울려요.

정말 잠잠했다. 엑스레이 찍는 날이어서 각 방문에 달린 경보 장치
를 일제히 꺼두고 도로 켜는 것을 잊은 모양이다. 역시 너무 과하거나
부족하다니까. 어차피 내일이면 나갈 텐데 유정이 왜 저리 신나 있는
지 승희는 이해하지 못했다. 저녁은 또 죽이었다. 유정과 여느 때처럼
차례대로 식탁에 앉아 밥을 먹었다. 증상이 없으면 약은 그만 먹어도
된다고 해서 둘 다 먹지 않았다.

거의 다 왔대요.

밤 10시쯤, 유정이 한동안 핸드폰만 들여다보고 있더니 말했다. 승
희는 누가 오는 건지 몰라 당황했다.

치킨 시켰어요.

유정은 실시간으로 배달 상황을 지켜보고 있었다고 했다.

몇 끼를 죽만 먹었더니. 배고파요. 빨리 나가요.

승희는 상황 파악이 어려워 물었다.

나도?

언니가 꼭 같이 있어야 해요.

왜?

맥주도 살 거니까요. 망볼 사람이 있어야 하고.

너는 아직 청소년이고 우리는 환자이지 않냐는 어른스러운 말을 해
야 하는데 승희는 자신도 모르게 침을 꼴깍 삼켰다.

오늘이 마지막 밤이잖아요.

유정의 말에 승희는 약해졌다. 생각해보면 한 번도 마주 앉아 같이

한 끼를 먹은 적이 없었다. 그들은 마스크를 바짝 올려 쓰고 문을 열었다. 어두운 복도는 고요했다. 재빨리 엘리베이터를 타고 주차장으로 내려가니 배달원이 기다리고 있었다. 치킨을 받아 든 뒤 바로 맞은편에 있는 24시간 편의점에서 맥주 네 캔 묶음만 얼른 사서 엘리베이터를 탔다. 아무와도 마주치지 않았다. 유정과 승희는 안도의 숨을 내쉬었다. 7층에서 엘리베이터 문이 열리고 방으로 돌아가려는데 유정이 다짜고짜 승희를 잡아끌고 달리기 시작했다.

언니, 뛰어요.

왜?

저쪽에 누가 있어요.

힐끗 돌아보니 어둡고 조용한 복도 저편에서 초록 불빛이 다가오고 있었다. 승희는 너무 과하거나 부족하다는 말을 취소해야 할 것 같았다. 끝 방으로 무작정 달려갔다. 숨을 몰아쉬며 승희가 카드 키를 몇 번씩 갖다 댔으나 열리지 않았다. 낭패였다. 그런데 안에서 문이 열렸다. 외국인 남자였다. 잠시 놀랐던 승희는 그가 같이 앰뷸런스를 타고 온 남자임을 이내 깨달았다. 그리고 그들이 왼편이 아닌 오른편으로 달렸다는 것도. 승희는 다급하게 말했다.

잠시만 들어가도 될까요?

남자는 조금 놀란 듯했지만 여유 있게 웃으며 말했다.

셋 다 들어올 건가요?

셋이요?

뒤를 돌아보자 불빛의 정체가 모습을 드러냈다. AI 방역 로봇이었다. 원형의 긴 통 모양으로, 중앙에는 '공기와 바닥을 살균 중입니다' 스티커 문구가 붙어 있었다. 길을 비켜주니 우아하게 턴을 돌아 다시 복도 저편으로 향했다.

들어오세요. 같이 방을 쓰던 사람이 나가서 이틀 전부터 혼자 있었어요.

승희는 잠시 망설였지만 이제 문제가 해결됐으니 돌아간다고 하는 것도 예의가 아닌 듯싶었다. 더욱이 치킨은 냄새가 진동해 그 존재감이 상당했고 유정은 파티 같다며 이미 신나서 방으로 먼저 들어갔다.

남자의 이름은 하산, 튀르키예 유학생이라고 했다. 방에는 촛불이 켜져 있고 바닥에는 베개가 놓여 있었다. 하산은 베개를 침대 위에 올려놓으며 이마를 땅에 대고 기도할 때 썼다고 했다.

하산의 방에도 의자는 하나였다. 셋은 치킨과 맥주를 가운데 놓고 바닥에 동그랗게 둘러앉았다. 하산은 그렇지 않아도 라마단 마지막 날이라 맛있는 음식을 먹고 싶었는데 잘됐다고 했다.

술은 아직 안 돼요. 자정이 지나 라마단이 끝나면 마시겠습니다.

우리 치킨부터 먹고 다 같이 기다렸다가 마셔요. 어제 약은 드셨어요?

어제 매우 아팠다며 하산이 고개를 끄덕이자 유정과 승희가 병에 대해 나눈 이야기를 들려줬다. 원인을 탐구하다 결국 공통점 찾기가 되어버렸다는 말도. 하산은 흥미로운 듯 말했다.

우리 셋은 정말 공통점이 없어 보이긴 하네요.

유정이 먼저 시작했다.

저는 매일 영상을 찍어요.

승희도 망설이다 고백하듯 말했다.

저는 매일 블로그를 적어요.

하산은 수줍게 말했다.

저는 매일 시를 써요.

한국어로 시를 쓴다는 말에 유정은 대박이라며 우리 셋의 공통점을 찾았다고 했다. 돈이 안 되는 일을 매일 열심히 하는 것이라는 말에 함께 웃었다. 승희는 세끼를 다 적은 날은 괜스레 뿌듯했다. 그저 살아 있다는 것을 확인하는 행위였다.

유정은 마음이 쓰인다며 벌떡 일어나 문을 열고 나가더니 혼자서 복도를 배회하고 있는 AI 방역 로봇을 데리고 들어왔다. 길을 막아 몰고 왔다고 했다. 방에 들어온 로봇은 불빛을 내뿜으며 왔다 갔다 하면서 바닥을 소독하고 살균했다. 커다란 휴지통 모양에 눈, 코, 입도 없는데 스스로 움직인다는 것만으로 살아 있는 것처럼 느껴졌다. 그들은 원을 좁혀 로봇이 지나다닐 자리를 만들어주었다.

어제도 많이 아팠을 텐데 기도한 거예요?

짧아진 초를 바라보던 승희가 묻자 하산이 대답했다.

라마단이 끝날 무렵 열흘 중에 하룻밤을 라일라 툴 카드르, 운명의 밤이라고 불러요. 축복이 가장 많은 밤, 천 개월보다 나은 하룻밤이라고 해요. 그런데 열흘 중 어느 날인지 일부러 알려주지 않아요. 사람들이 그날만 기도할까 봐. 그래서 열흘 내내 기도해야 해요. 그 밤이 오늘 밤일 수도 있으니까요.

유정이 근사한 말이라고 했다. AI 로봇을 바라보며 오늘이 운명의 밤일지는 확실치 않을지 몰라도 적어도 제일 클린한 밤은 확실할 거라는 농담도 덧붙였지만. 그리고 그들은 어쩌다 보니 치킨 다리만 두 개 남은 것을 알아차렸다.

두 분은 내일 퇴소하니까 다리 하나씩 드세요.

유정이 승희와 하산에게 각각 다리를 하나씩 밀어주었다.

남은 사람이 먹어야지. 이제 집으로 돌아가면 실컷 먹을 수 있어.

승희가 치킨 다리를 유정 쪽으로 밀었다. 유정은 그래도 집으로 돌아가고 싶지 않아, 라고 고개를 흔들더니 떠나는 사람이 먹어야 한다며 도로 승희에게 주었다. 이를 지켜보던 하산은 돌아가고 싶어도 이제 갈 집이 없다고 했고 승희는 집으로 돌아가야만 한다고 다짐하듯 말했다. 최종적으로 하산은 유정의 앞에 다리를 놓아주며 말했다.

오늘 같은 밤에는 원래 손님을 대접해야 하는데 지금은 먹을 게 이 것밖에 없네요.

몇 번 양보를 거듭한 끝에 결국에는 승희와 유정이 다리 하나씩을 먹었다. 그러다 자정이 되었고 맥주는 모두 네 캔인데 누가 한 캔을 더 마실 거냐는 논의가 시작됐다. 유정이 청소년이어도 배제하지 말고 공평해야 한다고 주장해서 한 캔은 삼분의 일씩 똑같이 나눠 마셨다. AI 로봇이 열심히 살균 소독을 하는 가운데 '하산'이 우리말로 산에서 내려간다는 의미인 거 알아요? 우리는 그만 하산하도록 할게요, 따위의 어쭙잖은 농담이 오고 갔다. 오늘 쓴 시를 들려달라는 유정의 부탁에 하산은 그건 안 된다고 거절했다. 대신 자신이 좋아하는 시인의 시를 낭독해줬다. 나도 모를 아픔을 오래 참다 처음으로 이곳에 찾아왔다. 승희는 그 구절을 입속말로 따라 했다.

그때, 갑자기 사이렌이 울렸고 방송이 나왔다. 701호에 계신 분들은 신속하게 제자리로 돌아가주십시오. 이어 전화벨이 울렸다. 아무도 받지 않았다. 그러자 얼마 후 문을 두드리는 소리가 들렸다. 방호복을 입은 사람이 졸린 얼굴로 찾아와 이제 그만 방으로 돌아가달라고 부탁했다. 역시나 이곳은 너무 과하거나 부족하다고 생각하며 승희는 유정과 방으로 돌아왔다.

유정은 방에 들어서자마자 창가로 다가갔다. 한동안 어딘가를 응시했다. 그러다 여느 때처럼 손을 흔들었다.

이 밤에 아무도 없어. 불빛도 없잖아.

승희의 말에 유정이 뒤를 돌아보더니 웃으며 말했다.

오늘 밤이 바로 그 밤일지도 모르잖아요.

D-day
이른 새벽: 차가운 치킨 다리 한 개, 맥주 1과 3분의 1캔

7

오승희 님, 일주일이 지났으니 완치되었습니다. 오전 11시까지 퇴실해주세요.

승희는 허겁지겁 짐을 챙겼다. 유정과 연락처를 주고받지는 않았다. 어쩌면 밥 약속을 한두 번은 할 수도 있을 것이다. 그러나 그들의 만남이 지속되지 못할 것을 승희도 유정도 알고 있었다.

먼저 갈게.

방문을 열기 전 승희는 이불을 머리끝까지 뒤집어쓰고 잠든 유정을 향해 속삭이듯 말했다. 유정은 미동 없이 누워 있었다. 승희는 조금 서운하기도 했지만 한편으로 다행이라고도 생각했다. 엘리베이터는 오늘 돌아가는 사람들로 만원이었다. 이렇게 많은 사람이 있었는데 한 번도 마주치지 않았다니. 하산과는 눈인사만을 나눴다. 잠시 이야기를 나누고 싶었는데 문 앞에 오빠가 기다리고 있었다. 하산을 비롯한 사람들은 눈 깜짝할 사이에 거리로 들어가 섞였고 흩어졌다.

오빠가 캐리어 짐을 들고는 앞장섰다. 메뉴를 물어보지 않고 중국집에 들어가더니 깐쇼새우를 시켰다. 오빠는 아련하게 말했다.

네가 새우를 좋아하잖아.

사실 승희는 뜨끈한 순대국밥이 먹고 싶었지만 오빠가 사과하고 있다는 것을 알았다. 승희는 오빠가 자꾸만 앞으로 밀어주는 새우를 꾸역꾸역 먹었다. 차갑게 식어버린 치킨 다리와 김빠진 맥주가 그리웠다.

7+1

유정의 유튜브 계정을 찾아낸 건 알고리즘 덕분이었다. 유정이 틀어줬던 음악을 찾던 중이었다. 알고리즘의 추천으로 뜬 브이로그는 어떤 내용이든 배경음악은 똑같았다. 막스 리히터의 〈Sleep〉. 유정일 수도 있다는 생각은 했으나 확신은 없었다. 소란했던 유정과 달리 브이로그는 고요했다. 내레이션도 없이 자막에 날짜만 적혀 있었다.

언니를 찍어도 돼요?

그 밤 유정이 물어서 승희는 고개를 끄덕였다. 그러나 한 번도 승희에게 카메라를 들이민 적이 없었다. 승희는 날짜를 거슬러 올라갔다. 아무도 없는 빈방, 국화가 놓여 있는 책상, 텅 빈 사물함, 책이 꽂혀 있지 않은 책장, 인적이 드문 어느 골목길, 승객이 없는 버스 정류장, 고양이 털이 묻어 있는 방석 같은 것에 카메라는 오래 머물렀다. 정적과 빈자리를 담고 있었다. 지루한 영상이었다. 그래서인지 구독자 수도 조회 수도 형편없었다. 어느덧 승희가 퇴소했던 날에 이르렀다. 창가에 놓여 있는 의자 하나, 승희가 누워 있었던 침대, 그리고 긴 울음을 터트렸던 욕실 문 앞을 카메라는 오래오래 바라봤다. 승희는 브이로그

안에서 유정이 평소처럼 질문하고 있음을 깨달았다. 침묵으로.

지하철역을 오갈 때마다 그 오래된 호텔을 마주쳤다. 생활치료센터 운영이 중단된 뒤 리모델링 후 다시 문을 연다고 밝혔던 호텔은 영업을 종료했다.

0+1

어두컴컴한 복도 저편에서 파란빛과 초록빛이 반짝거리며 다가오고 있었다. 승희는 그것의 정체를 금방 알아챘다. AI 방역 로봇이었다. 반가워하며 바라보던 승희는 가족 단톡방에 엄마 수술 잘 끝났고 이제 주무신다고 남겼다. 이내 고생했어, 혼자서 애썼다, 기도했어 등등의 답변이 올라왔다. 엄마는 무릎 인공관절 수술을 했다. 앞으로 한 달 동안은 거동이 어려울 거라고 했다. 어제 승희는 PCR 검사를 받았다. 면봉으로 콧속을 깊이 찌르자 눈물이 찔끔 났다. 1년 만이었다. 놀이공원에라도 입장하듯 병원 입구에서 손목에 채워 준 종이 팔찌에는 '보호자'라고 적혀 있었다.

김밥 한 줄, 밀크커피 한 잔 (feat. 병원 자판기)

생각난 듯 승희는 블로그 앱을 열고 적다가 급격한 허기를 느꼈다. 편의점에 가서 컵라면이라도 하나 먹어야겠다는 생각에 승희는 의자에서 일어났다. 장난스레 로봇 앞을 가로막았다. 로봇은 버둥거리더니 위쪽에 붙어 있는 동그란 LED 화면에 메시지를 송출했다.

길이 막혔어요. 로봇이 길을 찾을 수 있도록 로봇이 가는 길에 있는 장애물을 치워주시거나 로봇을 밀어서 위치를 변경해주세요.

더 나아가지 못하고 버둥거리던 로봇은 다음 메시지를 송출했다.

여전히 문제가 발생하나요?

그 문장을 되뇌다 승희는 유정의 질문을 떠올렸다.

언니, 이게 맞아요?

유튜브 알림이 떴다. 새로운 브이로그가 올라왔다. 카메라는 빈 나뭇가지를 오래 바라보고 있었다. 꽃이 진 자리를. 승희는 좋아요, 를 눌렀다. 사람들은 일주일 만에 돌아왔다. 그러나 모두가 집으로 돌아온 것은 아니라는 걸 이제 안다. 오늘 밤이 바로 그 밤이길 바라며 승희는 어딘가를 향해 가만히 손을 흔들었다. ▪

정용준

바다를 보는 법

2009년『현대문학』등단.
소설집『가나』『우리는 혈육이 아니냐』『선릉 산책』.
중편소설『유령』『세계의 호수』.
장편소설『바벨』『프롬 토니오』『내가 말하고 있잖아』.
〈황순원문학상〉 등 수상.

바다를 보는 법

1

갑자기 드리워진 어둠. 책에서 눈을 떼고 고개를 들었다. 버스가 터널에 들어서고 있었다. 한성은 캄캄한 그늘 속에서 허리를 꼿꼿이 펴고 고개를 젖혀 좌석에 머리를 대고 눈을 감았다. 몸이 버스와 연결된 것 같다. 고속으로 회전하는 엔진의 진동. 바퀴를 타고 신경을 통해 곧장 전해지는 소리와 흔들림. 무언가 해체되는 느낌. 나른하고 편했다. 얼굴을 비추는 터널의 노란 불빛. 핀 조명을 받고 무대에 선 기분을 느꼈다. 한성은 직전에 읽은 『등대로』의 한 문장을 입에 올렸다.

"겨울은 밤들을 한 묶음 움켜쥐고는."

그 뒤의 문장은 떠오르지 않아 눈꺼풀을 힘주어 닫았다. 안구가 더 깊은 곳으로 빨려 들어가는 게 느껴졌다. 그 순간 문득 깨달은 것.

'막을 열고 싶다. 무대에 서고 싶다. 마음과 감정. 목소리와 떨림. 문장이 아닌 말과 입으로 전하고 싶다. 남에게 들려주고 나에게도 들려주고 싶다.'

생각의 끝에 한성은 잠깐 잠이 들었고 잠에서 깨어 눈을 떴을 때 다시 눈을 감아야 했다. 하늘에서 내리고 바다에 반사되어 쏟아져 들어오는 많은 빛. 눈꺼풀을 미는 압력과 더운 열기가 무서울 정도였다. 서서히 실눈을 떴다. 버스는 해안도로를 달리고 있었다. 산란한 빛이 풍경과 사물을 속수무책으로 만들고 있었다. 무릎 위에 놓여 펼쳐진 책. 어째서인지 연필은 사라지고 없었다. 한성은 그다음 문장을 읽었다.

"지칠 줄 모르는 손가락으로 똑같이 공평하게 나눠준다."

바다. 저게 뭐라고. 봐서 뭐 어쩌겠다고. 굳이 여기까지 온 걸까. 살며 수없이 봤고, 다시 보고, 또다시 봐도, 그저 멍하고 먹먹한 물인 것을. 저 막막한 수평선 앞에 선들 무슨 소용이 있다고. 뻔하고 지긋지긋한 감상. 지친다.

한성은 해변의 오렌지색 플라스틱 의자에 앉아 오래전에 썼던 희곡 「바위들」을 떠올렸다. 만조에는 물속에 잠겼다가 간조에 볕에 몸이 마르는 해변의 바위들. 어느 날부터 물이 들어오지 않는다. 날을 더할수록 해안선은 뒤로 밀려나고 축축했던 진흙은 사막의 모래처럼 바싹 말랐다. 바위틈에 몸을 숨겼던 게와 조개는 사라졌고 바위에 붙어살던 해초는 검게 말라 실처럼 가늘어졌다. 뜨거운 모래 위에 앉은 바위. 저녁노을을 바라보는 바위. 지금이 아닌 예전을 보는 바위. 커다란 보름달이 뜬 깊은 밤. 미련을 버리지 못했던 까만 물새 한 마리 길게 울며 바다를 향해 떠나갔다. 더는 참을 수 없던 울퉁은 바위들에게 말했다.

"계속 이렇게 존재할 수는 없어. 우리는 바다의 바위야. 사막의 바위가 아니라고." 불퉁이 말한다. "우리는 그저 바위인데 뭘 어쩌겠어." 쓸쓸은 중얼거린다. "이게 운명이라면 받아들여야지." 캄캄은 이 모든 말을 잠자코 들으며 옛날엔 수평선이었지만 지금은 지평선이 된 흐릿한 선분을 보며 말한다. "슬프지만 우리, 잠시 바위이기를 포기하고 바다를 향해 찾아 걸어가자." 잠자코 듣고만 있던 고요는 생각에 잠겼다. 한때 느낄 수 있었던 물의 감각을. 물살과 물결과 물거품과 몸을 감싸던 해초와 피부에 달라붙어 귀찮게 재잘거리던 작은 생물들을. 아름답던 진흙과 그 위에 새겨지던 매일매일 다른 그림들을. 잊어버려야 할까. 그리워해야 할까. 되찾아야 할까. 그리고 어떻게 되었더라. 한성은 가방에서 노트를 꺼냈다. 오래전 썼지만 제대로 기억나지 않아 「바위들」을 다시 쓰기 시작했다. 고개를 들 때마다 파도가 보였고 파도를 밀어대는 투명한 바람이 보였다. 얼굴 위에도 작은 파도와 물거품이 이는 것 같아 몇 번이고 손으로 뺨과 눈꺼풀을 비볐다.

시간이 얼마나 지났을까. 거칠게 휘갈겨 쓴 글자들이 노트의 절반을 채울 정도로 많았다. 설정과 줄거리만 비슷할 뿐 다시 쓴 것은 예전에 쓴 것과는 다른 글이었다. 어쨌든 자신들은 이제 사막의 바위라는 것을 받아들이고 다시 침묵의 바위로 돌아갔던 이전의 내용과는 다른 방향으로 쓰고 싶었다. 하지만 당장은 떠오르는 게 없었다. 바람이 부는 쪽으로 바위들이 고개를 돌렸다는 것을 끝으로 마무리했다. 한성은 처음부터 끝까지 극을 소리 내어 읽어봤다. 그럭저럭 만족스러웠다. 이렇게 끝내도 괜찮을 것 같았다. 하지만 나는. 여기서 이렇게 끝나는 게 싫다. 파도나 쳐다보면서. 여기에 이렇게 앉아 글이나 쓰면서.

집으로 돌아오는 길. 한성은 생각했다. 왜 아쉬운 걸까. 신호등 앞에 서서, 빵집을 지나치고, 공원 벤치에 앉아, 느리고 꾸준하게 양치를 할 때, 생각에 지쳐 불을 끄고 침대에 누울 때도 거듭 생각했다. 분주하고 어지러운 마음과 조각난 생각들이 하나둘 어둠에 잠기던 그때 마침내 깨달았다.

"진짜로 연극을 하고 싶어. 배우가 되어 말하고 싶어."

쓸 때마다 느꼈다. 부족하다. 모자라. 나도 남도 그렇게 생각했다. 추상적이야. 납작해. 밋밋한 것 같아. 새롭지 않아. 이해가 안 되네. 깊이가 부족한 것 같아. 맞다. 인정한다. 하지만 지금 생각해보니 나는 글로만 표현되는 것 자체에 부족함을 느끼고 있었다. 인물을 설정하고 설명하고 묘사하는 것만으로는 아무래도 충분치 않았다. 그냥 인물이 되어 직접 표현하고 싶다. 글자로 풍경과 배경과 몸짓과 표정을 만들고 싶지 않다. 그냥 그것이 되고 싶다. 감정과 감각. 호흡 속에 스민 온기와 뉘앙스에 깃든 냉소와 유머를 문장 속에 온전히 넣을 수 없었다. 괄호 속에 '부끄러움을 감추기 위해 분노하며' 집어넣어도 활자는 납작하고 냉랭했다. 생생함. 진짜로 살아 있는. 문장을 넘은 목소리. 한성은 오른손을 짚고 몸을 일으키려다 멈췄다. 손목을 미세하게 긋는 날카로운 통증이 느껴졌다. 한성은 몸을 돌려 왼손을 짚고 일어나 침대에 걸터앉았다. 왼손으로 목덜미를 잡고 뒤통수를 쓰다듬었다. 뭔가 하기에는 시간이 부족하다. 손가락을 하나씩 접어가며 가능한 시간을 헤아려봤다. 겨울 지나고 봄? 혹시 초여름까지? 그동안에 가능할까? 아니야. 부족하니까 더더욱 해야지. 한 번의 무대. 단 한 번의 연기. 그 거면 충분해. 무대가 어떻든, 관객이 있든 없든, 아무래도 상관없다. 한성은 오래된 물건을 사고파는 지역 커뮤니티에 접속했다. 거기엔 중고 거래 외에도 지역 주민들끼리 다양한 소식을 주고받는 게시판이 있었다. 이곳에 조기 축구나 배드민턴, 악기와 합창 등 동호회를 모집하는 글이 종종 올라오곤 했다. 한성은 모집 공고 글을 남겼다. '연극 동호회 회원을 모집합니다.'

연극에 관심 있는 분을 찾습니다. 창작 희곡은 준비되어 있습니다. 배우로 참여할 단원 네 명을 찾고 있습니다. 누구나 참여할 수 있습니다. 경험이 없어도, 자신이 없어도 괜찮아요. 부담 없이 연락주세요.

2

극작과를 졸업하고 한성은 열심히 살았다. 어떤 일이든 했고 궂은 일도 마다하지 않았다. 허위로 구매 후기를 작성했고 인터넷 방송의 대본을 썼으며 웹툰의 스토리를 시나리오로 바꾸는 작업을 했다. 한성은 좋은 평가를 받았지만 마음은 늘 복잡했다. 어울리지 않는 단어를 인물에게 줘야 했고 자신의 글이었다면 쓰지 않았을 문장으로 장면과 상황을 표현했다. 한성이 쓰고 싶은 단어와 표현은 예외 없이 삭제됐다. 복잡해선 안 됐고 관점이 둘 이상이어도 안 됐다. 모순 없고 단순하게. 표면적이고 빠르게. 반올림하거나 버렸다. 1.8은 2.
3.4는 3. 좋지도 싫지도 않은 것은 좋거나 싫은 것 둘 중 하나를 택해야 했다. 사실이 아닌 사실과 진실이 아닌 진실을 써야 했다. 거짓말은 아니지만 거짓보다 나쁜 근삿값. 한성은 그것이 거짓말보다 더 질나쁜 거짓 같았다. 0.7을 5라고 말하는 것은 0.7을 모욕하지 않지만 0.7에 0.3을 더해 1로 반올림하는 것은 0.7을 욕되게 하는 것 같았다.

한성은 전공을 살리는 일은 더는 하지 않기로 결심했다.

　유니폼을 입고 모자를 쓰고 스쿠프를 들어 아이스크림을 펐다. 이
번에도 한성은 일을 잘했다. 그 일은 한성을 괴롭히지 않았다. 마음과
감정을 쓸 필요가 없었고 내적인 갈등도 없었다. 아이스크림을 퍼서
컵에 담아 저울에 올려 부족하면 더하고 넘치면 덜면 됐다. 점장은 한
성을 좋아했다. 다른 알바들과 다르다고 했다. 까다롭지 않네. 이해심
도 좋고 배려심도 좋네. 일머리도 있고 이타적이기까지. 점장은 한성
에게 보다 복잡한 업무를 맡기고 알려주기 시작했다. 매일 아침 가게
를 오픈하는 법. 마감하는 법. 살균하는 법. 손님이 없는 한가한 시간
창고 구석에서 목장갑을 끼고 드라이아이스를 쪼개는 법. 한 통에 6킬
로그램이 넘는 커다란 아이스크림 통 수십 개를 냉동고에서 꺼내 진
열대에 옮겼다. 한 컵 가격에 두 컵을 주는 이벤트가 있는 날엔 쉴 틈
없이 아이스크림을 펐다. 퍼도 퍼도 손님이 선 줄은 줄어들지 않았다.
동그랗게 잘 떠지는 아이스크림은 없다. 동그랗게 잘 뜨려고 노력하고
애쓰는 것 뿐. 목장갑을 껴도 손끝이 시렸고 손목 보호대를 차도 팔목
은 아팠다. 어느 날부터 오른손을 움직일 때마다 뚝뚝 소리가 났다. 하
지만 찡그릴 수 없었다. 체리맛 아이스크림 같은 표정으로 손님의 말
을 듣고 카드를 받아야 했다. 점장은 좋은 사람이었다. 보쌈정식이나
불백을 사주기도 했고 이벤트가 있는 날엔 삼겹살을 사주고 소주를
따라주기도 했다. 녹았다가 다시 얼어 판매가 어렵게 된 아이스크림
케이크를 선물로 주기도 했다. 한성은 단 음식을 좋아하지 않지만 컴
퓨터 앞에 앉아 아마존의 동물들을 보며 흐물흐물한 케이크를 숟가락
으로 퍼먹었다. 팔목에 통증이 느껴졌다. 손목 보호대 밴드를 떼어내

압력을 늘려 강하게 조였다. 신경이 눌려 일시적으로 시원함을 느꼈지만 시간이 지날수록 손끝은 얼얼해졌다.

어느 날 한성은 쓰러졌다. 오픈을 준비하던 이른 아침. 냉동실에서 아이스크림 통을 꺼내 진열대에 집어넣으려다 정신을 잃었다. 균형을 잃고 넘어지며 데스크에 이마를 부딪쳤다. 정신을 차렸을 때 한성의 얼굴은 피투성이였다. 매장에 들어온 손님이 소리를 질렀고 119에 신고했다. 점장은 이 모든 장면을 실내 자전거를 타며 집에서 CCTV로 지켜보고 있었다. 저화질 화면 속 한성은 불편한 포즈로 진열대 쪽에서 한참 웅크리고 있었다. 바닥에 뭐가 떨어졌나. 청소하나. 생각했다고 한다. 한성은 이마를 열 바늘 꿰맸고 머리엔 붕대를 감았다. X-RAY를 찍고 CT를 찍고 나중에 MRI까지 찍었다. 신경외과 교수는 진료실에 한성이 들어왔을 때 친절한 웃음을 짓고 다정한 목소리로 안부를 물었다. 편안한지. 기분은 좋은지. 한성은 편안하고 기분이 좋다고 했고 의사는 다행이라고 했다. 의사는 한성이 잘 볼 수 있도록 모니터 화면을 조정했다. 옆모습을 찍은 MRI 사진이었다. 이마를 부딪쳤는데 다행히 피부만 찢어졌을 뿐 큰 문제는 없다, 했다. 한성은 고개를 끄덕였다. 그런데, 라고 말하고 의사는 한참 뜸을 들이더니 뒷머리에서 목으로 이어지는 부분을 볼펜 끝으로 지시했다. 손톱 크기의 작고 하얀 동그라미. 여기에 종양이 있다고 했다. 그리고 다시 뜸을 들였다가 여기가 어디인지 설명했다. 생명 중추인 뇌간과 소뇌. 하필이면 딱 그 사이에 있다고. 뇌척수액이 내려가는 길을 이 녀석이 딱 막고 있다, 했다. 생명 중추라서 호흡, 심장박동, 안면신경증에 다 영향을 준다고. 그런데 위치가. 수술이 불가능하고 방사선치료를 하더라도 예후가 좋지 않아요, 라고 말했다. 한성은 눈꺼풀도 껌벅이지 않고 의사의 말을 주의 깊게 들었다. 의사는 무대에 선 배우 같았다. 감정에 충실한 과장된 표정. 목소리 톤은 지나치게 연극적이었고 눈동자는 너무 촉촉했다. 잠자코 있던 한성은 의사에게 물었다.

"좋아질 수 있나요?"

의사는 잠시 눈을 내리깔고 손을 만지작거렸다. 그리고 마침내 결심한 듯 고개를 들어 말했다.

"오늘이 가장 좋은 날입니다."

"얼마나 남았죠?"

의사는 한 번 더 종양을 찬찬히 봤다. 한성도 의사가 보는 것을 함께 봤다. 언뜻 봤을 때 그건 예쁘게 떠낸 한 컵의 바닐라 같았다. 한성의 실력이라면 한 번의 스쿠프로 깔끔하게 떠낼 수 있을 정도로 딱 적당한 크기였다. 의사는 진지했지만 말끝이 살짝 올라가 톤이 명랑해졌다.

"6개월쯤?"

답답했다. 어지럽고 속 시끄럽다. 아이스크림 가게 알바생들은 그것은 산재니까 최대한 많이 받아내야 한다고 했다. 필요하다면 증언해주겠다고 했고 무엇이든 도와주겠다고 했다. 이렇게 하고 저렇게 하고 신청하고 서류 작성하고 증명하고 연락하고……. 한성은 그들의 말을 듣고 있는데 신기하게도 일시적으로 귀가 멀었다. 커다란 소라 껍데기를 귀에 대고 있는 것처럼 파도와 바람 소리만 났다. 파도가 칠 때마다 하얗게 물거품이 일며 어디선간 덧없다. 덧없다. 소리가 울렸다. 점장은 한성의 손을 잡고 어깨를 붙잡고 침통한 표정으로 울먹였다. 마지막엔 껴안았다. 한성은 점장의 성의가 얇게 담긴 하얀 봉투를 손에 들고 가게를 나왔다. 억울함도 서운함도 슬픔도 그 어떤 나쁜 감정도 없었다.

한성은 호들갑 떨지 않고 삶을 조용히 마무리하기로 결심했다. 어릴 때 이혼한 엄마와 아빠 둘 중 누구에게도 이 사실을 알리고 싶지 않았다. 각자 좋아하는 사람 만나 가정을 이루고 잘 살고 있다. 누구하고도 살고 싶지 않다고 5년 전 부모를 떠난 탕자가 다시 돌아가 반쪽짜리 가슴에 어정쩡하게 안기고 싶지 않았다. 엄마든 아빠든 이 사실을 알면 누구든 어쨌든 울긴 울 텐데 그 모습만큼은 보고 싶지 않았다. 문제는 이것이다. 남은 시간을 어떻게 써야 할까. 무엇을 하고 무엇을 하지 말아야 할까. 무엇을 하는 것보다 하지 않는 것이 더 어려웠다. 아무것도 안 하는 거. 그냥 쉬는 거. 그렇다고 뭘 하기에는 다 무의미했다. 시한부 인생에게 '버킷 리스트'를 누가 유행시켰는지는 몰라도 그 사람은 시한부가 아니었을 거다. 막상 이 처지에 놓이고 보니 꿈을 실현하고, 로망을 충족하고, 하고 싶은 말을 하고, 하고 싶은 일을 하고, 안 하던 짓을 하거나, 늘 하던 짓을 그만하는, 그런 의도적이고 작위적인 퍼포먼스는 의미가 없었다. 한성도 처음에는 산도 가고 바다도 가고 절에도 가고 고요한 성당의 서늘한 장의자에도 앉아봤다. 하지만 그 역시 덧없었다. 마음속에서는 자신을 비웃고 조롱하는 냉소적인 마음의 소리가 들려왔다.

'그래서 뭐? 그런 것들을 해서 얻는 게 뭔데? 뭘 깨달았는데? 그냥 피곤하기만 할 뿐이잖아. 산은 산이고 바다는 바다지. 산 보고 바다 보고 맛있는 거 먹는 게 뭐. 먹으면 다 똥 되는 것들. 피곤하고 다리만 아픈 일들.'

3

　에프마트 옆 근린공원 벤치에 앉아 신청자를 기다리는 한성의 마음은 초조하고 복잡했다. 약간의 후회와 걱정이 마음속에서 증기처럼 피어올랐다. 감상적이고 다분히 감정적인, 이런 게 시한부 감성인 걸까. 계획도 자신도 없는 일을 벌이다니. 종양이 감정을 관장하는 부위까지 전이된 게 분명해. 한성은 글을 남기고 잠들기 전 10분에 한 번씩 게시물을 새로 고침했다. 조회 수가 5, 14, 49. 올라갔지만 댓글은 없었다. 서운한 마음과 함께 안도의 마음도 들었던 것이 사실이다. 그런데 다음 날 아침. 세 명에게 응답이 왔다.

　지수 맘 : 평범한 주부인데 참여할 수 있을까요?
　영빈 : 연극영화과에 들어가기 위해 삼수 중입니다.
　진 노인 : 50대 직장인입니다. 관심 있습니다.

　팔각정 지붕 아래 사각의 평상에 단원들은 모였다. 지수 맘은 15개월 된 지수를 안고 있었다. 영빈은 지수에게 관심을 끌고 싶어 계속 윙크를 하며 손뼉을 쳤고 괴상한 표정을 지었다. 지수는 조용한 아이였다. 환심을 사려 애를 쓰는 부산스러운 젊은 남자를 고요히 쳐다만 볼 뿐이었다. 진 노인은 노인은 아니었지만 멤버들 중에서는 가장 노인에 가까웠다. 행정복지센터에서 근무하고 있다는 그는 점심시간 전후로 한 시간 정도 뺄 수 있다고 했다. 한낮에 만나게 된 것도 그 때문이었다. 막상 단원을 모았지만 한성은 뭘 어떻게 해야 할지 몰랐다. 어색함을 깨는 아이스 브레이크도 시시콜콜한 이야기를 쌓으며 사람의 마음에 스며드는 스몰 토크도 할 줄 몰랐다. 긴장한 한성은 손에 땀이 나서 몇 번이나 손바닥을 바지에 문질렀다. 한성은 대뜸 백팩에서 「바위들」 대본을 꺼내 부원들에게 나눠줬다.

"일단 한번 읽어보세요."

단원들은 각자의 포즈와 표정으로 대본을 읽었다. 지수 맘은 혹시 몰라 마실 걸 갖고 왔다고 분유 가방에서 두유를 꺼내 빨대를 꽂은 뒤 나눠줬다. 한성은 단원들이 대본을 읽는 동안 공원을 봤다. 트랙을 빠르게 달리는 사람과 얼음이 든 음료를 들고 걷는 사람과 개를 산책시키는 사람이 지나갔다. 잎이 다 떨어진 늦겨울의 나무들. 단풍인지 은행인지 구분되지 않는 차고 황량한 풍경. 작은 바람에 휘날리는 마른풀과 비닐봉지. 고소하고 달콤한 음료가 입안에 들어왔다가 목구멍으로 사라졌다. 사라진 해변을 바라보는 바위의 마음. 그게 궁금해서 글을 썼던 것인데. 써도 써도 모호해지기만 했다. 그런데 지금 이 순간, 그게 무엇인지 알 것 같았다. 너무 어렴풋해서 문장으로 쓸 순 없겠지만.

"난해하네. 그런데 또 좋은 것도 같고. 묘하네요."

진 노인은 반쯤 벗겨진 이마를 검지로 매만졌다.

"전 슬픈데요. 바다의 바위가 사막의 바위가 되고 다시 바다의 바위가 되고 싶다는 거잖아요."

지수 맘은 쓸쓸한 표정으로 말끝을 흐리며 지수를 꼭 껴안았다.

"극은 2막으로 이렇게 끝나는 건가요? 뒤가 더 있어야 할 것 같은데."

영빈은 연필로 몇몇 문장에 밑줄을 긋거나 동그라미를 그리며 말했다. 뭐라고 답해야 할까? 한성은 말을 골랐다. 긴 논의 끝에 마침내 바위들은 어떻게 해야 할지 합의에 이르렀다. 그렇게 극은 완성된다. 하지만 그 결심이 무엇이고 바위들은 어떻게 하기로 했는지 더 보여주는 3막을 쓰고 싶은 마음도 있다. 그런데 그게 가능할까? 지수 맘이 말했다.

"캄캄이가 물을 찾아 떠나자고 주장하잖아요. 그렇다면 바위가 바다를 향해 걸어가는 건가요?"

영빈은 연필 끝을 앞니로 꾹꾹 물며 답했다.

"바위는 바위니까 움직이면 안 되는 거 아닐까요? 중요한 문제는 아닌 거 같은데."

그것보다 중요한 건, 답변인지 혼잣말인지 진 노인은 시선을 바닥에 두고 중얼거렸다

"배역을 어떻게 나눌지. 어디에서 연습할지. 공연 날짜는 언제인지. 회비는 걷어야 하는 건지. 그런 현실적인 부분."

부원들은 한성에게 현실적으로 궁금한 걸 물었다. 극단 이름은 있는지 없다면 지어야 하는 건지. 연습 장소는 어디고, 시간은 언제인지. 일주일에 몇 번 만나는지. 공연은 어디에서 하고 관객은 몇 명이나 될 예정인지. 의상이나 분장. 무대는 어떻게 꾸밀 건지. 한성은 단원들의 질문을 받으면서 생각했다. 어쩌면 종양은 예상보다 더 빨리 자라고 있을 거야. 이성을 관장하는 부분을 누르고 있는 게 분명해. 판단하고 사고하는 능력이 줄어들고 있는 거야. 그러니 내가 이렇게 무모한 짓을 저지른 거지. 계획도 없으면서. 대책도 없으면서. 질문에 대한 답도 없으면서. 아, 탄식을 내뱉으며 한성은 고개를 푹 숙였다.

"죄송합니다. 생각이 짧았던 것 같아요. 저는 정말 취미로. 그러니까 정식으로 연극을 한다기보다는 그냥 배역을 나눠 돌아가며 낭독하는

그 정도만 생각했어요. 말씀하신 그런 디테일한 부분까지 계획을 갖고 있었던 건 아닙니다. 장소나 시간은. 그냥 이렇게 공원이나 툭 트인 곳에 모이면 되겠지, 막연하게 그냥."

한성은 민망함에 얼굴이 붉어졌고 당황함에 음성도 갈라졌다.

"이름이 있으면 좋겠지만 이름이 있어야 한다고 생각해본 적 없고. 관객도 있으면 물론 좋겠지만 관객이 있을 거다, 생각해본 적은 없어요. 제가 말해도 이상하네요. 무모한 일을 벌인 것 같습니다. 다들 바쁘실 텐데. 이렇게 모여서. 이런 말씀을 드리게 되어 정말 죄송합니다."

잠깐 정적이 흘렀다.

"연습할 장소. 있는데."

진 노인이 시큰둥하게 말했다. 자신이 행정복지센터에서 근무하고 있어서 안다고 했고 사용도 쉽다고 했다. 센터에 주민들 취미 활동을 위해 공간을 대여해주는데 신청만 하면 바로 사용할 수 있다고 했다.

"그런데 신청하려면 극단 이름이 필요한데."

"그럼 바로 지어요. 지금."

지수 맘은 턱을 매만지며 생각에 잠겼다. 잉. 잉. 지수가 자세가 불편한 듯 뒤척였다. 지수는 엄마 품을 떠나 비틀비틀 걸었고 영빈은 그 모습을 보며 손뼉을 쳤다. 진 노인도 지수를 향해 손을 흔들며 말했다.

"바위들. 합시다. 제목이 바위들이니까. 이름이 있으면 되는 거지. 어떤 이름인지는 그게 그렇게 중요한 것 아니니까."

영빈은 뭔가 생각났다는 듯 아, 하며 말했다.

"제가 아는 입시 선생님 있거든요? 연극영화과 졸업하시고? 나름 업계에서 이름 있는 분이고요? 그분한테 부탁하면 필요한 소품이나 조명 같은 것 빌릴 수 있을 거예요."

"의상은 제가 준비할 수 있을 것 같아요. 집에 쉬고 있는 미싱이 있어서. 바위면 블랙이나 그레이 계열 천으로 대충 만들면 될 것 같죠? 그런데 '울퉁'과 '불퉁'은 감이 오는데 '캄캄'과 '쓸쓸' 그리고 '고요'는 어떻게 만들죠?"

지수 맘의 말에 단원들은 잠시 생각에 잠겼다. 진 노인이 말했다.

"바위는 그냥 바위처럼 만들면 되겠죠. 사람도 이름 따라 외모가 결정되는 건 아니니까. 센터예요. 작고 왜소한, 음…… 뭐랄까. 약간 다람쥐나 생쥐처럼 생긴 주무관이 계십니다. 그분 성함이 대웅이에요. 최대웅."

지수 맘은 웃었고 한성도 따라 웃었다. 웃기려고 한 말은 아닌 것 같은데 자기가 한 말에 사람들이 웃으니까 진 노인은 만족스러운 듯 미소를 지었다. 진 노인은 왼쪽 손목을 돌려 시계를 확인했다.

"죄송한데 저는 이제 들어가봐야 해서요. 자세한 이야기는."

진 노인은 영빈을 봤다. 영빈은 멍하게 진 노인을 마주하다가 뭔가 생각이 난 듯 아! 했다.

"제가 카페나 단톡방 같은 커뮤니티 만들게요."

진 노인은 서둘러 떠났고 지수 맘도 지수와 함께 떠났고 영빈도 한성에게 손을 흔들며 떠났다. 한성은 팔각정에 앉아 하나둘 사라져가는 단원들의 뒷모습을 멍하게 바라봤다. 단원들이 모두 사라졌지만 한성은 거기에 더 있었다. 몹시 피곤했고 어지러웠다. 기둥에 머리를 대고 잠깐 눈을 감았을 뿐인데 오후가 흘러갔다. 눈을 떴을 땐 태양이 기울며 건물과 나무와 사람의 그림자가 제 키보다 길어지고 있었다. 몽롱한 풍경 속에서 뒤늦게 한성은 아차, 싶었다. 물었어야 했다. 당신들은 왜 연극을 하려고 하는지. 그리고 내 마음도 말했어야 했다. 왜 나는. 이렇게. 느닷없이. 또 대책 없이. 이걸 하려고 하는지. 해야만 했는지.

4

센터 다목적실은 한 면 전체가 전신 거울이었고 바닥엔 말랑말랑한 매트가 깔려 있었다. 오전에는 엄마들을 위한 에어로빅이, 오후에는 초등학생들을 대상으로 방송댄스 수업이 있었다. 극단 '바위들'은 화요일 저녁에 모였다. 일반적으로 밤엔 다목적실을 오픈하지 않지만 진 노인의 재량으로 특별히 사용할 수 있었다. 첫 시간. 배역을 정했다. 한성은 바위들의 특성과 목소리를 상상했고 고심 끝에 '울퉁'은 자신이 맡기로 했고 '불퉁'에 영빈. '쓸쓸'에 지수 맘. '캄캄'은 진 노인에게 맡겼다. '고요' 자리가 비어 있는데 '고요'는 극이 끝날 때까지 대사가 없으므로 우선 비워두기로 했다. 영빈은 만족했다. 집에서 혼자 연습해봤을 때도 불퉁이가 가장 좋았다 했다. 지수 맘과 진 노인은 선뜻 좋다고 대답하지 않고 자꾸 뜸을 들였다. 지수 맘은 자기는 쓸쓸한 사람이 아니라 했고 진 노인은 캄캄한 것보다는 쓸쓸한 것이 좋다고 했다. 진 노인은 내심 고요를 맡고 싶었는데 지금 상황에서는 자신이 대사가 있는 역할을 해야 한다는 것을 이해하는 듯했다.

"그렇다면 제가 쓸쓸이를 맡겠습니다. 쓸쓸한 사람은 아니지만."

잠깐의 정적이 흘렀고 한성은 픽, 웃었다. 하지만 영빈과 지수 맘은 의아한 듯 진 노인을 쳐다봤다. 진 노인은 얼굴을 붉혔고 반성하는 듯한 표정으로 접이식 의자를 펼쳤다. 단원들은 사각형의 꼭짓점에 각각 놓인 의자에 앉아 서로를 바라보며 리딩을 시작했다.

울퉁 나는 다시 젖고 싶습니다. 물속에 푹 잠기고 싶어요. 모래바람이 아닌 물결을 느끼고 싶습니다. 거기에서 나는 물방울이었어요. 나도 생물이었다고요. 내가 이렇게 딱딱하고, 어둡고, 답답한 존재인지, 몰랐어요.

긴 침묵을 깨고 입을 연 바위에 다른 바위들이 눈을 뜬다. 몇몇 바위들은 입을 열고 길게 숨을 내쉰다.

불퉁 하지만 어쩌겠어요? 바다는 이제 없는데. 물은 우리를 버렸어요. 모든 것이 다 변했어요. 바다는 죽었고 우리는 여기. (회한에 젖어 슬프고 낮은 목소리로) 낮엔 뜨겁고 밤엔 차가운 이 끔찍한 모래에. 보세요. 박혀 있잖아요. 끔찍해요. 끔찍해.

캄캄 이렇게 있을 수는 없어요. 이렇게 끝낼 수는 없다고요. 우리가 원하는 삶을 위해서 우리가 변해야 해요. 우리가 바다를 찾아 떠나면 되잖아요. 변하면 되잖아요. 시간이 걸리더라도 물을 찾으면 되잖아요. 시간이 얼마나 걸릴지 모르겠지만. (어색하게 웃으며) 시간은 우리에게 아무것도 아니라는 거 잘 알잖아요?

쓸쓸 (누구보다 시끄럽게 화를 내며) 시끄러워요. 이런 말도 다 귀찮아. 가긴 어딜 가요? 어디를 향해서. 바위가 바위지. 뭘 어떻게 할 수 있겠어요. 자꾸 우리. 우리. 이렇게 말하지 마세요. 각자 그냥 살아요. 뭘 겪든. 뭘 생각하든. 그냥 받아들여요. 옛날 생각하지 말고. 괜히 상상하며 고통받지 말고. 자, 여기 보세요. 여기는 사막이에요. 다른 곳이 아니라. 사막이라고.

　입시를 준비하고 있다는 영빈은 단연 돋보였다. 그는 지문을 살려 말에 감정을 실을 줄 알았고 연극적인 톤이 무엇인지도 이해했다. 하지만 지수 맘은 리딩을 어려워했다. 특히 '생각에 잠겨' '고민 끝에' '꿈을 꾸듯' '메아리처럼' '느껴지지 않는 물살을 느끼며' '보이지 않는 파도를 향하여' '바람 같은 음성으로' '혼잣말하듯' '어둠에게 말하듯' '후회와 절망을 담아' 같은 지문. 괄호 속에 숨어 방향을 제시하거나 행동을 지시하는 문장을 어떻게 살려야 할지 난감해 했다. 진 노인은 일상에서 사용해보지 않은 단어들을 입술에 올리는 것을 어색해 했다. 문어체를 말로 하는 것 자체가 쑥스러운지 말끝을 자주 흐렸다. 한성은 다른 거 생각하지 말고 자신의 목소리와 리듬으로 책 읽듯 편하게 읽어보자며 초보 배우들을 독려했다.

　몇 번의 난관은 있었지만 단원들은 두 달간 열심히 모여 연습했다. 감기에 걸린 지수를 돌보느라 지수 맘이 연습에 참여하지 못한 날이 있었고, 갑작스러운 야근 통보 전화로 연습이 시작되자마자 진 노인이 빠지기도 했었다. 말도 없이 한성이 연습에 나오지 않은 날도 있었는데 단원들은 단장이 없음에도 동요하지 않고 정해진 연습량을 착실히 채웠다. 신발을 신다가 현관 앞에서 졸도한 한성이 두 시간이 훌쩍 지난 뒤 정신을 차렸을 때 단원들이 보낸 문자와 부재중 전화를 확인하고 울컥하기도 했다. 문제는 영빈이었다. 연기과 지망생의 진지한 연기가 부담스러웠던 진 노인이 가벼운 농담처럼 말했다.
　"감정이 과한 것 같은데. 연기를 너무 잘해서 연기 같달까. 좀 어색해요. 약간 담백하게 가면 좋겠는데."

영빈은 눈을 크게 뜨며 기분이 상한 티를 바로 냈다. 정색하는 영빈을 보고 당황한 진 노인은 곧바로 사과했다. 나이가 들어서 아무 말이나 막 하게 된다고 미안하다는 말을 거듭했다. 영빈은 알았다고 했고 괜찮다고 했지만 연습이 끝날 때까지 표정이 어두웠다. 리딩도 꼬였다. 갑자기 말을 더듬었고 대본을 거의 읽지 못했다. 다음 연습도 마찬가지였다. 평소와 리딩이 달랐다. 계속 버벅거렸고 긴장으로 올라간 어깨가 뻣뻣하게 굳어 있었다. 진 노인은 저번에도 이번에도 사과했지만 마음이 상한 젊은 친구의 마음을 풀게 할 방법을 알지 못했다. 한성도 마찬가지였다. 어떻게 해야 할지 몰랐다. 극단에서 가장 연기를 잘했던 배우가 고장 나서 삐걱거리면 무슨 수로 달래고 고쳐야 하는 걸까. 답답하고 걱정된 마음에 한성은 그저 영빈의 어깨를 말없이 토닥거릴 뿐이었다. 방법을 찾은 건 지수 맘이었다.

"오늘 연습 끝. 우리 한잔해요."

영빈의 마음을 풀어준 건 지수였다. 그간 영빈은 지수의 환심을 사기 위해 애를 써왔는데 지수는 야속할 정도로 마음을 열지 않았었다. 곁을 주지도 않고 웃어주지도 않았다. 하지만 영빈이 건넨 오징어 다리 하나에 지수는 넘어갔다. 영빈은 큰 기대 없이 오징어 다리를 지수에게 건넸다. 지수는 골똘히 영빈의 손과 얼굴을 번갈아 바라보더니 대뜸 손을 뻗어 오징어를 받았다. 그리고 입에 쏙 넣었다. 그리고 환하게 웃었다. 영빈은 어! 어! 소리를 내며 기뻐했고 오징어 없이 지수를 향해 손을 뻗었다. 지수는 영빈의 손가락 두 개를 잡고 꼭 쥐었다. 단원들은 영빈을 통해 확인했다. 누군가 자신을 받아주고 긍정적으로 반응

해주는 것이 사람을 얼마나 좋게 변하게 하는지. 영빈은 행복해 보였고 아무리 말려도 수다를 멈추지 않았다. 열심히 준비해도 이상하게 실기 시험을 망치는 고통에 대해, 교수들 앞에 서기만 하면 말이 꼬이고 목소리가 갈라져서 괴상한 소리를 내는 징크스에 대해, 특히 감정이 과잉되어 연기가 자연스럽지 않다는 한마디가 잠들기 전 귓가에 맴돌아 불면증에 시달리고 있다는 고백까지……. 하지만 '바위들' 극단에 들어와 조금씩 나아지고 있는 것 같다며 아무도 위로해주지 않았는데 알아서 위로하고 치료했다. 영빈이 지수의 손을 잡고 여기저기 돌아다녀 자유로워진 지수 맘은 맥주를 시원하게 쭉 들이켠 뒤 하, 했다.

"다른 엄마들도 그렇겠지만 저도 애 키우는 것이 쉽지가 않네요. 애 아빠가 일본에 있어서 한 달에 한 번. 일 많을 땐 두 달에 한 번 집에 오거든요."

지수 맘은 남편 이야기는 하고 싶지 않은지 맥주를 한 모금 더 마시고 고개를 저었다.

"지수는 평소엔 너무 착하고 순해요. 다른 엄마들이 부러워할 정도예요. 엄마 편하게 해주는 착한 딸이라고. 그런데 새벽엔 달라요. 무슨 꿈을 꾸는지 새벽마다 일어나 우는데…… 어떤 날엔 아침까지 운 적도 있어요. 지수를 안고 달래고 있으면 거울에 비친 내가 보여요. 그런데 누구인지 모르겠는 거예요. 모든 게 느리게 느껴지면서 누가 내 삶에 슬로우를 건 것처럼. 마음도 감정도 무슨 플라스틱처럼 딱딱하고 건조해지는데. 눈물도 안 나고 화도 안 나고 슬프지도 않고. 하도 기분이 이상해서. 보건소에서 무료로 해주는 심리검사를 받았거든요? 그런데 점수가 완전 바닥이었어요. 선생님도 놀랄 정도로요. 그때 알았죠. 나 문제 있구나. 빨리 해결해야겠구나. 이러다 사고 칠 수도 있겠다. 지수를 안고 있는데 너무 무섭고 두렵고. 그런데 이렇게 마음 둘 곳이 생겨서 좋아요."

진 노인은 지수 맘의 말을 듣고 말없이 잔을 들었고 지수 맘과 한성도 자연스럽게 잔을 들어 짠, 했다.

"남편이 일본에 계시구나. 일본 좋죠. 아, 제가 신혼여행을 교토로 갔었거든요?"

"결혼하셨어요?"

지수 맘이 놀라 물었고 진 노인은 어이가 없다는 표정으로 지수 맘을 봤다.

"아, 죄송. 계속 말하세요."

"거기서 이상한 공연을 봤어요. 온몸에 하얀 칠을 한 무용수가 느리고 기이하게 움직이며 춤을 추는. 처음에는 당황했죠. 무용이라길래 뭔가 역동적이고 볼거리가 많을 거라고 기대했는데…… 아니었어요. 음악도 움직임도 너무 기괴하고 우울했습니다. 무서울 정도로요. 나중에 안 사실이지만 그건 영혼을 표현하고 죽음을 형상화한 '부토'라는 공연이었어요. 그런데 이상하게도 그때는 끔찍했는데 그 공연이 종종 떠오릅니다. 가끔 꿈에도 나오고요. 다른 건 다 잊어서 기억도 안 나는데."

진 노인은 진지한 얼굴로 골뱅이 소면을 구석구석 비비며 말했다.

"그런데 쓸쓸한 바위가 돼서 바위의 마음으로 바위의 말을 해보니 부토가 생각납니다. 죽음도 그런 게 아닐까. 영혼이 있다면 바위 같은 그런 존재가 아닐까. 움직일 수 없지만 움직이고 싶고 마음이 없지만 생각하고 입도 없으면서 말하고 싶어 하는. 그런데 어둡고 딱딱하고 쓸쓸한."

"나도 비슷한 거 느꼈는데. 캄캄이 마음 너무 알겠어."

지수 맘은 땅콩을 입에 넣고 우물우물 씹으며 음, 하며 뜸을 들이다 표정을 바꾸고 감정을 잡았다. 캄캄이가 말했다.

"하지만 생각과 소망만으로 뭘 할 수 있을까요? 지평선이 된 수평선을 바라보며 회상에 젖어봅니다. 밤이 오고 모래가 얼음으로 바뀌면 이내 슬퍼져요. 내게도 물고기처럼 꼬리가 있었다면, 게처럼 가늘고 많은 다리가 있었다면, 바다를 향해 나아갈 수 있을까요?"

하마터면 한성은 울퉁이가 되어 캄캄이의 말에 답할 뻔했다. 지수 맘은 오른손으로 턱을 괴고 쓸쓸한 표정을 지었다.

"진짜 바위의 마음 같아. 그런데 바위의 마음이 또 진짜 사람 마음 같고. 그리고 또 내 마음 같고. 나 연극 하기로 결심한 거 정말 잘한 것 같아요. 단장님 우리 이거 열심히 해서 나중에 꼭 공연도 해요."

한성은 어색하게 웃으며 그럼 좋겠네요, 라고 얼버무렸다. 진 노인이 주먹을 불끈 쥐고 말했다.

"그럼 제가 또 추진해보겠습니다."

지수 맘은 두 손으로 맥주잔을 꼭 쥐고 한성을 봤다.

"그런데요. 궁금한 게 있어요. 단장님 왜 이렇게 말이 없어요? 자기 이야기도 안 하고. 몸은 좀 괜찮아요?"

한성은 놀랐다. 누구에게도 자신의 몸 상태에 대해 말한 적이 없었기 때문이다. 지수 맘과 진 노인은 눈을 마주치며 뭔가 신호를 주고받았다. 진 노인이 고개를 끄덕였고 지수 맘은 말했다.

"우리 알고 있어요. 단장님 일하던 가게에서 쓰러졌던 거. 그거 알바생들이 다 소문냈고 어디에 글도 썼다고 하던데. 여기 사람들 한 번쯤 그 집 아이스크림 먹으러 갔을 거고 단장님 얼굴 아는 사람도 당연히 있겠죠. 평가가 좋았어요. 친절하다느니. 눈만 마주쳐도 마음을 알아채고 필요한 걸 딱딱 도와준다느니 좋은 말이 많았죠. 그래서인지 쓰러졌던 아이스크림 알바생 걱정하고 상태 궁금해 하는 사람들 은근히 많아요. 몰랐죠? 여기가 이렇게 좁다니까."

진 노인이 말을 이었다.

"우린 그냥 걱정만 하고 있습니다. 어디가, 얼마나, 아픈 걸까. 그런데 단장님이 내색을 안 하고 말을 안 해주니까 우리 모두 그러려니 하고 있는 거죠."

한성은 어떻게 말해야 할지 몰랐고 자신도 모르게 뒷머리를 쓰다듬었다. 지수 맘이 물었다.

"괜찮아요?"

"네."

"정말로요?"

"네. 정말로."

지수 맘은 잔을 들었다. 한성도 잔을 들었다. 짠, 소리가 났다.

"그럼 됐어요."

그 밤. 술 취한 그 밤. 한성은 집으로 돌아가는 익숙한 길에서 벗어나 낯선 길로 들어섰다. 어디를 가고자 하는 마음이 있어서가 아니라, 집에 들어가고 싶지 않아서도 아니라, 어떻게 해야 할지 몰라서였다. 침대에 눕고 싶지 않았다. 잠들고 싶지 않았다. 꿈을 꾸고 싶지 않았다. 마음이 복잡했고 기분이 이상했고 쓸쓸하고 슬펐다. 걸음을 멈추면 저 깊은 곳에서 중심을 잡고 있는 팽이가 흔들리며 쓰러질 것 같았다. 오늘이 가장 좋은 날이다. 다음 날. 그리고 다음 날. 또 다음 날.

두 달하고 3주 남았다. 두 달일 수 있고 한 달일 수도 있지. 내가 선택하지 않은 삶을 위해, 내가 원하지도 않은 미래를 위해 살았는데, 이제 와서 미련이 생긴 걸까? 살고 싶다. 죽고 싶지 않다. 그간 모른 척했던 마음이 갑자기 눈을 뜨고 입을 열어 말하기 시작했다. 한성은 계속 안 들리는 척, 걸었다. 언덕을 넘고 육교를 지나 자전거 도로를 걷고 천변까지 걸었다. 커다란 보름달. 까만 강 저 끝에 떠 있고. 난 피곤하고, 억울하고, 내가 왜 이러는지, 내게 왜 이런 일이 생겼는지, 도저히 모르겠고. 하지만 한성은 계속 걸었다. 마음도 지치겠지. 언젠가 입 다물고 눈 감고 잠들겠지. 별수 없겠지. 어쩔 수 없으니까.

5

진 노인은 빈말을 하지 않는 사람이었다. 공연을 추진하겠다는 말을 바로 지켰다. 공연이 잡혔어요, 라고 진 노인이 말했을 때 한성은 농담인 줄 알고 웃었지만 공연 날짜와 장소를 듣자 더는 웃을 수 없다. 한성은 되물었다.

"보름 뒤요? 야시장?"

"저번에 공연하면 좋겠다고 하셨어서."

진 노인은 말끝을 흐리며 '주민과 함께하는 왁자지껄 야시장' 계획안 서류를 단원들에게 나눠줬다. 구청에서 주관하는 지역사회 연계 프로그램의 일환으로 아파트 단지 주차장에서 야시장을 개최한다. 행정복지센터에서 지원하는 몇 개의 공연 중 마지막 순서로 극단 '바위들'의 이름이 적혀 있었다. '공연예술을 통해 지역 문화발전을 도모하고 예술가와 창작자들이 자유롭게 활동할 수 있는 너른 마당을 제공한다.

창조와 매개, 향유가 선순환되어 진정한 문화예술 인프라를 구축한다.' 한성은 고민에 빠졌다. 아무리 생각해도 연극을 통해 그런 대단한 변화는 일어날 것 같지 않았고 공연장도 아닌 복잡한 야시장 한복판에서 연극을 한다는 것 자체가 난센스였다. 그러거나 말거나 지수 맘과 영빈은 박수를 치며 좋아했다. 좋은 분위기에 찬물을 끼얹고 싶지 않은 한성은 진 노인에게 우려되는 부분을 조심스럽게 물었다. 연극을 하려면 무대가 필요하고 배경도 필요하고 상황에 따라 마이크도 필요하다고 했다. 진 노인은 자신감 넘치는 표정으로 한성의 어깨를 두드리며 걱정할 필요 없다고 했다. 댄스 공연과 음악 공연을 위한 무대가 있으니 그 무대를 사용하면 되고 배경은 사막 이미지를 프린트한 현수막을 걸면 된다고 했다. 또한 각설이 공연팀이 쓰는 헤드마이크가 두 개 있는데 이미 두 개 더 신청했으니 그걸 사용하면 된다고 했다. 지푸라기라도 잡는 심정으로 한성은 말했다. 아직 우리 팀엔 '고요'가 섭외되지 않았기에 온전한 공연이 되기 어렵다고 했다.

"고요는 대사는 없지만 고요에게 말을 거는 바위들이 있기 때문에 리딩할 때는 몰라도 공연에서는 반드시 존재해야 합니다."

진 노인은 바닥에 앉아 말없이 공을 만지고 있던 지수를 보며 말했다.

"있어요. 말은 없지만 항상 우리와 함께 있었던."

한성은 무슨 말을 하는 거냐고 묻는 듯한 눈으로 영빈을 바라보며 허탈하게 웃었다. 영빈이 고개를 크게 끄덕이며 말했다.

"맞는 말이네요. 지수가 딱이에요. 세상에서 가장 차분하고 조용한 아이."

지수 맘은 자랑스러운 얼굴로 지수를 번쩍 들어 품에 쏙 안았다.

"예쁜 내 새끼."

예고도 없이 내린 비에 '왁자지껄 야시장'은 망했다. 큰비는 아니었다. 이십 분쯤 내리다 그쳤다. 하지만 파전에 막걸리를 먹던 탁구 동호회, 한 장씩 타로카드를 넘기며 재물 운을 보고 있던 청년, 뜰채로 금붕어를 건지던 피아노 학원 아이들, 좌판에 깔린 가죽 공예품을 만지작거리며 부엉이와 코끼리 사이에서 고민하던 할머니, 머리핀을 고르던 쌍둥이 자매, 포도 슬러시를 사기 위해 줄을 섰던 특공 무술 소년들, 미니 바이킹을 타기 위해 긴 시간을 참고 또 참았던 어린이집 아이들, 커다란 곰 인형을 반드시 너에게 바치겠다고 호언장담하며 나무토막을 향해 야구공을 던지고 또 던졌던 고등학생 커플, 우유 신청을 하면 사은품을 고를 수 있다는 말에 이름과 주소를 꼼꼼하게 적었던 할아버지까지 모두 집으로 돌아갔다. 상인들은 망연자실한 표정으로 좌판을 정리하고 커다란 비닐로 물건을 대충 가린 뒤 잔치국수와 보쌈을 파는 텐트 밑으로 모여들었다. 아파트 주차장에 추적추적 비가 내렸고 내린 비는 작은 냇물이 되어 경사를 따라 졸졸 흘러내렸다. 노란 가로등 불빛이 웅덩이에 예쁘게 고였다. 공연을 할 것인가. 말 것인가. 이 말 저 말 오갔지만 공연은 예정대로 하기로 했다. 어차피 공연 팀들은 구청에서 섭외했기 때문에 공연만 하면 행사비를 받을 수 있기 때문이었고 무엇보다 장사를 망친 상인들이 꽤 많이 남아 있었다. 그들은 무대를 향해 자세를 고쳐 앉아 공연을 감상했다. 댄서들이 춤을 출 때 박수를 쳤고 왕년에 춤 좀 췄다던 슬러시 가게 아저씨는 무대 옆에서 자신만의 무대를 펼쳐 보이기도 했다. 원래는 트로트 메들리를 선보이며 야시장을 즐기는 주민들의 흥을 돋우는 계획을 갖고 있던 기타리스트는 비도 오고 기분도 그렇고 하니 재즈를 연주하겠다고 했다. 사실 자신은 재즈기타리스트라는 말도 덧붙였다. 분위기는 끝내줬다. 상인들은 맥주잔을 부딪치고 소주잔을 비웠다. 막걸리를 채운 동동주는 한 통 두 통 계속 주문이 밀렸고 비가 내려 차고 맑아진 밤공기 사이로 파전이 노릇하게 익어가는 기름 냄새가 고소하게 퍼져나갔다. 자릿값도 못 건졌다고 툴툴거리고 시름에 잠겼던 상인들은 모두 행복해 보였다. 별 이야기를 다 했고 별말도 아닌데 웃고 울고 떠들고 박수를 쳤다. 이 비를 겨울비라고 해야 할지 봄비라고 해야 할지 십 분 넘게 논쟁을 이어가는 미니 바이킹 아저씨와 건강식품 아주머니. 밤안개와 가로등 조명이 까만 주차장 위로 은은하게 흐르는 저녁. 무대에 바위들이 등장했다.

울퉁이 말했다.
"피부에 한 방울의 물도 없이 허공에 조금의 습기도 없이 나는 이렇게 갈라지고 부서지고 있구나. 사막의 바위인 것이 불만인 바위들은 어디 있나. 자신이 사막의 새인 것이 불만인 새들은 모두 해변을 향해 떠났는데. 다 잊은 건가. 부드럽게 몸을 감싸던 물결을. 시원하게 터지며 부서지던 물거품을. 사랑스러운 우리의 물고기들. 순하고 착하던 해초들을."
불퉁이 답했다.
"덧없는 말 그만. 괴로운 소리도 그만. 바다는 없습니다. 떠났어요. 우리는 여기 이렇게 버려졌습니다. 나는 바다의 바위였지만 이제는 사막의 바위죠. 옛날을 보지 말고 지금 여기를 보세요. 우리는 사막에 있어요. 이 뜨거운 모래 속에 박혀 낮의 태양과 밤의 쓸쓸함을 견디고 있습니다. 나는 등 뒤에 있는 바다를 향해 갈 수 없어요. 머리 위 태양과 달과 별. 그 어느 쪽으로도 갈 수 없어요. 나는 바위니까. 여기에 있을 수밖에 없죠."

캄캄이 슬픈 노래를 부르듯 말했다.

"내 몸을 보세요. 캄캄하고 딱딱하고 슬퍼요. 나는 이런 내가 싫답니다. 바다에서 나는 부드러웠어요. 때로는 물처럼 흘렀고 때로는 바람처럼 흩어졌죠. 어떤 물결은 나를 물고기로 만들었고 어떤 폭풍은 나를 흩어지는 물방울로 변하게 했어요."

캄캄이의 말에 울퉁이 화답했다.

"우리 바다를 찾아 떠납시다. 사막의 바위를 포기하고 다시 바다의 바위 되기를 꿈꿉시다."

관객 중 누군가가 큰 소리로 떠나세요, 라고 외쳤고 그 소리는 주차장에 메아리처럼 울려 퍼졌다. 기타리스트가 은은하게 연주를 시작했다. 절제된 음들. 묘하게 변주되는 쓸쓸한 선율이 바위와 바위 사이. 바위와 사람 사이. 사막과 바다 사이. 빛과 어둠 사이로 흐르고 있었다. 캄캄이 답했다.

"당신이 일어나 저 먼 곳으로 떠난다면 나는 당신을 끝까지 쫓아가겠어요. 그러다 쪼개지고 또 쪼개져서 작은 바위가 되고 더 작은 바위가 되고 어느 날 누구도 당신에게 바위라고 불러주지 않는 바위 아닌 바위가 되어도 나 역시 바위 아닌 바위가 되어 곁에 있겠어요. 당신이 영원한 침묵 속에 갇히기로 결심한다면 나도 빛을 잃은 둥근 별이 되어 어둠의 일부가 될 것입니다."

한숨을 쉬고 또 한숨을 쉬며 쓸쓸이 말했다.

"우리는 이제 기억 속에서도 마음속에서도 바다를 등져야 합니다.

바다도 우리를 등졌고 이미 우리도 바다를 등지고 있으니까요. 우리에게 과거는. 어제는. 없어요. 우리는 사막의 바위입니다. 물결. 파도. 바다. 물기를 머금은 바람. 이제는 없어요. 새벽에 내리는 이슬에 잠깐 젖었다가 모래와 태양을 견뎌야 하는 게 우리의 남은 삶이에요."

캄캄이 화를 내며 외쳤다.

"당신은 그렇게 있으세요. 영원히 거기서. 무한히 그렇게. 부서지고 작아지고 쪼개지고 마침내 모래로 변하세요. 하지만 나는 아니에요. 당신은 나와 똑같다고 생각하겠지만 나는 당신과 달라요."

불퉁이 기분 나쁘게 웃으며 캄캄이에게 말했다.

"그래요. 가세요. 가면 되잖아요. 당신은 왜 그 자리에 가만히 있는 것입니까? 나와 당신이 이 자리에 가만히 있는 건 있고 싶어서가 아니라 있을 수밖에 없어서입니다. 우리는 이 자리에 가만히 있는 것 외에는 아무것도 할 수 있는 게 없는 존재니까요."

불퉁의 말에 바위들은 고개를 숙이고 아무 말도 하지 않았다. 불퉁은 작고 조용한 바위. 고요에게 물었다.

"그렇지 않나요? 말 좀 해보세요. 왜 당신은 늘 아무 말도 하지 않고 그렇게 침묵만 지키고 있나요? 제가 대신 답해드릴까요? 그건 바위이기 때문입니다. 원래 바위란 움직일 수 없기 때문이죠."

무대 한쪽 구석에 웅크리고 앉아 가죽으로 만든 부엉이 열쇠고리를 갖고 놀던 고요가 비틀거리며 일어섰다. 바위색 천을 온몸에 두른 채 양 갈래로 예쁘게 머리를 묶은 아기 바위는 너무 귀여웠고 관객들은 동요했다. 고요는 무대 가운데로 걸어갔다. 조용히 연극을 관람하던 관객들이 웃음을 터트리며 한마디씩 했다. '바위 움직일 수 있네.' '거봐. 걸을 수 있잖아.' '바다를 향해 걸어가자.' '가자.' 바위들도 예상치 못한 고요의 행동에 어리둥절한 얼굴로 서로를 바라봤다. 울퉁이 한 번도 말해보지 않았던 대사를 즉흥적으로 말했다.

"갑시다. 바다가 우리에게 안 오면 우리가 바다를 향해 가면 됩니다. 바위가 걷고 움직이는 건 생각만 해도 지치는 일이지만 이렇게 우두커니 생각하고 슬퍼하고 쓸쓸해 하는 것도 지치기는 매한가지 아닌가요? 저 바위를 보세요. 저렇게 잘 걸어가잖아요. 우리도 일어납시다."

고요가 움직이기 시작하면서부터 공연은 끝난 것과 다름없었다. 고요는 움직일 뿐만 아니라 사막의 무대를 벗어나 젖은 땅을 향해 걸었다. 고요가 무대를 벗어나려 발을 뻗었을 때 캄캄은 고요를 향해 달려갔다. 하지만 고요는 캄캄을 기다리지 않았다. 무대라고 해봐야 한 뼘도 안 되는 높이였고 그 정도는 나도 할 수 있다는 듯 고요는 사뿐히 내려갔다. 두 살 된 아기 바위는 박수 소리가 들리는 해변을 향해 환대하는 바다 생물들을 향해 걷기 시작했다. 사막의 바위들은 느리지만 조금씩 사막에서 멀어지는 고요를 고요히 바라봤다. 캄캄이 일어섰다. 불퉁도 일어섰고 쓸쓸도 일어섰다. 바위들은 천막 아래 의자에 앉아 동동주를 마셨고 파전을 먹었고 기타 반주에 맞춰 흥얼흥얼 춤을 췄다. 사막에 홀로 남은 울퉁은 다 잊었다고 생각했던 해변을 떠올렸다. 시끄럽게 노래하는 물새들과 모래를 적시는 파도. 바다 한가운데 우뚝 서서 밤 바다를 향해 빛을 쏘는 빨간 등대. 그 빛을 따라 수평선을 넘어 해변을 향해 다가오는 커다란 배와 진기한 이야기와 흥이 많던 뱃사람들.

5개월 전 사진과 이번에 찍은 사진을 놓고 생각에 잠겼다. 사진을 보는 의사의 미간이 찌푸려졌다. 한성은 그 얼굴에서 순간 불길함을 느꼈지만 자신에게 이보다 더 나쁜 상황이 뭐가 있겠냐고 자문하며 불안을 잠재웠다. 의사는 모니터 화면을 보여주며 목과 뒷머리가 이어지는 곳에 위치한 문제의 그 부분을 손가락으로 톡톡 때렸다. 사진 속 종양은 여전히 하얗고 동그랬다. 의사는 종양이 전혀 자라지 않았다고 했다. 한성은 그 말을 어떻게 해석해야 할지 몰라 의사의 얼굴만 쳐다봤다. 지금 당장은 더 나빠졌다. 좋아졌다. 말할 수 있는 단계는 아니라고 했다. 한성은 물었다.

"그럼 얼마나 남은 것 같나요?"

"6개월?"

자기 말이 스스로도 어이가 없는지 의사는 웃었고 한성도 웃었다.

병원의 긴 복도를 걸으며 한성은 며칠 전 진 노인의 말을 생각했다.

"단장님, 다음 공연을 잡을까요? 다른 아파트 단지 야시장에서도 연극을 보여달라는 곳이 많아서요."

한성은 아무 답도 하지 못했다. 단장이 답을 못하자 단원들은 바위처럼 침묵했다. 합시다. 할 수 있습니다. 하고 싶습니다. 누구도 조르거나 주장하지 않았다. 한성은 길게 숨을 내쉬며 뒷머리를 쓰다듬었다. 스르르 자동으로 열리는 병원 문. 한성은 조금 걷다가 저녁에 있을 연습을 위해 구청 쪽으로 발길을 돌렸다. ▪

심사평

최선의 현재

백지은

〈현대문학상〉은 국내 문예지를 통해 지난 1년간 발표된 작품을 대상으로 시상한다. 소설의 경우, 한 해 동안 문예지에 발표된 중단편 중 '최고의 작품을 선택'하는 것이 심사위원에게 주어진 임무이지만, '최고'를 가린다는 건 아무래도 불가능이기에 최선의 '선택'을 하는 것이 더 중요하다고 여길 수밖에 없다. 문예지에 발표된 작품들을 살핀다는 건 같은 기간에 출간된 장편소설이나 작품집보다 조금 더 '현재'에 가까운 면에 접촉하는 기회라고 할 수 있을까? 작품의 '현재성'이라고는 할 수 없을 것 같고, '현재' 가장 〈현대문학상〉에 부합하는 선택이라고는 해도 될 것 같다. 현재 이 상의 효능이 가장 커질 수 있는 선택에 나도 일조할 수 있기를 바랐다.

문예지에 발표되는 소설들을 꾸준히 읽어왔다 해도 심사 기간으로 주어진 시간에 좀 더 집중적으로 현재의 소설들을 살피게 되는 건 어쩔 수 없다. 시간적 제약 때문인지 어떤 선택을 염두에 둔 읽기라서 그런지, 이상하게 들릴지 모르지만 거의 모든 소설에 대해 〈현대문학상〉이 적합하다는 생각을 하게 된다. 좀 더 분명하게 말하자면 활동 5년차 이상의 기성작가의 발표작 중에 〈현대문학상〉에 적합하지 않은 소설을 찾기가 쉽지 않다. 문학적 성취도가 고르게 훌륭하여 우열을 가리기 어렵다는 말도 되겠으나, '최고작' 선정의 어려움을 미리 감수한 '최선'의 선택에 따르는 곤란함이라고 해야 맞을 것이다. 〈현대문학상〉 외에도 매년 한 작품을 선정하여 시상하는 문학상들이 다수이고, 올해도 그런 심사에서 이미 작품성을 인정받아 세간의 관심을 (다소나마) 끌어낸 '우수작'들도 여러 편 눈에 띄는 가운데, 어떤 선택이 또 하나의 최선으로서 그 역할을 할 수 있을까.

이런 생각을 예심에서 다른 두 분의 심사위원과 허심탄회하게 나누지는 않았다. 다만, 열두 편의 소설을 본심에 회부하기 위한 논의에서 우리들의 결정이 이루어지는 과정에 심각한 마찰은 없었으니, 나의 바람과 의지가 이번 심사에 걸맞지 않게 엉뚱한 것은 아니었다고, 최소한 우리가 본심에 올린 열두 편은 모두 다 〈현대문학상〉에 어울리는 소설이라는 합의가 있었다고 생각한다. 박지영의 「장례 세일」, 이주혜의 「이소 중입니다」, 백온유의 「회생」, 정선임의 「이후, 우리」, 정영수의 「미래의 조각」에 합의할 때, 〈현대문학상〉이 발휘할 최선의 역할에 대한 우리의 기대가 분명 서로 통했다고 나는 믿고 있다.

그런데 〈현대문학상〉(의 심사)에 대해 지금까지 밝힌 나의 생각은, 굳이 말하자면 현재 한국 소설의 질적 차이(가 적음)에서 기인하는 것은 아니다. 그보다는, 69번째 이어온 이 상이 그간 유지해온 어떤 균형감과 그것의 현재성이 주는 안정감 때문이라고 할 수 있다. 문학상에 부여되는 권위나 명예와도 다른 그것은, 이 상이 지켜낸 전통의 상징을 초과하고 이 상이 처한 출판의 논리를 비켜난 자리에서, '꿋꿋하게'라고밖에 표현할 수 없는 어떤 심지를 발휘하여 또 한 번 현재의 문학을 향해 올해의 영예를 준비해두었다. 그리고 마침내 본심에서 최종 선택된 정영수의 「미래의 조각」은 거기에 바로 들어맞은 느낌이다. 이 지면에다 몇몇 소설에 대한 심사자로서의 인상과 단견을 밝히기보다 사사로운 견해를 구구절절 적은 이유, 이미 쓰인 소설에 대한 논평과 측정보다 계속 쓰일 소설에 보내는 응원과 격려가 곧 이 상의 가장 큰 효능이라는 생각, 이 둘은 다르지 않으며, 현재 「미래의 조각」에서 최선이 되었다. ▪

그리하여 소설

안보윤

〈현대문학상〉 예심을 위한 단편소설 목록을 받은 순간부터 나는 자주 멈췄다. 이전에 읽었던 소설들은 여운이 남아 무거웠고 새로이 읽는 소설들은 기대가 넘쳐 무거웠다. 소설을 이토록 가까이에서, 무게와 질감을 생생히 느끼며 읽어본 적이 있었던가 싶을 정도였다. 페이지를 넘기다 말고 나는 자꾸 멈춰 아름답고 낯선 문장들을, 잘 벼려진 서늘한 문장들을, 거침없이 담대한 문장들을 더듬고 곱씹었다. 그런 문장들이 내밀하고 소란하게 얽혀 단 하나의 세계를 만들어내는 과정은 하나같이 놀랍고 감탄스러웠다. 빛나는 작품을 모두 호명하지 못해 아쉽고 또 아쉽다.

이주혜의 「이소 중입니다」는 독특한 시점과 분위기가 인상적인 소설이었다. 이름이 주어지지 않은 채 직업이나 상태로 제시된 번역가와 소설가, 시인은 하나같이 녹록지 않은 일상 속에 있다. 철학자를 만나기 위해 육지 끝으로 향하고 있는 이들의 여정은 물풀이 가득한 음울한 호수와 바닥에 떨어진 어린 새로 인해 점점 기이해지다 종내에는 도로 위 중앙분리대를 들이받으며 멈추고야 만다. 이들의 '오늘'은 자동차 트렁크에 실려 비릿한 냄새와 함께 강력한 존재감을 내뿜고 있는, 담요로 둘둘 만 무엇과 지독히도 닮아 있다. 고난과 책무를 내던지고 내일을 향해 달려간들 지난한 오늘이 각자의 내부에 똬리를 튼 채 이들을 낭떠러지 끝으로 잡아당기는 셈이다. 추락하지 않으려는, 다만 살기 위한 날갯짓만으로 이들이 내일에 가닿을 수 있을까. 이들보다 먼저 육지 끝에 도착해 모닥불을 피워주고 싶은 심정으로 나는 이 인물들의 여정을 오래 더듬었다.

박지영의 「장례 세일」은 세일 기간 중에 아버지가 사망해주기를 기도하는 현수 씨의 바람으로 시작된다. 이는 현수 씨가 경비원으로 일하는 장례식장에서 계약직에게 30퍼센트 직계가족 할인을 적용해주기 때문인데, 계약 기간이 4개월밖에 남지 않은 탓에 현수 씨는 극도의 초조함을 느낀다. 아직 직장에 다녀 더 많은 조문객이 올 수 있을 때, 가능하면 세일 기간 내에, 냉장고에 넣었다가 다음 날 데워 먹어도 여전히 맛있는 동그랑땡이 상차림에 포함된 곳에서 장례를 치르는 일. 아버지의 죽음을 어떻게 하면 더 비싼 값에 세일즈할 수 있을지 골몰한 현수 씨의 모습은 괴로울 만큼 현실적이다. 현수 씨에게 존엄사란 돈 있는 사람들의 능동적이고 우아한 죽음이 아니라 남은 가족들이 장례 비용이라도 할인받도록 정해진 기간 내에 죽어주는 것에 가깝다. 그리하여 지켜지는 것은 누구의 존엄일까. 적어도 자신의 죽음에 바랄 수 있는 것이 있다면 90퍼센트 파격 할인된 애도 정도라 생각하는 현수 씨는 아닌 듯하다. 세태를 그려내는 냉소적인 시선과 낯선 이가 불쑥 건네는 선의가 교차하는 지점에서 많은 것을 생각하게 만드는 소설이었다.

정영수의 「미래의 조각」은 서사를 몇 번이고 되짚어보게 만드는 소설이었다. 소설 속 화자는 이번에야말로 "진짜 마음먹"고 고농축 살충제를 삼킨 어머니의 이야기를 줄곧 건조한 어조로 풀어놓는다. 마치 소설 외부에 존재하는 사람처럼, 자신의 가족이 아닌 완전한 타인에게 일어난 일을 설명하듯이 말이다. 죽다 살아난 어머니는 타인에 의해 변형되거나 훼손되지 않은, 오로지 자신의 의지로만 움직이는 어떤 삶을 맹렬한 기세로 노트에 기록한다. 그러나 그 기록은 과거 있었던 일의 반대급부에 불과해 오히려 폐쇄적이다. 대학에 진학 못 한 과거가 대학을 졸업한 미래로, 강압적인 남편이 다정한 남편으로, 두 아들이 두 딸로, 가정에 얽매여 산 무기력한 삶이 해외를 돌아다니는 활기찬 삶으로 바뀌는 식인데 그마저도 해외에 대한 부분은 LA로 출장 간 아들의 말을 옮겨 적는 것에 불과하다. 온전한 미래를 상상하기에 어머니가 살아온 세계는 지독하리만치 비좁고 고독했던 것이다. 화자가 어머니를 부축해 공원으로 가 "대단히 아름답지는 않지만 평화로운" 일상의 풍경을 보여주려는 데서 어머니의 고독함은 한 걸음 뒤로 물러서는 것처럼 보인다. 그러나 이 다정한 장면에 "그리고 이것은 내가 하는 또 하나의 '구성'이다"라는 선언이 덧붙는 순간 전체 분위기는 더없이 서늘해진다. 이는 어머니와 화자의 삶에 도래할 하나의 가능성일 뿐 어떤 결말도 아니기 때문이다. 어머니의 이야기가 노트 속에서조차 온전히 완성되지 못했던 것처럼 화자의 이야기도 그런 것은 아닐까. 이 소설을 읽은 뒤 나는 이전에 긍정적으로 이해했던 단어들을 소리 없이 의심하고 끈질기게 뒤적여보게 되었다. 그 정도 힘을 가진 소설이라면 누구의 손끝에든 가차 없이 달라붙어 자신만의 목소리를 낼 수 있지 않을까. 진심으로 수상을 축하드린다. ▪

다시 읽는 문학

조대한

월마다 혹은 계절마다 발간되는 문예지 모두를 따라 읽을 여건이 되지 않는 몇몇 독자들에게 〈현대문학상〉을 위시한 여러 문학상의 수상 작품집들은 단행본으로 묶이기 전 문학의 최전선에서 발표되고 있는 최근 작품들의 고마운 요약본일 것이다. 물론 한국문학 전체를 완전히 재현하지 못한다는 한계는 어쩔 수 없이 지닐 터이지만, 누군가의 첫 문학으로서 기능할 수 있다면 분명 그것은 여전히 뜻깊은 텍스트일 것이다. 그렇다면 이미 문학 작품을 충분히 접하고 있는 이들에게 이 모음집은 어떠한 의미가 있을까. 곰곰이 생각해보건대 우선 그것은 나에게 다시 읽기의 사소한 기점이 되어주는 듯하다. 문예지에 실린 작품들을 바삐 따라 읽은 뒤에도 특별히 누군가와 이야기를 나누거나 개인적으로 글을 쓰지 않는다면 그 작품에 대한 기억은 첫 독서의 이미지로만 가라앉아 있을 뿐이다. 그러다 심사나 계간평 등의 이유로 대상 텍스트를 찬찬히 다시 읽게 되면 새삼 놀라움을 느끼곤 한다. 그때마다 새로운 의미의 조각들을 대면하거나 익숙해졌다고 여긴 작가의 매력을 약속처럼 재발견하게 되기 때문이다. 말과 행동보다는 늘 늦되지만 오랜 고민과 거듭된 퇴고의 발화라는 점에서 문학을 신뢰할 수 있다면, 문학 작품에 대한 읽기 역시 그렇게 반복되는 다시 읽기의 과정이 수반되어야 하는 것은 아닐까. 올해 역시 그런 재독의 즐거움을 선사하는 여러 작품들을 만날 수 있어 기뻤다.

손보미의 「끝없는 밤」은 고조되어가는 속도감과 함께 강한 흡입력을 지닌 작품이었다. 주인공을 괴롭히는 샅굴 부위의 통증, 기분 전환이나 하자는 남편의 제안으로 동참한 하룻밤의 요트 항해, 배 위에서 다시 만난 그와의 미묘했던 관계, 그녀를 미치게 만들었던 개와 수의사의 죽음 등이 점차 거세지는 밤바다의 비와 바람처럼 끝없이 이어진다. 복잡하게 뒤엉킨 사건들과 그에 상응하는 강박적인 문장들 못지않게 그 배면에 통증처럼 울리는 주인공의 기이한 욕망의 징후들이 이 작품을 오랫동안 손에서 내려놓지 못하게 했다.

백온유의 「회생」 속에는 돌이킬 수 없는 잘못을 저지른 '수영'이라는 인물이 등장한다. 하지만 수영의 입장에서 바라보면 그녀가 크게 악독한 일을 저지른 것은 아니다. 목돈을 청하는 아버지의 부탁에 얼떨결에 집 보증금 절반을 떼어주고 이사를 한 것, 새로운 동네의 나눔방을 이용하다 설전이 붙자 익명으로 작은 거짓말을 한 것, 우연히 마주친 친구 '연지'의 계속되는 호의에 자신이 했던 말을 차마 취소하지 못했던 것 정도이다. 사실 수영의 삶을 수습하기 힘든 방향으로 틀어지게 만든 것은 거짓이라기보다는 삶에 대한 악의 없는 수동성이었던 듯싶다. 그러니 수영이 되돌리고자 하는 것은 틀어진 연지와의 관계일

뿐만 아니라 제목처럼 자기 생의 어떤 부분이기도 할 것이다. 상자를 두고 떠나간 연지와 덩그러니 놓인 수영 사이에 남아 있을 뒷이야기가 사뭇 궁금하다.

정영수의 「미래의 조각」을 처음 읽었을 때는 어머니의 글이 더 있었으면 좋겠다고 생각했다. 온전하게 재구성되지 못할지라도 현재의 삶에서 실현되지 않았던 그녀의 어떤 잠재태들이 글에서나마 풍부하게 드러나길 바랐다. 하지만 작품을 거듭 읽을수록 이 정도가 충분하다고, 아니 오히려 이렇게 표현할 수밖에 없었다고 납득하게 되었다. 이 소설은 온전한 어머니의 글이 아니라 어머니의 일면의 조각을 포착하여 서술한 소설가 '나'의 구성이자 기록이기 때문이다. 자살 시도를 한 어머니의 모습과 이를 둘러싼 가족의 풍경, 그것을 담아낸 절제된 감정의 문장, 아직 도래하지 않은 시간을 써나가는 인물들의 마음 모두가 인상적이었지만 가장 가까운 타인의 마음을 짐작하고 이를 공유하려 하면서도 끝내 일정한 거리를 유지하는 '나'의 시선과 고민이 더욱 기억에 남는 작품이었다. 수상을 진심으로 축하드린다. ▪

인간이 죽지 않고 글을 쓰는 이유에 관하여

김동식

〈현대문학상〉소설부문의 본심에 회부된 작품은 모두 열두 편이었다. 본심 회부작들을 읽어가는 과정은, 역동성과 다양성으로 대변되는 한국 소설의 현재와 만나는 시간이기도 했다. 좋은 작품들과의 만남을 주선해준 여러 작가들에게 감사의 마음을 전하고자 한다. 작품들에 대한 개별적인 논의를 거친 후 심사위원들은 최종 검토 대상을 김지연의 「반려빛」, 이주혜의 「이소 중입니다」, 정영수의 「미래의 조각」으로 압축했다. 그리고 다시 이어진 면밀한 논의 과정 끝에 심사위원 전원의 뜻을 모아서 「미래의 조각」을 제69회 〈현대문학상〉 수상작으로 선정했다.

수상작 「미래의 조각」의 주인공(화자)은 소설가이다. 어머니가 농약을 마시고 극단적인 선택을 했다는 연락을 받는다. 어머니는 "나는 나의 지난 삶에 죄를 지었다."라는 유서도 써놓았는데, 다행히 목숨은 건졌지만 목소리를 잃었고, 그 이후에는 주인공이 어머니를 보살피며 함께 지낸다. 이 과정에서 어머니가 삶에 대해 어떤 태도를 지녀왔는지를 보여주는 두 장면이 제시된다. 작품의 제목을 빌리자면, 어머니와 관련된 '미래의 조각'이 도사리고 있는 두 장면이라 할 것이다. 하나는 자율 주행 전기차와 관련된 뉴스를 보며, 자율 주행이 일상화되면 면허가 없는 어머니 자신도 통일된 북한을 거쳐 유럽에까지 자유롭게 여행을 다닐 수 있을 것이라고 말한 장면이다. 다른 하나는 자살 미수 후 목소리를 잃고 노트에 쓰기 시작했던 글, 과거·현재·미래의 시제가 혼재된 소설 비스무리한 글이다. 현실의 어머니는 시골에서 중학교를 졸업하고 서울에 올라와 아버지를 만났고 십 대에 아이를 낳았다. 이 상황에서 벗어나고자 했지만 번번이 실패했고 그 자리에 주저앉아 두 아들을 키우며 체념하듯이 살아왔다. 그렇다면 어머니가 노트에 쓴 글은 어떠할까. 그 글에는 현실의 아버지나 아들들이 등장하지 않는다. 어머니는 다른 남자를 만났고 두 딸을 낳아 대학 공부까지 마치게 한다. 큰딸은 세계를 돌아다니며 무역업에 종사하고 있고, 작은딸은 생물학자가 되어 세상을 돌아다닌다. 어머니는 삶을 어떠한 방식으로 버텨왔던 것일까. 현실에서 어머니의 현재는 남편, 임신, 출산으로 대변되는 과거에 의해 규정되어왔다. 과거라는 원죄에 사로잡힌 현재가 그것. 하지만 자율 주행 자동차와 소설 비슷한 글에서 알 수 있듯이, 어머니는 자신의 현재가 미래로부터 돌아오기를, 달리 말하면 삶의 모든 가능성이 충만했던 최초의 상태로 되돌아오기(영원회귀)를 소망했다. 어머니에게 미래란, 단순하게 아직 도래하지 않은 시간이 아니라, 지금과는 다른 삶을 상상할 수 있는 시간의 지평이었던 것이다. 어머니는 과거(남편·임신·출산)라는 원죄에 사로잡힌 삶의 한가운데에서도, 세상을 자유롭게 여행하고 삶의 가능성을 회복하려는 자신을 상상한다. 현실의 현재와는 구별되는 미래의 조각을 어루만지고 있었던 것이리라. 미래는 과거의 반복이나 연장이 아니라 과거와의 차이에 의해 재구성될 것이라는 생각, 삶에 드리워져 있는 차이différance의 운동성이야말로 어머니가 쥐고 있던 미래의 조각이었던 것이다. 한쪽에는 인간은 어떻게 죽지 않고 삶을 살아갈 수 있는가라는 물음을, 다른 한쪽에는 인간은 왜 상상을 하고 소설을 쓸 수밖에 없는가라는 물음을 제기하고 있는 작품이었다. 또한, 문학이 또는 소설이 삶에 차이(미래의 조각)를 끌어들이는 근원적인 움직임이라는 사실을 상기시켜준 작품이기도 해서, 한동안 작품에서 눈길을 거두기가 쉽지 않았다. 덕분에 좋은 작품을 만났다. 수상 작가에게 축하의 말씀을 전한다. ▪

마음에 새긴 다른 색깔

이기호

본심에서 집중적으로 논의된 소설은 김지연의 「반려빛」과 박지영의 「장례 세일」, 그리고 이주혜의 「이소 중입니다」와 정영수의 「미래의 조각」이었다.

역설적 상상력이 돋보였던 김지연의 「반려빛」은 구조적으로 취약성을 가질 수밖에 없는 한 퀴어 커플의 '속 터지는' 이별과 재회 상황을 밀도 높게 다룬 소설이었다. 정현과 서일의 사랑은 일방적일 수밖에 없었고, 그 사랑 끝에 남겨진 것이라곤 감당할 수 없는 '빚'뿐인데, 정현은 그것에 '반려'라는 이름을 붙인다. 정현은 바로 그런 캐릭터일 수밖에 없는 것. '반려'라는 단어에 담긴 정현의 속마음은 그래서 더 애잔하고 또 한편 유머러스하기까지 하다. 정현에 대한 비판의식이 절묘하게 숨어 있는 소설이었다.

박지영 작가의 최근 행보는 놀라우면서도 반가운데, 이번 「장례 세일」또한 단순한 사회 비판적 시선에서 멈추지 않고, 애도의 본질과 그 이면에 놓인 안도와 부정의 감정까지 샅샅이 파헤치고 들춰내는 데 성공했다. 아버지의 죽음을 크라우드 펀딩한다는 현수의 상황은 절박하지만, 그가 끝내 도달한 지점엔 '감사 편지'가 놓여 있었다. 그 마음의 변모 과정을 관찰하는 것이 이 소설의 핵심인데, '세일'되지 않은 무언가가 독자의 마음속에 남았다. 그 잉여가 작가가 말하는 '고요한 애도의 풍경'이리라.

이주혜 작가의 「이소 중입니다」 역시 심사위원 대부분의 호평을 이끌어낸 작품이었다. 번역가와 소설가, 시인이 함께 이동하는 장면부터 시작하는 이 소설은, 타인에게 의지하면서 속박된, 그러면서 또 한편 결탁한 우리의 인생사를 고스란히 보여줌으로써 생의 복잡다단한 행보를 간결하고 날렵한 필치로 보여준다. 마지막에 드러나는 세 사람의 교통사고가 급작스럽다는 의견도 있었지만, 그 또한 작가의 의지로 읽힌다는 평이 설득력 있게 다가왔다. '이소'의 의미와 연결된 사고, 그마저도 정직하게 바라본 작가의 질문이 둔중하게 다가왔다.

올해 〈현대문학상〉 수상작은 정영수의 「미래의 조각」에게 돌아갔다. 심사위원 모두 최종적으로 이 소설에 마음을 주었고, 또 마음을 줄 수밖에 없었다. 어머니의 자살 사건을 둘러싼 한 인물의 내면과 그 이후의 과정을 잔잔한 목소리로 들려주는 이 소설은, 서사적 차원에선 이렇다 할 사건과 드라마틱한 전개가 전무한 작품이었다. 그런데도 묘하게 계속 다음 이야기와 다음 장면을 궁금하게 만드는 매력이 있었다. 그것이 무엇인지 곰곰 따져보니 역시나 어떤 '틈'이 거기 있기 때문이었다. 현실의 재현과 서사의 실재성을 뛰어넘는 그 '틈'은 이 소설의 작중 화자의 내면에서부터 비롯되었다. 벌어진 사건 앞에서 계속

어긋나고 불안해 하고 자신의 허위를 바라보는 마음. 그 '틈'이 이 소설을 단순한 사건의 전달이 아닌, 해석과 판단의 지점으로 이끌고 갔다. 막연하지만 '좋은 것'을 기다리는 마음. 사실 그 마음이 가장 힘이 세다. 그 힘센 마음에 자신만의 색깔을 입힌 수작이었다. 수상을 진심으로 축하드린다. ▪

도래하지 않을 미래

편혜영

더는 미래에 대해 낙천적으로 생각할 수 없는 시기이지만, 「미래의 조각」에 나온 표현에 의지하면 적어도 낙관할 수는 있을 듯하다. 그것은 그저 미래에 대한 막연한 믿음만으로 가능하기 때문이다. 무엇보다 '미래는 언제까지고 미래에 머물러 있을 것'이므로 '우리가 바라는 모습'으로 오지 않을 게 분명하다고 해도 상관없기 때문이다.

죽음을 향한 가능성 높은 시도 후, 어머니는 목소리를 잃고 뭔가를 쓰기 시작한다. 그것은 어머니가 살아본 적 없는 삶, 살고자 했으나 그러지 못한 삶을 그려낸 문장들이다. 시제가 혼용되어서 마치 다중 우주를 그리는 것처럼 쓰인 어머니의 글은 아들인 '나'에 의해 다시 구성되어 '대단히 아름답지는 않지만 평화로운' 풍경으로 뒤바뀐다. 이 슬픈 전이는 고스란히 독자에게 전해져 정서적 결속을 불러일으킨다. 과거는 그저 미래의 조각일 뿐이고 미래는 여전히 '다가오지 않은' 모습으로 존재한다는, 삶의 닫힌 구조에 대한 낙담을 정영수는 무덤덤하면 서도 서정적으로 그려냈다. 이런 소설을 읽고 나면 결국 소설이란 어떻게 정의를 내리건 독자에게 가닿는 마음의 자리가 가장 먼저라는 걸 새삼 깨닫게 된다.

이주혜의 「이소 중입니다」는 죽음의 잔상과 기미가 아름답게 산재한 작품이다. 육지 끝에서 낭독회를 하는 인물들이 그려진 소설의 첫 장면은, 정영수의 소설에 나온 표현을 빌리자면 '다가오지 않은' 미래의 모습이다. 하지만 소설을 다 읽고 이 장면을 다시 읽으면 이것이 불가능한 미래가 아니라 이미 겪은 과거처럼 여겨진다는 것이 흥미롭다. 죽어가는 것들을 향해 이동해가는 삶의 모습이 이처럼 아름다워 보이기는 오랜만이다. 결국 우리의 삶이란 죽음을 향한 이동일 뿐인지도 모르겠다. 새는 자라서 둥지를 떠나 하늘로 날아오르는 식으로 이소한다면, 사람은 자라서 삶을 떠나 죽음으로 이소한다.

김지연의 「반려빚」은 청년시대와 뗄 수 없는 부채에 관한 유쾌한 작명이다. 아무리 애써서 빚을 갚아도 결국 이 사회는 청년에게 끊임없이 부채를 강요할 것이다. 최소한의 인간적 생활을 유지하려면 빚과 더불어 살아갈 수밖에 없다는 한탄을 작가 특유의 재치와 서정으로 구현해냈다.

백온유의 「회생」은 어쩔 수 없는 거짓말이 이끈 관계의 파국을 세밀하게 추적한 작품이다. '수영'에게는 잘못을 수정할 여러 번의 기회가 있었다. 하지만 거짓말의 무게를 감당하기 어려운 형편임에도 수영은 그러지 않는다. 용기가 없어서가 아니라 그러지 않기를 선택한 것 같다. 파탄을 유도하듯 거짓말로 삶을 훼손한 수영을 생각하면 '회생'이라는 제목은 아이러니하고 씁쓸하기만 하다. 믿음직스럽고 구체적인 세목으로 인물의 실감을 더해온 작가의 장점이 이 작품에서도 고스란히 드러났다. 단편 고유의 압축과 긴장의 묘미가 살아 있어서, 이 작가가 장편에만 능한 것이 아님을 확인할 수 있어서 더욱 기뻤다.

박지영의 「장례 세일」은 죽음의 절차에 관한 거대한 농담으로 읽혔다. 번듯한 장례식을 만들기 위한 '펀딩'으로 그저 이름만 아는 아버지의 지인들에게 감사 편지를 보내는 장면은 탄식이 나올 만큼 기발했다. 작가는 유쾌하고 통찰력 있는 문장으로 죽음 이후를 둘러싼 경제적 계급의 문제에 접근한다. 이 작가의 페이소스 넘치는 문장을 즐기지 않을 수 없었다. 재치 있는 스타일로 입담 좋게 너스레를 떨기는 쉽지만 그런 와중에도 묵직한 질문과 현재적 문제의식을 담고 있기는 쉽지 않은데, 박지영의 소설은 언제나 질문과 스타일이 유쾌하게 조화를 이룬다.

수상을 축하드린다. 짐작할 수 없는 미래의 날들에, 무덤덤하면서도 따뜻하고 애처로우면서도 선연한 작가의 문장이 내게 큰 위로가 되었음을 고백하고 싶다. ▪

소설의 쓰임

정영수

「미래의 조각」을 쓸 때는 여름이 한창이었다. 나름 직장생활도 하고 가정생활도 성실히 했는데 그 시기를 떠올리면 영영 끝나지 않을 무더운 여름 속에 혼자 갇혀 있었던 것만 같다. 글을 쓰다 막힐 때마다 (그러니까 하루에도 몇 번씩이고) 방에서 뛰쳐나와 목적 없이 집 주변을 배회하거나 아파트 단지 안의 차양도 없는 벤치에 길게 누워 무력감과 회한을 느끼며 어떻게 써야 할까, 어떻게 살아야 할까…… 그런 생각들을 하며 시간을 보내곤 했다. 그래서인지 이 소설에 대해 무슨 말이든 해야 하는 때가 되니 낮에는 티셔츠가 땀에 흥건해지고 밤에는 모기에 뜯기면서도 집으로 들어가지 않고 한참 동안 올려다보고 있었던 낮과 밤의 하늘이 가장 먼저 떠올랐다. 돌이켜보면 어떻게 써야 할까, 보다 어떻게 살아야 할까…… 하는 생각을 더 많이 했던 것 같다. 그런데 또 한편으로는 그 두 가지 질문은 어쩌면 같은 것이 아닐까 하는 생각도 든다.

그러니 어떻게 살아야 하는지 알 수 없는 만큼 어떻게 써야 하는지도 알 수 없어서 나는 늘 글쓰기를 어려워하는데 「미래의 조각」을 쓸 때도 예외는 아니었다. 쓰고자 하는 이야기는 마음속에 있었지만 그것이 좀처럼 소설로서 구성되지 않아 오랫동안 괴로운 시간을 보냈다. 그러면서 어쩔 수 없이 이야기와 소설의 근본적인 차이에 대해 끊임없이 고민할 수밖에 없었는데, 결과적으로는 그 고민의 과정이 이 소설의 중심이 되었다. 이것을 전화위복이라고 해야 할까, 아니면 사필귀정이라고 해야 할까. 그것도 아니면, 그냥 소설이란 원래 그런 것일까. 이번 소설을 쓰면서 드물게 몇몇 순간에 즐거움을 느꼈는데 그것은 글이 뜻대로 풀릴 때가 아니라 뜻밖의 방향으로 나아갈 때였다는 것을 생각해보면 아무래도 소설이란 원래 그런 게 맞는 것 같긴 하다. 고작 원고지 백 매짜리 짧은 이야기 한 편을 쓰는데도 많은 것이 생겨나고 많은 것이 변한다. 정말이지 놀라운 일이다.

이제는 가을로 들어섰고 요즘도 매일 산책을 한다. 쨍한 하늘에 무늬를 그리는 나무들과 보도블록 가장자리에 쌓여가는 낙엽들, 점퍼를 입고 공터에서 캐치볼을 하는 아이들과 고개를 목덜미에 파묻기 시작하는 비둘기들을 보면 그저 하염없이 이런 것들을 보며 평생을 살고 싶다는 생각도 든다. 그렇다고 태평하게 시간을 보낸 건 아니고, 청탁받은 12월호 원고를 쓰려고 나름 애를 썼다. 나름 애를 썼지만…… 결국 원고를 보내지 못했다. 글이 잘 풀리지 않을 때와는 또 다른 괴로움을 느끼며 끝내 마감을 포기한 바로 그날 〈현대문학상〉 수상 소식을 들었다. 그래서 내가 과연 이 상을 받을 자격이 있을까, 부끄럽기도 하고 심지어 조금 참담하기까지 했는데…… 그냥 가을에 산책을 하다가

멋진 장면을 만난 것처럼 쉽게 기뻐하기로 했다. 이번에는 못했지만 언젠가의 내가 잘한 일로 상을 받는 것이겠지, 나이가 들면서 멘탈이 좋아진 건지 뻔뻔해진 건지 모르겠지만 그렇게 생각하기로 했다.

「미래의 조각」은 올해 발표한 유일한 단편이었는데, 오랜만의 발표여서 그런지 민망할 정도로 주변에서 관심을 가져주었다. 몇몇 사람들이 읽고 연락을 주었고, 좋았다고 이야기해주었다. 한번은 거기에 농담처럼 '○○님이 좋게 읽으셨다니 이미 제 소설은 쓰임을 다했습니다'라고 대답했는데, 말하고 나서 나는 그것이 진심이라는 것을 깨달았다. 애써 무언가를 쓰고, 몇 사람이 그것을 읽어주고, 좋았다는 이야기를 듣는 것. 그것으로 충분하다는 생각을 했다. 10년 전의 나였다면 무슨 그런 소박해 빠진 소리를 하고 앉아 있느냐고 했을 것 같지만…… 놀랍게도 진심이다.

감사한 사람이 많다. 계속 착한 소리만 하고 있는 것 같아서 마음에 걸리긴 하는데, 요즘 나는 정말로 조금 고마움을 아는 사람이 되었다…… 부족한 글을 읽고 좋았다고 말해주신 심사위원분들과 『현대문학』 관계자분들, 목소리가 닿는 거리에 있어준 모든 사람들에게 마음을 다해 감사를 전한다. ▪

2024 現代文學賞 수상소설집

미래의 조각 외

지은이 ǀ 정영수 외
펴낸이 ǀ 김영정

초판 1쇄 펴낸날 ǀ 2023년 12월 7일
초판 4쇄 펴낸날 ǀ 2024년 8월 12일

펴낸곳 ǀ ㈜현대문학
등록번호 ǀ 제1-452호
주소 ǀ 06532 서울시 서초구 신반포로 321(잠원동, 미래엔)
전화 ǀ 02-2017-0280
팩스 ǀ 02-516-5433
홈페이지 ǀ www.hdmh.co.kr

ⓒ 2023, 현대문학

ISBN 979-11-6790-237-5 03810

* 책값은 뒤표지에 있습니다.
* 파본은 구입처에서 교환해드립니다.